2019-2020
中國好小說

小说选刊／选编

[短篇卷]

中国书籍出版社
China Book Press

图书在版编目（CIP）数据

2019—2020 中国好小说 . 短篇卷 / 小说选刊选编 . -- 北京：中国书籍出版社，2021.3

ISBN 978-7-5068-8395-5

Ⅰ.① 2… Ⅱ.①小… Ⅲ.①短篇小说—小说集—中国—当代 Ⅳ.① I247

中国版本图书馆 CIP 数据核字 (2021) 第 045893 号

2019-2020 中国好小说·短篇卷

小说选刊　选编

图书策划	武　斌
责任编辑	牛　超
责任印制	孙马飞　马　芝
出版发行	中国书籍出版社
地　　址	北京市丰台区三路居路 97 号（邮编：100073）
电　　话	（010）52257143（总编室）（010）52257140（发行部）
电子邮箱	eo@chinabp.com.cn
经　　销	全国新华书店
印　　刷	三河市华东印刷有限公司
开　　本	710 毫米 ×1000 毫米　1/16
字　　数	251 千字
印　　张	18.5
版　　次	2021 年 6 月第 1 版　2021 年 6 月第 1 次印刷
书　　号	ISBN 978-7-5068‑8395‑5
定　　价	48.00 元

版权所有　翻印必究

目录

炖马靴　□迟子建 / 001
天台上的父亲　□邵　丽 / 021
风很大　□邓一光 / 043
我们见过面吗？　□韩　东 / 059
掩面时分　□弋　舟 / 075
仙　境　□哲　贵 / 094
分夜钟　□朱文颖 / 120
沐　浴　□王树兴 / 137
恋恋的时光　□陈　武 / 155
风　筝　□张鲁镭 / 173
秘　境　□艾　玛 / 189
费丽尔　□董夏青青 / 208
大樟树下烹鲤鱼　□雷　默 / 226
离　线　□翟之悦 / 248
雾岚的声音　□夏鲁平 / 268

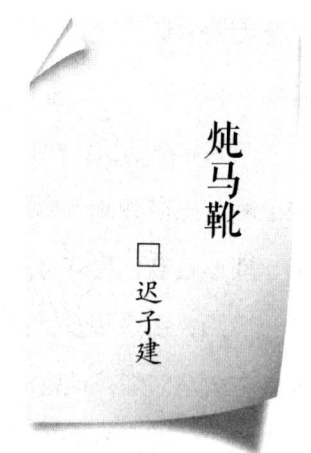

炖马靴

□ 迟子建

故事发生在 1938 还是 1939 年，父亲记得并不很清楚，他说年份不重要，重要的是时令，寒冬腊月，祭灶的日子，西北风呜呜叫，他们抗联部队的一个支队（父亲至死对他部队的番号保密），二十多号人，清晨从四道岭小黑山的密营出发，踏雪而行，晚饭时分，袭击了位于中苏边界的一个日军守备队。

父亲说他们事先侦查了，这个守备队在山脚下，距离一个小镇四五里路，驻扎着三十来人，有一栋长方形板房，两个矩形仓库，还有一对大狼狗。板房是营房；两座仓库呢，为弹药库和粮库。这两座库，是他们的主攻目标。

那时关东军在中国东北，一方面针对苏联，在边境一带秘密修筑防御工事；另一方面针对抗日武装，进行围剿。为切断老百姓与抗日队伍的联系，他们大规模实施归屯并户，建立"集团部落"，大片农田荒芜，无数村落夷为废墟。父亲说自此之后，队伍的给养成了问题，缺粮少衣，陷入被动。

四道岭在哪里？我在地图上找不到。父亲说除了四道岭，还有头道岭、二道岭、三道岭和五道岭。这些岭呈刀锋状，山上林木茂盛，山下溪流纵横，地形复杂，易守难攻，适宜做密营。父亲说他们最初的营地在头道岭的大黑山，那里狼多，当地人也叫它野狼岭。深夜时群狼齐嗥，狼眼鬼火似的在树丛闪烁，地窨子的女战士恐惧这"夜歌夜火"，就往男战士住的这一侧跑。父亲也不避讳，说他们因此喜欢狼嗥。

狼通常群居，但也有离群索居的。父亲说头道岭就有这样一条母狼，它双眼瞎。不知是天生瞎眼，还是后天瞎的——比如被猎人打瞎、疾病或是同类相残所致。大家分析，它在狼群里受排斥，才被驱逐出来。一条瞎眼的狼，就是一把卷刃的剑，锋芒不再。虽说它的嗅觉依然灵敏，但它朝着掠食目标飞奔的时候，由于深陷永无尽头的黑暗，往往会撞到树上，或是跌入谷底。猎物到不了嘴，反受皮肉之苦。但狼是聪明的，父亲说这条瞎眼狼自打发现支队的行踪后，就一直凭声音和嗅觉尾随他们，求得生存。

父亲是火头军，他可怜瞎眼狼，做了几个鼠夹子，将拍死的老鼠扔给它。战友们都说，狼是吃人不吐骨头的野兽，喂不熟的，可父亲还是不忍看它挨饿，尤其到了漫漫长冬，白雪像巨大的裹尸布一样覆盖了山林，它几乎找不到吃的，连哀叫的力气都没了，像一团飘浮的阴云，蔫巴巴地尾随着队伍，父亲总会想方设法给它口吃的。它得了食物后会叫几声，像小孩子没吃饱奶时的吭叽声，带着些许的满足，又些许的抗议。

大地回春了，瞎眼狼的日子就好过多了。春夏秋三季，它可以用鼻子觅到果腹之物，而那些东西其他狼基本是不碰的，譬如浆果、蘑菇、青苔或是昆虫。它食肉的机会有没有呢？那得看它的运气了。病死的鹰，半腐烂的兔子，对它来说就是美味。一旦发现，它就迅疾赶去。可这样的食物，也是乌鸦的珍馐。常常是它大快朵颐时，乌鸦纷纷落下，与其争食。瞎眼狼反正看不见，奋勇吃它的。父亲说他们不止一次撞见它与乌鸦同食腐肉的情景。看着它被漆黑的乌鸦给挤在一角，像条瘪了的布袋，实在是心疼。

有时不是瞎眼狼先发现的腐肉，而是乌鸦，它也能跟着蹭点荤腥。乌鸦一鼓噪，它就循声而去。所以瞎眼狼最爱的声音，该是乌鸦的叫声吧。乌鸦啃不动的骨头，对它来说就是心仪的阳光，它会把它们拖进山洞，作为存粮，以备不时之需。它瘦弱不堪，但牙齿锋利，骨头于它，恰如糖果。

瞎眼狼像个讨债鬼，跟着支队，渐渐地成了编外一员。

这条狼有年正月，突然消失了！看不见它了，大家还担心，它是不是被老虎或狗熊给吃了？父亲说瞎眼狼失踪三个月后，他和战友为前方的大部队运粮，在二道岭遇见它。它居然大了肚子，怀了崽了！它拖着沉重的身子，穿越新绿点点的灌木丛，往头道岭走。它的爪子在林地上，留下的印痕明显比过去深了，而它的毛色，也比过去光鲜了！闻到它熟知的队伍的气味，它还停下来，转过头，低低叫了几声，有点羞怯，又有点骄傲似的。

它是在哪里俘获了一条公狼的心呢？父亲说他们猜测，公狼与它发过情后，恐怕也是后悔的，否则不会在它怀着孕的时候，让它孤独地在山岭间穿行。

那次运粮，父亲他们中途遭到日伪军伏击，死伤过半。原来是队伍里一个姓梁的通讯员做了叛徒。他们不得不放弃头道岭的密营，重整旗鼓，在四道岭的小黑山再建营地。这样，头道岭的瞎狼，就在他们视野消失了。两三年不见它，大家还念叨，它生了几仔？养活得了小狼吗？因为一直没见它来找他们，父亲认定，瞎眼狼生的小狼，个个都是好眼睛，它的生活有了灯，不需要他们了。但父亲还会在队伍偶尔开荤时，将吃剩的骨头，扔在附近的山洞。瞎眼狼喜欢山洞，也能对付骨头，万一他们转移了，而它走投无路，寻到那儿的话，总不会饿着。

为了那次行动，父亲说他们做了周密计划。选择过小年的日子，是因为侦查员带来消息说，日本兵到了冬天的晚上，为打发长夜，喜欢三五结对，去镇上喝酒。小镇有家烧锅，酒好，下酒菜地道，且店主人的老婆俊俏，待人周全，烧锅便成了这个守备队士兵的温柔乡。每逢中国的传统节日，端午、中秋和小年，烧锅一派花园气象，菜品多姿多彩，香气勃勃，撩人胃肠。每逢此时，守备队的人有一半会开小差，防卫空虚，易于突袭。

小年那天飘着雪花，从四道岭到目标点，大约八十里路，要穿越几道山谷和数条冰河。父亲他们驾着滑雪板，清晨就出发了。呼呼叫的北风，让雪花成了薄命人，未等落下，在半空就被风撕裂了。雪粉飞扬，常迷了人的眼睛。父亲说他们不讨厌这样的迷眼，因为雪花纤尘不染，就像老天送来的润眼膏，无比清凉。

他们在午后三点接近了日军守备队，埋伏在山后，把滑雪板卸下，藏在一条沟塘里，预备着突袭成功后，再穿上撤离。父亲说每个战士都是滑雪高手，在冬季，滑雪板就是他们的战马。

腊月的太阳冻得够呛，午后四点不到，就缩着脖子退出天边了，想必急着烤火去了。太阳落山后，遗下一片滴血的晚霞，好像西边天负了伤。父亲说天黑透了，侦查员带来消息，三辆摩托车驶离守备队，带走了十一个日本兵，看来他们是去镇上的烧锅了。父亲说支队长没有犹豫，下达了进攻令。

趁着夜色，队伍匍匐向前，靠近目标。守备队四周是铁丝电网，两扇宽大的铁门紧闭，门侧的岗楼是空的，没有岗哨。营房灯火通明，照亮了院子。那生硬的铁丝电网，因为有了光的照拂，在院子投下无数爪形的印痕，像一幅工笔的松枝图。两条大狼狗嗅到异常，汪汪叫起来。身手敏捷的神枪手小张，握着手枪，埋伏在岗楼，单等日本兵开门察看时击毙他，打开进攻的通道。岗楼对面，隔着一条雪道，是一摞半人高的柴垛，一个机枪手和五个持步枪的战士，作为冲锋的主力，以此为掩体，准备突击。其他人员，分布在左右两翼，对守备队形成三面夹击。

两条狼狗越叫越凶，营房的门终于"嘎吱"一声响，有人出来了。狗迎了主子，引至铁门，更凄厉地叫起来，用爪子"嚓嚓"挠门报警。那个日本兵没有想到外面有重兵埋伏，打开铁门，他刚一露头，小张便举起手枪。子弹飞过，他应声倒地！两条狼狗狂吠着，像两朵暴风雨中滚动的浓云，一前一后冲出，一个奔向岗楼，一个奔向柴垛。奔向岗楼的，被小张击毙了；奔向柴垛的，被步枪手撂倒了。不同的是前一条狼狗吃了一颗枪子，后一条吞了两颗。守备队的日本兵听到枪声，携枪而出反击。院子的光亮，让他们成为鲜明的靶子，在交战中处于劣势。支队伤亡极小地冲进守备队，可以说是旗开得胜。

然而谁也没有料到，那三辆刚离开不久的摩托车回来了！

十一个荷枪实弹的日本兵回来了！

父亲说抗战胜利后，他路过那个小镇，才知道那天日本兵为什么突然回返。原来镇上的几个农民，看不惯开烧锅的夫妇做日本人的生意，知道小年的这天他们又要来喝酒，自制了燃烧弹，投向烧锅，让烈火吞噬了它！

他们在返回途中，已经听到了守备队传来的枪声。

父亲说他们受到了前后夹击，优势立刻转为劣势。

当队伍冲向弹药库和粮库的时候，没想到这两座库，居然还有碉堡的功能，这是他们事先没有侦查到的。虽说守备队门前的岗哨形同虚设，但粮库和弹药库，哨兵一直在岗。这两座仓库架设的机枪，让暴露在空场的战士陷入绝境，父亲说大部分战友牺牲在那里，包括支队长，以及两名救护伤员的女战士。

最终从虎口脱险的，只有五个人，一个副支队长，三名战士（两男一女），加上父亲这个火头军。当然，父亲说他是后来才知道的，因为逃出的五个人，分了三个方向。

他们事先也制订了撤退计划，一般来说，为牵制敌人，保存实力，撤退时会分两个方向。火光中父亲不辨东西，所以他开辟了一个撤退的第三方向。

他们没有全军覆没，得益于绰号磨牙王的战士。这个人爱磨牙到什么程度呢？不仅睡觉磨，行军磨，吃饭也磨。挨着他睡的战士，梦中被他扰醒，常将臭袜子塞他嘴里。他咬着袜子，吭吭哧哧的，磨不出声了，但醒来后塞袜子的战士就惨了，袜子湿漉漉的不说，对着太阳一照，还亮光点点（到处是窟窿眼），好像他用牙齿，在袜子上播撒了繁星。

父亲说交战处于被动时，靠近粮库的副支队长下达了撤退令，父亲眼见着身负重伤的磨牙王，咬着牙，趁乱爬向弹药库，在冻土上爬出一条墨似的血痕，用自制的手雷引爆了弹药库。剧烈的爆炸令大地震颤，冲天的火光像一条条金红的鲤鱼，跃向夜空，守备队周围的铁丝网被撕裂了，日本兵赶紧转向粮库防御。

父亲就从弹药库北侧逃了出来。从此以后，与磨牙相似的声音，比如吱扭的扁担声、喑哑的拉锯声，甚至是老鼠啃东西的声音，都被他视为美音。

父亲逃得并不顺利，一个日本兵穷凶极恶地追捕他，两个人之间的周旋和战斗，也就进行了大半夜。

初始父亲并未察觉身后有人，他戴着狗皮护耳，呼哧带喘的，加上踏雪发出的咯吱声，根本听不到背后的动静。由于撤离方向有误，预先藏在守备队山后沟塘的滑雪板，对父亲来说是梦里的彩虹，遥不可及，他在雪中跋涉了一个多小时，才走了七八里路。但父亲觉得这距离足够安全了，他停下来，打算歇歇脚，给身体补充点能量。

父亲说作为火头军，无论行军还是打仗，他总是背着一口铁锅。那铁锅跟菜墩那般大，与他的背一样宽，所以他背着它的时候，一点也不突兀，就像他身体的一部分，当然这使他看上去像个罗锅。除了铁锅，他棉袄外还斜挎着干粮袋，里面装着二斤左右的炒米。此外他棉军服的里子，靠近胸口的地方，还缝了两个布袋，一个装盐，一个盛火柴。火柴和盐，是部队陷入被动时的救生索。

父亲停下的一刻头晕眼花，也许是先前战友的死刺激着他，他忽然恶心起来。当他垂头呕吐的时候，后背的锅猛地一震，冲击力让他险些栽倒，接着右前方树丛闪出一团白炽的火花，好像彗星划过，父亲马上意识到这是子弹擦着锅的右角飞过，后有敌手追击！父亲本能地卧倒，拔出枪来，匍匐到一处雪坎，以此为掩体。

父亲讲起这个人时，总以"敌手"相称，那么我也随他这么叫吧。

雪已停了，父亲说借着雪地的反光，依稀看见一团黑影在树丛飘动，距他不过四五十米。敌手对父亲的突然消失满怀警觉，因为他知道子弹打飞了，父亲不是中弹消失的，对方已进入防御，他的最佳进攻机会葬送了。敌手开始隐蔽自己，父亲说那团黑影下沉了，鬼影似的不见了，证明他也就势趴在雪地上了。那年雪大，积雪足有两尺，正好隐蔽。

父亲说他所在的支队的武器装备，在当时算精良的，有七八条老套筒步枪，还有两把毛瑟枪。手枪中好的是缴获来的王八盒子，其余的是自制的转轮手枪。而有的队伍武器装备紧张，像火头军和救护兵，只配备大刀，而父亲所在的支队人人有枪。父亲所持的是一支自制的转轮手枪，有些笨重，但很好使。父亲自诩枪法不错，用它打过野猪和狍子，为支队改善伙食。不过对他的枪法，我一直怀疑他有吹嘘的成分，因为在我童年时，看他参加武装部的运动会，父亲投掷的铁饼和铅球，都是不听话的孩子，落脚点不在规定范围内，没一次成绩有效的。还有他每每教训我时，无论是飞向我的砖头还是空酒瓶，也无一砸中。当然，也许他只是为了吓唬我，没让它们走正确路线。

在与日军守备队的交战中，父亲所带的子弹基本用光，只剩三发。每一发对他来讲，都贵如黄金。父亲说一个人在野外作战，子弹的用途多着去了。既可抵御敌手，又可预防野兽袭击，还可以猎取动物、获得食物，以及向搜寻自己的人发出求救信号。除了这些，父亲说子弹还有一项顶要紧的功能，万一奄奄一息，有落入敌手的危险，不如给自己个痛快，所以他说要给自己留颗子弹，就当是藏着一块人生最后的糖。

但那个晚上，他的糖果没能保住。

父亲说腊月天本来就冷，加上夜间气温骤然降至零下三十多摄氏度，人趴在雪坎上，一刻钟就冻木了。如果双方僵持下去，都将被活活冻死。为了让敌手主动出击，父亲想了个办法。他穿了两层衣服，里层是棉绒秋衣，外层是棉袄。他不顾严寒，卸下锅和干粮袋，脱下棉袄，将里层的秋衣脱下，再把棉袄穿回，锅背上，顺手捡了一根被暴风雪刮断的柞木树杈，故意大声咳嗽几声，引起敌手注意，然后用树杈将秋衣挑起来，轻轻舞动，制造他在运动的假象，敌手果然上当，连着两发子弹打过来，父亲说那家伙的枪法真不错，子弹都是穿过秋衣呼啸而过。两发子弹过后，父亲丢下树杈，让秋衣垂落，使对方以为他中弹了。果然，敌手认为父亲凶多吉少，慢慢露出头来，缓缓朝前移动，准备察看战果。当敌手走了十多米时，父亲扣动扳机，想在最有利的时机下，一枪撂倒他。可是也不知是手冻得麻木了，还是移动状态的黑影有点飘忽，总之第一颗子弹打飞了。枪声让他暴露，敌手自知上当，卧倒瞬间，父亲又开了第二枪，这一枪中弹的是一棵树，树发出嘶嘶叫声，火花绽放。父亲说他剩下最后一发子弹后，反倒镇定了。双方都知未伤对方皮毛，也就是说，他们的生命，处于同一地平线上，谁有日出，就看命运了。

父亲说他占据的雪坎驼峰一样凸起，是天然堑壕，毕竟有利，不想转移。但他知道卧在雪地撑不了多久，所以紧盯着那个方向，等待敌手的意志先崩溃。他们对峙了近半小时，父亲说他感觉周身的血液要凝固的时刻，敌手背后传来凄厉的狼嚎。这声音对一直萦绕着支队的父亲来说，习以为常，权当是老朋友来打招呼，可敌手却感到危机，躁动不安，听得见他潜伏之处传出咯吱咯吱的声音，他想着避开狼吧，终于起身了，一直全神贯注盯着他的父亲，就在他露头的一瞬，打了最后一枪。

父亲很镇定，撤退时没忘了将中弹的秋衣拿上，顺手系在腰间，将两只袖子打结。他说现在很多人在运动时喜欢把外套脱下来这样装扮，自以为时髦呢，其实那时他就这么干了。那天西北风从背后吹得厉害，秋衣像棉帘子护住腰臀，让他暖和不少。

父亲说自己太走运了，等后来终于瞅清他时，才知道最后一枪，击中了敌手的左肩，而这家伙是个左撇子，右手虽也能持枪，但枪法比起左手差远了，所以尽管父亲消耗了所有子弹后被迫撤退，而为避免中枪采取蛇形方式，忽左忽右，但暴露在敌手有利射程范围内的他，没有倒下。那人开的最后两枪，都成了献给夜的森林的小礼花。

父亲是什么时候察觉到敌手也没子弹了呢？他说为了便于听动静，他解开了护耳，在雪地跋涉约两里路后，他不再听到背后传来枪声，只是越来越清晰的狼嚎，觉得奇怪，回身一望，隐约见尾随他的敌手所挎的枪，似乎枪头朝上，说明它也无用武之地了。父亲说那一刻他轻松了一下，赶紧放慢脚步，撒了泡尿。他说战事紧急时，只要不是冬天，尿就撒在裤子里，尤其是雨天的时候。可是北风呼号时节，一泡尿下去，不出一刻钟，裤裆就会冻成硬坨，男人的家伙挨着冰坨，再强旺的人也会废了！父亲说如果那样，就不会有我和姐姐的出生了。

父亲撒完尿，再回身看了一眼，敌手追得近了些，但离他还有二三十米的样子。他走得跟跟跄跄的，看得出很吃力。父亲也没多想，心想你有耐力就追吧。武器都成了哑巴后，双方拼的就是毅力、体力和运气了。

雪又下了起来。父亲说不下雪的话，他不会迷失方向，他本来是向着四道岭新建的密营方向撤退的，他渴望在那儿与离散的战友会合，渴望着在地窨子笼起火，喝上一缸热水，吃顿饭，踏实睡一觉。

然而雪越下越大，父亲说雪夜的森林，就是打了数不清的烟幕弹，你不走上歧路都不可能。他分辨不出东西南北，觉得哪儿都是前方，可走了一个小时后，会突然发现，自己又回到了先前经过的地方。敌手无路可走，紧追父亲。父亲怎样走，他就怎样追随，父亲想，除了斗志在起作用，这家伙一直跟着可能与背后狼的追逐以及他无法辨认来时的路有关，也就是说，他也无力撤退了。

他们就这样在飞雪中又行进了两个多小时，午夜时分，父亲实在走不动了，在靠近河岸的灌木丛停下。飞雪中林木模糊，可狼的叫声一点也不模糊，愈发清晰。对付狼，火光就是子弹，父亲打算与敌手，徒手决一死战，如果幸存的话，就卸下锅，燃起一堆火，化点雪水，就着热水吃炒米。想起炒米，他一摸斜挎的干粮袋，却是瘪的，他立时就腿软了。父亲仔细摸索，发现干粮袋靠近后脊梁的部位，有道寸长的口子，看来这一通急走，穿山时被树枝给刮破的,炒米白白流失了。所幸吊在干粮袋上的茶缸还在,行军中它既能喝水,还能当食物的容器。父亲说鸟儿要是寻到遗落的炒米,一定会张开翅膀欢呼。他说脱险以后,干粮袋就不在衣服最外面斜挎着了,而是像护卫盐和火柴似的,将其当银圆捆在腰间,这样就不会有闪失了。

老实说复述到此,我觉得父亲无数次唠叨的这个故事,没啥新奇,无非是他们行动失败,他单枪匹马撤退,被一个敌手,不懈追击而已。

但接下来发生的故事,尽管父亲每次讲述时,语气是平静的,但总能在我心底搅起波澜。我对后半程的故事永不厌倦,就像对一首喜欢的乐曲,不管循环播放多少次,依然爱听。

雪没停,父亲选择了靠近河谷的一片灌木丛停了下来。除了手枪,他还携带一把三寸长的钢刀。作为火头军,这把刀的主要用途是炊事,剜个野菜,剥点引火的桦树皮,打到野兽开荤时用于肢解动物等。当然危急时刻,它还可以作为武器。

父亲说他卸下锅,把枪也卸下,看着敌手一步步逼近。他的喘息声传来了,如此沉重,好像喘不动的样子。父亲手握钢刀,身体绷紧,做好了决战准备。可是敌手踩着父亲蹚出的脚印,趔趔趄趄靠近他时,既没做出战斗的姿态,也没举手投降,而是一头栽倒在雪地上。父亲怕他佯装倒下,持刀慢慢凑近,才发现他左臂中弹了,他的军服残破不堪。原来情急之下,他撕扯军服当绷带,包扎伤口了。可是他伤得厉害,军服的面料又不适宜做敷料,所以包扎处渗血严重,一团墨色。父亲说他从未见过一个人的眼睛会在夜的飞雪中发出那样强的光,锐利、绝望,又不甘。敌手打着寒战,牙齿磨得咯咯响,不知他是被疼痛折磨的,还是因为憎恨父亲。

父亲先缴了他的枪。是一支轻便灵活的三八式步骑枪,俗称小马盖子枪,父亲说那是女战士最喜欢的一款枪。他最终靠着这支枪,俘获了母亲的芳心，那时她在后方营房的被服厂做军服，当然这是后话了。

小马盖子枪到手后，父亲继续搜他身，没发现手枪和刀具，说明他们仓促应战中，装备不足。父亲说本来可以一刀子扎在他心口上，让失去反抗能力的敌手立即毙命，但见他气息奄奄，挺不了多久了，再说狼嚎声越来越近，父亲准备赶紧点火。敌手受伤后，伤口没包扎好，血滴在雪地上，父亲想，是血腥气让嗅觉灵敏的狼一路跟着吧。狼的叫声越来越近时，父亲听出至少两条狼在叫，一种声音富有攻击性，凄厉而有穿透力；一种比较婉转、犹疑，像婴儿的啼哭，让他有似曾相识之感。

父亲在灌木丛划拉了一抱干枯的树枝，又找了棵桦树，剥了块桦树皮，生起火来。这堆火距离敌手倒地之处，有四五米远。父亲把锅支上，想融化点雪水来喝。没有食物，吃几粒盐，喝一缸热水，也能补充能量。

他烧雪水的时候，想着该怎样处置敌手。他失血过多，倒地后就再也没能爬起来。父亲知道这样下去，不出几个小时，他就会死在那片灌木丛。他似乎不惧怕父亲，但对狼的叫声表现出异常的惊恐，狼一叫唤，他就呻吟。

父亲又找来一些柴火，打算在篝火旁多休息两个小时，等雪停了再行动。他抱着柴火回到篝火旁时，雪水烧沸了，狼也来到近前。躲避在灌木丛后的狼，交替发出叫声，一种是带着威慑和焦急情绪的大叫，一种是呼唤故人似的低沉呼唤。敌手哼唧得更厉害了，他身体扭曲着，似乎想努力爬到篝火这儿来，可他终归没能离开跌倒之地半步。

父亲是怎么判断出徘徊在附近的狼，有一只就是他熟悉的瞎眼狼的呢？他喝过一缸热水后，发现篝火的斜对面，狼发声之处的灌木丛，有两个黄绿色的光点在闪烁，那是狼眼发出的光。两条狼应该有四个发光点，可父亲说他望了多次，总是两个光点，这说明另一条狼的眼睛是不发光的，它不是瞎眼狼又会是谁呢！父亲说直到这时他才明白，为啥有一条狼发出的叫声，令他有熟悉的感觉。

一缸热水落肚，父亲觉得已快凝固的血液，开始苏醒，一波一波地缓缓流动了。他摸出几粒盐，当点心一样品咂。直到和平时期，父亲都有囤积食盐的习惯，这与他战争年代的经历有关吧，他常说盐粒是尘世的珍珠！

不瞎的狼一定是饥饿到极点了，它的叫声带着极度的不耐烦和愤怒。父亲向篝火填了更多的柴，让它愈发旺盛，篝火噼啪燃烧，就像黑夜的心脏，怦怦跳动。父亲说他歇息的时候，不时瞄一眼敌手，他努力挥起右手，似在召唤他。父亲走过去，发现他浑身颤抖，脸被疼痛和恐惧折磨得扭曲变形，他对着父亲，从牙缝中迸出一个"冷——"字，父亲明白，他这是想离篝火近些。父亲犹豫了一下，想着这可能是他此生的最后愿望了，最终还是又怜又恨地，拽起他双脚，确切说是拽着一双半新的长腰马靴，将他扯到篝火旁。篝火照耀着他，他发出一声怪异的笑声。不知是被篝火激动的，还是因父亲最终屈从了他而得意的。

敌手是个年轻的士兵，懂得一点中国话，说不连贯，单字单字地蹦。他到了篝火旁，先是艰难吐出个"水——"字，父亲没搭理他；他又吐出个"盐——"字，父亲还是没搭理他。父亲说了，水和盐的摄入，也许会让一条毒蛇苏醒。想着自己差点成为他枪下的鬼，想着牺牲的磨牙王，父亲甚至觉得把他拖到篝火旁，让他得到最后的人间温暖，都是对战友的背叛。

父亲说那夜的篝火太美了，将它周围飘舞的雪花，映照得像一群金翅的蝴蝶！他看着飞旋在铁锅上空的雪花，心想它们要是化成小年的饺子，该有多好啊。父亲饿得慌，狼也饿得慌。一条狼始终凶悍地叫，它一定希冀篝火快点熄灭，黎明快些到来。敌手怕自己最终会成为狼的盘中餐吧，他在生命的最后时刻，拼尽全力，拍一下自己，然后指指篝火，再吃力地拍一下自己，再指指篝火。父亲明白，他想让父亲火葬了他。父亲说你要是投降，优待俘虏，我或许可以考虑。敌手听得懂父亲的话，但他没有将手上举，而是牢牢贴在胸口，像守卫最后的堡垒，至死没有做出投降的姿势。

敌手挣扎了最后一程，凌晨两三点钟死了。父亲说这时雪停了，老天爷不撒纸钱似的雪花了。西北风刮了起来，父亲又捡了一抱柴，让篝火始终处于旺盛状态。父亲饿得肚子咕咕直叫，可雪水沸腾的铁锅，依然没有可煮食的东西。父亲再次搜敌手的身，希冀有所发现，万一有两块压缩饼干，或是一支香烟，那将是这个小年的好享受了，可他最终失望了。他只在军服的口袋里搜出两样东西，一个是一方蓝格子手帕，另一个是长方形金属外壳的镜盒。打开一看，里面竟夹着一张二寸的黑白相片。父亲凑近篝火一看，那是个穿着印花和服的姑娘，她额头很宽，鼻子小巧，微微垂头，浅浅笑着，满眼都是甜蜜。这掩藏在镜盒里的姑娘的相片，令父亲有看见原野小花的感觉。父亲想这相片中的人，也许是敌手远在家乡的恋人，而她再也见不到心上人了。父亲将镜盒放回敌手的口袋，而将蓝格子手帕揣进自己兜里了。

父亲从敌手的头一直细搜到脚，突然有了救命的发现。敌手穿着的马靴，是长靴，长靴通常是军官和骑兵的装备。从这名士兵的肩章和帽子看出，他不是军官，那么他是守备队中的一名骑兵？军官的靴筒通常为平口的，而骑兵长靴为斜口的。父亲说敌手的马靴就是斜口的，深棕色，里面有黑色绒毛，极其保暖。靴子是上好的牛皮的，靴帮靠近脚腕处，有一圈韭菜叶宽的装饰带，好像给这靴子戴了一个项圈。

父亲将这两只靴子从敌手脚上拔下来，靠近篝火，用钢刀切割靴子。靴筒很温乎，敌手死了，可他身体的余温未散，孤魂似的游荡。父亲说摸到热气时,他心里哆嗦一下,望了一眼敌手,他死时眼睛没闭上,父亲停下手,将敌手的那块蓝格子手帕掏出来,走过去蒙在他脸上。父亲每每讲到这个细节,我总要问,你是怕他看见你吃他的马靴吧?父亲的回答总是,一个死了的人,唉,他就是没闭上眼的话,哪能真瞅见呢?他并不解释给他蒙面的具体原因。

父亲割掉靴底,将要扔掉时,发现靴底烙印着一行字,仔细辨认,原来是"昭和十二年制"的字样。他将靴底撇得远远的,说是感觉将这罪恶的一年给抛掉了。父亲划开靴帮,燎猪毛似的,将靴筒绒毛在火上处理掉,再用刀子,将它一遍遍地刮着,除掉绒毛烧后留下的灰烬,再尽力刮掉所染的颜色,让牛皮尽量恢复本色。他数了数,一双马靴,经他分解后,得了大大小小的牛皮,一共十块。他将它们放进雪堆,一遍遍揉搓,使它们更为清洁,然后加柴调旺篝火,往铁锅续了雪,使融化的水更多,把马靴皮下到锅里,又折了几簇樟子松苍绿的松枝,作为提香除秽的调料,投进锅里,开始炖马靴了。

父亲说火旺,锅很快就烧开了,咕嘟嘟冒热气。在冬夜的山林,这口锅散发的水蒸气,在升腾的一刻,被篝火映照得像一条腾空的金龙。没有锅盖,水汽蒸发极快,父亲不停地往锅里添雪。马靴的味道渐渐散发出来,初始是煳味,跟着是膻味,半小时后,牛皮仿佛被熬煮得苏醒了,淡淡的香气出来了。父亲说他等不及了,狼也没耐心了,它们闻到肉皮的味道,嗥叫不休。一种是威慑性的想要攫取的叫声,一种是乞求施舍的温和的叫声。

父亲用桦树枝条做筷子,捞出最大那块马靴皮,用刀切下一小块,填进嘴里。牛皮虽然膨胀起来了,但炖的时间不长,极其难嚼。父亲努力吃了半块,将余下的一分为二,撒给盘踞在灌木丛的狼。我问他食物如此短缺,为啥还要喂狼?他说可能是习惯吧,毕竟瞎眼狼在那里。再说狼得了吃的,就不会过来吃人。他说的人，是否包括敌手呢？这个话题我始终没敢问他，直到他辞世。

父亲说肚子一旦有了食物，哪怕只是垫了个底儿，心就不慌了。西北风越刮越大，树也开始呜呜叫起来。父亲不担心会有敌兵追来，因为路途艰险不说，他们留在雪地的足迹，早被飞雪和狂风搅起的雪浪给荡平了，任谁也别想找到他们了。

马靴又被炖了一段时间后，终于嚼得动了，父亲吃了两块，体力恢复了，他将剩下的牛皮捞出来。父亲说几乎就是打个哈欠的工夫，它们就在寒风中凉透了，再打个哈欠的工夫，它们就冻硬了，父亲将它们当点心，分别揣进裤兜，然后取下篝火上的铁锅。热锅落在雪地的一刻，发出"吱吱——"的叫声，父亲说锅底下的雪被烫得不轻，破了很大一片，流出汩汩雪水，但热锅烫伤的雪，很快结痂，寒风也让热锅成了冷锅。父亲抬头望了望天，雪停了，但夜空还没晴朗起来，望不见北斗星，父亲不知置身何方。夜晚的山岭，看上去都是一个模样，按照父亲的比喻，它们就像一把把钢刀插在那里，阴森恐怖，让人觉得是在屠宰场。

父亲本不想天亮前出发的，他不知该走向哪里。天明以后，他能从太阳判断方向。可是狼逼得他必须走，因为它们窸窸窣窣地冲出灌木丛，朝向篝火了，显然那点牛皮，不够打牙祭的。父亲说当它们离自己仅有五六米远时，他在它们斜对面，借着残余的篝火，望见了一生难忘的情景，两条狼一前一后，呈一条直线，前面的狼高大威猛，后面的狼矮小瘦削。前狼挣扎着向前，后狼拼死咬住前狼的尾巴，试图阻止它的步伐。父亲认出了后狼就是瞎眼狼。他说从未见过狼眼会泛出红光，前狼试图奔向篝火旁边的人时，眼睛漫溢的就是这种光，也不知是不是被篝火映的。父亲"嗨——嗨——"地叫了两声，这是以往瞎眼狼尾随支队时，他抛给它食物时，惯常的招呼声。瞎眼狼显然熟悉父亲的呼唤,它更加用力地往回拽前狼,前狼的尾巴绷得直直的,像一支在弦之箭,就要绷不住了,它的尾巴随时有被扯掉的危险,痛到极点,叫声格外瘆人。最终前狼让步了,瞎眼狼将它生生地拖回灌木丛。父亲长吁一口气,感恩似的分出两块牛皮,投给它们。

父亲说既然前狼连火光都不怕了,久留于他来讲,危险太大了,他准备出发。他本想换上敌手的棉服,它的保暖性更好,可是这件棉服的肩胛处,被父亲发射的子弹打穿后,先前涌出的鲜血已成凝固剂,衣服破损污秽不说,要是强行脱下,等于撕敌手的皮。最终父亲将他的帽子取下,扣在自己头上。然后划拉了一抱柴,将篝火调得旺旺的,拔腿出发了。

常听父亲讲炖马靴故事的母亲和我,一再问过父亲,你都要开拔了,还点篝火做什么?是不是火葬了敌手?父亲给出的答案总是模棱两可的。有时他说"我缴了他的枪,还吃了他的马靴,不然就得饿死啊",有时他说"我战友的尸骨还不知埋在哪里呢",有时他说"那晚上没月亮,生火能照亮一段路啊",最接近答案真相的一次,他说:"唉,让他和那个姑娘的相片一起化成灰,他做鬼也值了吧。"

父亲说他根据西北风吹来的方向判断,他要撤退到队伍的密营,得与风向逆向而行。结果他走了一两里路后,风竟然休克了,没了,他等于丧失了唯一路标,又不知所向了。按照父亲的说法,当时森林整个冻僵了,树枝动也不动,连一声野生动物的叫声都没有,他感觉自己在地狱中。天渐渐亮了,可它亮在阴云里,父亲期待的太阳没有现身。就在他走投无路之际,他听见了背后有走兽的声音,回身一望,距他五米多远,就是那两条狼!冬季的狼皮毛黯淡,它们就像荒草堆一样。瞎眼狼还是在后面,叼着前狼的尾巴。前狼见着父亲,停了下来,它的目光柔和多了。瞎眼狼低低叫着,安慰着陷入绝境的父亲。父亲仔细打量前狼,发现它是条年轻的公狼,它对瞎眼狼不敢违命，原来是瞎眼狼的儿子啊！父亲是怎么看出的呢？前狼追上父亲，停下的一瞬，它身后的瞎眼狼，立马松口，放下前狼的尾巴，上前两步，用嘴温柔地触着前狼的脸，似在亲吻，前狼发出撒娇和委屈的叫声。父亲说只有母亲对孩子才能表现出如此的怜惜和爱抚，也只有孝顺的孩子，才会对母亲发出的哪怕它不喜欢的指向，俯首帖耳。直到这时，父亲才明白瞎眼狼当年为什么怀孕，它是为自己的未来生活，寻找一双眼睛啊！不知瞎眼狼一窝生了几仔，存活几只，它的丈夫和它另外的骨肉，也许都因嫌弃而背弃了它，但至少父亲看到了，有一只忠勇的小狼，把自己的尾巴当作母亲的生命线，在荒无人烟的深山，不离不弃地牵引着它。父亲说瞎眼狼所叼着的尾巴，是它生命的脐带，也是一道藏在心底的光啊。

　　后来的故事，我和母亲差不多都能背诵了，天连阴了三天，不见日月，瞎眼狼和它的孩子在前引路，把父亲领出迷途。他们靠着所剩的煮熟的马靴皮，和深埋在雪下的红豆浆果，以及山洞的骨头，渡过难关。而那些骨头，有瞎眼狼备下的，也有父亲当年丢给它的。骨头怎么吃呢？父亲说晚上在山洞口生起火后，会把它们在火上烤酥，这时的骨头就能咬动了。而小狼很卖力地想帮他们解决伙食，其间它发现一只雪兔，可它跳跃着要扑向它的时候，它的母亲松开它的尾巴过慢，它扑了个空。母子狼最终带着他，靠近了一个村庄。父亲说闻到炊烟的气息后，瞎眼狼觉得告别的时刻到了，它松开嘴，用两只前爪激动地刨着地，洗尘似的，快乐地躺倒，在雪地打了几个滚，然后起身抖了抖毛，沾在它身上的雪粉飞溅出来，飞进父亲的眼睛，与他的泪水相逢。瞎眼狼看不见父亲的泪，它无比骄傲地仰天嗷嗷叫了几声，仿佛宣告它的使命完成了。小狼卸下了父亲这个沉重包袱，得到解放，它比母狼还要欢欣鼓舞，父亲说它原地转了好几个圈，像在跳舞，然后站定看着父亲，身体后倾，调皮地做出进攻的姿态，长嗥一声，最后吓唬一下父亲。

母子狼转身走了，依然是小狼在前，瞎眼狼叼着孩子的尾巴在后。父亲说它们转身前，他给两条狼作了个揖，瞎眼狼无法看见，小狼却并不领情，对着他又是一声长嗥，好像在说，少来这套，没吃掉你，算你走运！父亲说他夜晚栖息在山洞的那三天，瞎眼狼守候在洞口外，也不忘了叼着小狼的尾巴，怕它万一不听话，会对父亲下口吧。

父亲得救后，认识了后方被服厂的母亲，那支缴获来的小马盖子枪，经组织同意，配给了后来跟父亲一同上阵的母亲。他们在我之前，生了一个女孩，跟着他们转战，营养匮乏，两岁就死了。我命好，出生在抗战胜利后。父亲待我甚为严格，他像严苛的教官，要求我学习攀岩、游泳、滑雪、测绘、爆破甚至跳伞等本领。据母亲说，这些都是抗联战士当年要学的科目。每到小年的时候，他都要讲一遍炖马靴的故事。所以我落下了一个毛病，父亲去世后，每年腊月二十三，我也给我的儿子讲炖马靴的故事。而且我退休后，爱泡在图书馆的地方志资料室里，查阅抗联时期的相关历史资料，希冀能找到头道岭二道岭四道岭的位置，希冀能找到那个不依不饶追逐父亲的敌手的资料，希冀能够从民间资料中看到有关瞎眼狼的传说，可是我就像一个蹩脚的渔夫，撒下无数片网，却终无所获。最后我甚至怀疑，父亲的这个故事，是不是编造的。但有一点肯定的是，父亲中弹的棉绒秋衣，弹孔还在，边缘处的烧灼痕迹清晰可见，不过它没有传到我们下一代手里，而是在抗联博物馆陈列室的橱窗里。

父亲去世的次年，母亲也走了，他们都活过了八十岁。炖马靴的故事，只有我一个人给下一代讲了。儿子是做网站编辑的，他每次听这故事，总要俏皮地说，驴马牛都是大牲口，算是一族的，爷爷当年在山中，吃的可是大补的阿胶啊。之后便骂张学良，说当年他要是带领东北军抵抗侵略军的话，日军不会轻易占领东北。他说当年的东北军是只老虎，空军有两百架战机，地面部队也不错。张作霖当时开办的兵工厂设备优良，还有德国进口的设备呢，所以造的武器也过硬。儿子说，要是张作霖不被炸死，妈拉个巴子的，侵略者休想进犯东北半步！儿子经常是发完牢骚，就会打电话叫外卖，外卖的主角是猪皮冻和鱼皮冻，他说动物的皮，是身体的精华。我想他是用他的肠胃，帮助他的精神，记忆这个故事吧。

最后我要补充的是，父亲每回讲完炖马靴的故事，总要仰天慨叹一句：人哪，得想着给自己的后路，留点骨头！

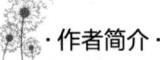

·作者简介·

迟子建，女，1964年元宵节出生于漠河。已发表作品六百余万字，出版有长篇小说《伪满洲国》《额尔古纳河右岸》《白雪乌鸦》，小说集《北极村童话》《清水洗尘》《世界上所有的夜晚》，散文随笔集《伤怀之美》《我的世界下雪了》等。作品有英、法、日、意、韩、荷兰文等译本。

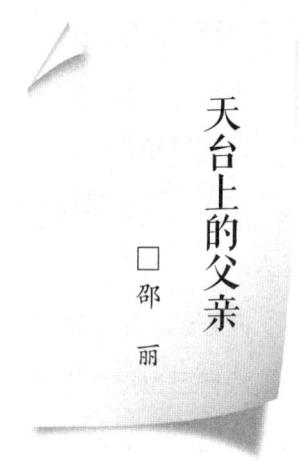

天台上的父亲

□ 邵 丽

1

也许是离开那个城市后我改变了信仰。其实也无所谓改不改变，一直以来我就没有坚定的信仰。妹妹一直说我迷信。我迷信了几十年，是从母亲那里传过来的。她是一个泛神论者，神灵附着在任何一个老旧的事物上。尤其是我父亲刚死的那段时间，她更加疑神疑鬼，即使是一根绳子，她都会端详半天，好像那上面写着神的启示似的。

我喜欢这个新来的城市的新区，它好像凭空多出来这么一部分，虽然与老城区仅仅隔了一条快速通道，却是另外一个世界了。它的空气像是刚刚过滤过，有真正的青草、河滩和森林的气味。我喜欢在夜晚独自穿过由石条铺成的曲曲弯弯的人行步道，像踩过一排排钢琴键。在道路的尽头，有一家小食店，卖一种当地的小吃，生意相当好。有一次，我饿了，进去要了一碗面，竟然排了半天队。

小食店的老板娘是个厉害角色。那天跟在我后面进去的是个小姑娘，那姑娘抱着她的狗，一只咖啡色的泰迪。她刚刚进门，女老板尖厉的声音就叫了起来，让狗马上出去。女孩愣了一下，面色变得通红，抱着狗羞惭而去。

面吃到一半，我越想越不对头，竟然一点胃口都没了，推开碗走了出去。我自己也觉得奇怪，莫名其妙地生了气，也许是生那个女老板的气，也许是生那个抱狗的女孩的，也许是生自己的。反正是气鼓鼓地走了。

父亲不在后，我的情绪在慢慢平复，已经不再那么焦躁、暴戾和善变。想起父亲在的时候，这个点他已经睡觉了。他就像一座时钟，到点该干什么就必须干什么，典型的强迫症。有一天傍晚，他看了一下表，到喝粥时间了。我母亲因为老家来了客人，耽误了一点时间。他气恼得把水杯都蹾碎了，弄得客人脸上红一阵白一阵的。

"过去他不这样啊！不是这样子啊！"我母亲老是跟我这样抱怨。过去他确实不这样，没退休之前，他是多么细心周全的一个人啊！每次下班进家门之前，老是听到他跟周围邻居打招呼的声音。虽然那声音低调、谦和得像讨好似的，但有一股感染人的韧劲儿，把我们的日子铺垫得绵密厚实。所谓岁月静好，就是那副模样吧。

某一天，一切都忽然起了变化。哦，对，开始时不是一切，只是有一些东西在起变化。退休之后，他的生活在慢慢缩小，像一个剩馒头，在变干，在缩水。他很少再走出屋外，即使晒太阳，也缩在阳台的藤沙发上。他频繁地看表，每小时必须听一次天气预报；新闻联播前五分钟，准时坐到客厅沙发上打开电视。

他为自己的一切都做上标记，好像该怎样生活，还得看看他插的路标。

那家小食店今天好像客人并不多。一个年轻的姑娘坐在靠门的地方，一边看手机，一边吃着碗里的烩菜。那是一种掺杂着羊肉、白菜、炸豆腐丝和粉条的地方小吃，名字叫豆腐菜，这家店也是因为这个菜而出名。但我不大喜欢吃这个，我喜欢吃他们的羊肉汤面。

父亲过去爱吃羊肉，也爱吃豆腐。但他喜欢分开吃，不喜欢烩一起。他吃羊肉就是清水煮一下，然后捞出来，切成片，再用原汤冲成羊肉汤，里面什么调料都不放，原汁原味。豆腐也是，在水里煮一下，或者蒸一下，在小碟子里调一点料，就那样蘸着吃。

他退休的第一个国庆节，我们带他去郊区的农场玩儿，那里有个养殖场。他兴致勃勃地订了四只羊，说等春节的时候杀了吃。结果等到春节，我们带着他过去，他看到一群小羊羔追着母羊咩咩地跑，就心软了，不忍心让人家杀。

父亲死后，有一次我和妹妹趁假期带着孩子们到农场玩儿，路过养殖场，当她看到一群羊的时候，突然捂着嘴蹲在路边失声痛哭。我知道她想起了父亲，但我不知道该怎么安慰她。其实，很久以来，我们都无法安慰自己。刚刚过去的事情既像一个伤口，更像是到处游走的内伤，无从安抚。

2

我跟妹妹一起的时候，她几次都想努力回忆父亲跳楼的那个下午的一些细节，但不是很成功。不过，与其说是她忘记了，倒还不如说她宁愿自己忘记了。

在那之前，因为妹妹，也因为我，我已经从父母所在的城市搬迁到她生活的这个城市，两个城市相距一百四十三公里。这样一来可以在她去照顾父亲的时候，我去照顾她的孩子；二来也是想逃脱那个逼仄的环境，出来透透气。守了父亲一年多时间，我几乎抑郁了。夜里莫名其妙地惊坐起，就再也睡不着了，整夜整夜地大睁着眼，大把大把地掉头发。开始我每天吃普通的安定，后来效果不好，就改用级别更高的，一直服用超过普通安定好多倍含量的药，据说那是正常人所能承受的极限。开药的医生反复对我说，你服药的时候一定要坐在床边，不然的话，可能吃完走不到床前就睡着了。但是这药对我没用，几乎没一点用，还是彻夜失眠。即使浅睡片刻，稍微有一点声音，我便一身大汗，惊厥得心脏好像要跳出来。

刚好闺密给我打电话，让我帮她运作一个项目。也刚好，她在妹妹所在的这个城市。我毫不迟疑，一口便答应了。我觉得那是生活对我关闭所有大门、在我走投无路之际，上帝给我打开的另一扇窗口。我必须猱身而上。

可是，当我面对妹妹，当她一遍又一遍地回忆那些细节的时候，我觉得，我就像赤脚踏在一团棉花上，或者是一团云。我们一直漫无目的地往前走，根本看不清楚眼前脚下的一切。

那个下午，那个燠热难耐的下午，到底发生了什么？按照妹妹的叙述，我仔细拼贴并努力还原那天发生的事情。妹妹说，那天本来该哥哥过来替换她看守父亲。母亲一早就买好了荠菜，给哥哥包他喜欢吃的荠菜馅饺子。包好饺子，十一点多了，又等了一会儿哥哥才来。他过来刚刚坐下不久，电话就追了过来，是嫂子的电话。两个人乒乒乓乓在电话里吵了起来，母亲的笑脸不见了，一会儿愁得眼看要拧出水来。妹妹朝哥哥打个手势，意思是让他小声一点。哥哥气得摆了摆手，说，不吃了！甩上门就走了。

她再打他电话，要么占线，要么无人接听。

妹妹和父母亲按时吃午饭。吃过午饭，按照惯例，看守父亲的人中午都要小憩一会儿。母亲中午不习惯午睡，由她来照看父亲。

本来妹妹已经回房间休息了，但是她好像听到了异常的响动，像是父亲窸窸窣窣的脚步声。她不放心，起来到父亲的房间，看到父亲和衣躺在床上，面朝里，好像睡得很熟的样子。于是她便回到自己的房间睡下了。她睡了不到半个小时就起来了，觉得屋子里静得怕人，她先走到母亲的房间。母亲像往常一样，安静地坐在那里，在翻看一本旧书。她问，我爸呢？母亲愣了一下，用手指了指父亲的房间。

妹妹走到父亲的房间，看到房间里空空如也。父亲不在房间。她觉得事情不妙，还没等她回过神来，家里的座机铃声大作。有人打电话报信说，父亲从我们小区西面人民会堂的天台上跳下来了——我父亲的一个下属在人民会堂前的广场散步，抬头看见楼顶上站着个人，像是我父亲。他心里嘀咕着，他爬那么老高是干吗呢？正在犹豫着要不要给我父亲招手打个招呼，就看见他往前一倾，好像有人从后面踹了他一脚，随后便如一只笨鸟般从上面飞了下来。

3

父亲跳楼那天，我正在外面参加一个开业剪彩。剪完彩，又参加午宴。等整个活动结束，我看到几十个未接来电，主要是我哥哥和妹妹打来的。我心头一紧，想着家里肯定出了什么事儿，就赶紧给我妹妹打过去。妹妹说，你赶紧回来，父亲跳楼了！

当时我好像被什么撞击了一下，脑子里一片空白，真说不清楚自己是什么心情，说是震惊或者悲伤吧，还真不是。说是轻松？也不完全是，反正就像是跑完马拉松，那种既松懈又虚脱的感觉。

莫名其妙地，想起周作人写的一件事，当他听到自己心心念念的初恋杨三姑娘患霍乱死了之后，"似乎很是安静，仿佛心里有一块大石头已经放下了"。

对，仿佛就是这种感觉。

在此之前，很久很久，我把自己沉到烦琐的事务中，我必须把自己变成另外一个人，才能保持自己。这话听着拗口，其实就是那么回事儿。

刚好上面说到我的一个闺密，她老公是搞房地产开发的，在郊外盖了一片市场，专门给她辟出一栋楼，让她按照自己的喜爱随便折腾。她不知怎么迷上了城市生活空间美学，决计玩儿这个。不过这玩意儿是什么东西，我们都说不清楚，可能就是因为说不清楚，大家都很兴奋。马不停蹄地跑到北上广深，还有成都，去看人家怎么做的。还天天到网上收集资料，一副煞有介事的样子。那些新鲜的、好像从生活中刚刚长出来的话语天天挂在嘴边，什么场景式空间呈现及场景革命营销手段，什么长期积淀所产生的生活方式，什么家具、艺术品和主人的关系。其实说穿了，在这些富丽堂皇的话语下面，不过还是卖家具，卖茶，只是把庸俗的赚钱套上华丽的美学空间外衣而已。

管他呢，我需要的，无非就是忙活，别停下来就行。

我的这个朋友，人家就是活得明白，按她的话说，什么时候活糊涂了，也就活明白了。她就是一个糊涂得说不清楚的人，说不清楚她天天在干什么,也说不清楚她喜欢什么。一会儿在东区学古筝,一会儿又在茶城听茶艺课,再过一会儿,跟着人家为流浪狗搞慈善。

不管怎么说,在一个新的地方,我需要一份工作,刚好也有工作需要我。我要把自己深深地埋在工作里。我必须逃离某些东西,达到某种新的平衡,可以让我自由自在地呼吸、欢笑或者静思,这才能让我们所有人都轻松,包括我周围的朋友,包括我的家人。这样子看起来,生活并没有变化,还保留着完整的样子,我不亏欠任何人,任何人也不亏欠我。

但是那天下午妹妹的那个电话,让这一切戛然而止。我匆匆结束了活动,没有参加他们的茶聚,同时也推掉了一系列类似的活动。一直到坐在回去的车上,我才感觉到我与父亲的各种联系,不是因为他的死而中断了,而是相反,像突然通了电似的,那些生动的场景,杂沓的细节,纷纷扰扰地来到我面前。但我明白,那已经于事无补,就像我们曾经被父亲遗忘的那些岁月,疼痛,寂寞,空虚,还有恐惧。但所有这些事情,在它过去多年之后,就只剩下一片碎玻璃般扎痛的感觉了。

4

父亲死后,有很长一段时间我跟妹妹探讨我们和父亲在一起的细节。我觉得那时候她还小,不会记得那些事情。哥哥记得,他又不参与我们的讨论。

在我们很小的时候,那时候我八岁,我妹妹只有三岁多一点。父亲在县委武装部工作,后来因为什么问题,他被下放到一个偏远的部队营地,后来,母亲也跟着过去了。他们就把我们兄妹三个寄养在乡下,我外公外婆那里。

那时候哥哥十一岁，比我大三岁，我们都没有独立生活的能力。外公外婆有好几个孩子，他们的好几个孩子又各自有好几个孩子，都丢给外公外婆照看。这些孩子年龄也跟我们差不多。那时候正是经济困难时期，生活条件极差。吃饭的时候我们不会抢，只有等着他们吃完，才能轮到我们。饭要么不够吃，要么已经凉了。外婆每天睁开眼睛就忙，但还是照顾不过来，等想到我们的时候，她已经累得话都说不出来了。有时候，她会把我妹妹揽在怀里，还没等她说话，妹妹已经睡着了，有时候是饿睡着的。

外公为了贴补家用，有时候出去打鱼，有时候出去干个手工活，每天都是很晚才回到家里。他回来的时候，一般我们都睡了。有一次他回来早了，就坐在门口抽烟。等到很晚很晚，其他的孩子都走了，他从怀里拿出三块烤红薯，给我们三个每人一块，那红薯还带着他的体温。我们三个狼吞虎咽，还没品出来味道就没有了。

其间母亲来过几次。她骑着自行车，从几十里外赶回来，浑身冒着热气。每次她都陪我们吃完晚饭，待我们都睡着了才走。父亲一次都没来过，母亲没说过他，我们也不敢问。有关他的消息，我们一点也不知道。

我们是有父亲的孩子，这一点在当时、当地非常重要。可是，我们的父亲呢？有一次哥哥跟我说，他觉得爸爸肯定是被抓走了，不然的话，不可能从不回来看我们，也不让妈妈告诉我们他的消息。我吓得立马哭了起来。哥哥不知道怎么结束那个场面，自己也吓得哭起来。但是没人问我们一句为什么，可能大人都有各自的烦恼，那烦恼比我们的更甚。

那是寒冷的冬天，晚上外婆也许看到我脸上已经风干的泪痕，泪水流淌过的地方，是皱裂的。她用粗糙的拇指，给我抹了半天。

其实这些东西，现在看来可能并没什么——事实上也没有什么。过去我也曾和哥哥说起过。说起这些事情，哥哥总是一副茫然的表情，要么沉默，要么就是深深地叹气，牙疼似的。跟我一样，他也不会跟父亲交流。或者怎么说呢，经历过那样的童年，我们都学会了沉默，很多埋在心里的东西，都不愿意拿出来，好像这是我们在那次磨难里，得到的唯一一样值得珍惜的东西。

其实仔细想想，在那样的时代，又是那样的环境，我们是父亲为数不多可以忽略的人吧。除了自己的亲人，父亲必须对所有人、所有事情小心翼翼。而作为他的孩子，即使被忽略，也真的没什么，那些小小的伤害，绝对不是让我们与父亲隔阂的唯一原因。它也许就像挂在我脸上被风皴裂的泪痕一样，用手指轻轻一抹，就平展了。

很多年里，父亲没有给我们谈论过曾经发生的那段历史，也从没跟我们解释过什么，一次都没有。我们也从来没有主动问起过，更不可能给他说起我们当时的感受。好像我们没有共同的历史。还有一种可能是，我们都刻意回避着那段历史。也许在父亲看来，如果他说起这些，我们会把已经忘记的东西再一点一点捡回来。然后，怎么说呢，对他会有一次结算，那是他作为一家之尊所不能接受的。而对于我们来说，更害怕的是提起这样的事情时，被父亲淡淡地打发，让我们受第二次伤害。

再后来，到他退下来之后，是不是还想说这些已不得而知，但即使想说也已经晚了。我觉得，已经晚了的意思是，他没必要说，我们也没必要听了。我们空旷、寂寞、曾经被浓烈的遗弃感伤害的心灵，已经被许多新的东西填满了。生活就是这样，从心灵到房子，都会逐一被各种各样的物事填满，直到有一天，需要重新清理为止——在清理父亲房间的时候，这样的想法一次一次拍打着我。

也许，作为一个父亲，他生养了我们，本来就不该追问对得起还是对不起的问题。但这不是全部，好像缺了什么，有什么被某种东西隔膜着，就像隔着一层脏玻璃。只是我们和父亲之间，这种隔膜，再也不可能擦干净了。

5

妹妹曾经不止一次地说，想不到父亲会自杀，他没有任何自杀的理由啊！是啊，确实没有理由。他这一辈子，不管怎么对母亲，母亲对他始终忠心耿耿，一直到他死，一直到他死后，她做到了一个妻子该做的一切；我们兄妹几个，虽然各自生活都有不如意的地方，但算总账，还是过得去的，至少没有人成为他的负累。唯一可以解释的理由是，不是跟我们的隔阂，而是他跟这个时代和解不了，他跟自己和解不了。曾几何时，他是那样风光。但他的风光是附着在他的工作上，脱离开工作，怎么说呢，他就像一只脱毛的鸡。他像从习惯的生命链条上突然滑落了，找不到自己，也找不到可以依赖的别人。除了死，他没有更好的解决办法。

并不是妹妹最早发现父亲想自杀，而是母亲发现的。妹妹生性敏感，按她自己的话说，直觉大于理性。医学院毕业后，她被分到一家医院的后勤部门，后来不甘寂寞，跳槽到一家咨询公司做人力资源管理。实际上两个单位的活儿差不多，但是她觉得在后来这个单位自在，自主性大，有成就感。

有次她跟妹夫一起回来看父亲。过去看见他们回来，父亲都高高兴兴地去买菜，饭前总要把酒打开，先和女婿喝一阵子。可是那天父亲沉默寡言，一直到吃饭都没怎么说话。

那天回去的路上，妹夫闷闷不乐。妹妹说，父亲今天的情绪不是因为我们，而是因为他自己，肯定是他自己出了问题。后来妹妹为此多次回来，她发现父亲精神低迷，而且有一种死亡的气息覆盖着他。莫非他想自杀吗？她把她的看法跟母亲说了。还没说完，母亲就捂着脸哭了起来，母亲说，她早就知道这事儿，是因为她时时处处看得紧，父亲才没机会得手。

"那你怎么不告诉姐姐？"妹妹伤心地问。

母亲说，你姐姐离婚之后，就没看见她有过笑脸。她自己带一个孩子已经够难的了，现在那孩子又非常叛逆，就不让提她爸爸的事儿，只要一说起，就发飙，把你姐姐也快逼疯了！

说起来真有点悲哀，是父亲想自杀这事儿，让我们一家人又重新聚集起来——我们分散在三个城市，几乎很少团圆。我们都结婚成家后，每年也就交叉着见那么几次，春节或者中秋节，或者其他什么事由，反正很少有为了见面而见面的。为了见面而见面，我印象中好像只有一次，就是父亲过六十大寿那一次。

六十大寿，六十岁。对于我父亲来说，真的算是大寿了。他死那一年，还未满六十四。给他过寿那一天，母亲私下里说，有人给你爸看相，说他活不过六十三。事后想，如果按周岁算，可不就是嘛！可是母亲说的时候，我们都笑。那时父亲是多么沉稳、健康啊。可能他还没意识到退休对他意味着什么，我们也盼望着他早早退下来颐养天年，可以轮流到每个孩子那里小住。

当时我们只能被迫轮流陪他了。按照母亲的安排，我、小妹还有哥哥，要轮流看守父亲，防止他自杀。也就是说，父亲想自杀这事儿，已经不是什么秘密了。

我还好说，自从离婚后，虽然没跟父母住在一起，但基本天天回家吃饭，而且我还算是个自由职业者，时间可以自己掌握。原来我想着我一个人看着父亲就行，但是几天跟下来，我就支撑不住了，一个人要想严防死守另外一个人，实在是太难了。有一次我去洗手间久了一点，他已经开门走了出去。母亲在厨房做饭没发现。我头皮都是紧的，赶紧出门往楼上追。好险！好在我们提前把通往楼顶的小门锁住了，他正站在那里发呆。我拉着他的手往回走，我相信他能感觉出来我的手心像水洗的一样。

而母亲这样的决定，苦了我的哥哥和妹妹。他们都在别的城市住，虽然开车都不超过两个小时，但毕竟是各自一家人，家家都有本难念的经。哥哥的婚姻也朝不保夕，跟嫂子已经分居好几年了。两个人同在一个屋顶下，却形同陌路，很难说上一句话。只要一说话，双方就火力全开，闹得天昏地暗。

妹妹的小家庭还不错，妹夫在一家上市公司当财务总监，虽然忙一点，收入很可观。只是妹妹的孩子刚刚上小学，离不开她。自从她回来值班看守父亲，孩子的学习成绩就每况愈下。有一次她接完老师的电话，半天没说话。在我的反复追问下，她才告诉我，孩子在学校打了别的孩子。老师让他喊妈妈到学校去，他告诉老师，妈妈出车祸了。老师问，你爸爸呢？他说，他们一起出的车祸！

"这么恶毒的话，他是怎么编排出来的啊？"妹妹泣不成声。

有一次，父亲当局长时候的办公室主任来看他。他带了几个凉拌菜，还带了一瓶老酒。过去父亲爱喝两口儿,可是那天俩人坐在屋子里抽了一下午烟,父亲没动一下筷子,也没喝酒。

办公室主任走的时候,我去送他。我们是上下届同学,他跟我哥哥是好友,我跟他妹妹是好友。我们在一起情同手足,无话不谈。那天我把他一直送到小区后面的河堤上,临分手的时候,他站下来看着我说:"你们打算怎么办?"

我扭脸看着远处,长叹了一口气,无话可说。没人知道该怎么办。

"这样子拖下去,谁都受不了,也终究不是解决问题的办法,最终会把一家人都拖垮。"他的眼里突然涌出泪水来。他跟了我父亲十几年,两人有父子般的感情,"你想想有用吗?你帮一个想活的人,可能还真有不少办法;但是,一个人如果想死,你没办法,一点办法都没有!"

6

父亲葬礼前我们家来了不少人——我觉得比葬礼那天来的人还多。他们是我父亲曾经的领导、同事、同学、同乡、下属……还有我们家多得数不过来的远亲近邻。在他们的惋惜、褒扬和悲伤里,我觉得父亲不是越来越清晰,而是越来越模糊。我真实的父亲,到底是什么样子?

父亲还上班的时候,有一次办公室主任跟我开玩笑,说与其说他是你父亲,还不如说是我父亲;我跟他在一起的时间肯定比跟你多。

这不是玩笑。这话说得一点都没错。我小的时候,父亲大部分时间在乡下,一年也见不了几次面。等他回城,我上大学去了。我大学毕业参加工作后,他基本上整天待在单位,真是以单位为家。市里干部们说,他是一个最爱开会的人。有人取笑他,说市政府一个灭鼠文件,他也得召开会议层层传达，并且让参加会议的人都表态，记录在案。

最经典的一个例子是，有一次他开会传达上级的表彰文件。开到夜里一点多，有人实在坚持不住，他终于发了善心，说实在困得很的同志，可以趴会议桌上睡一会儿。

的确如此，他退休的时候从他办公室拉回来了整整一卡车笔记本和各种文件。几乎他每天的工作、生活甚至是思想，都记录在笔记本上。有一次市政府安排的一项重点工作出了纰漏，分管的副市长带着工作组到他们单位开会，说是要追查责任。他翻出两年前的笔记本，念给工作组听：当时是谁主持开的会，谁谁谁在哪里坐，几点几分都是谁发的言，都说了什么，一清二楚。笔记本证明那项工作完全是按照副市长的安排进行的。副市长当时弄得很下不来台，说，老张，今后我们都不敢跟你打交道了，什么你都有记录啊？

是的，什么他都有记录。记录挽救了父亲，那件事情最后不了了之。

他去世后，我们收拾他的遗物。我在他的笔记本上赫然发现，他有一次跟我母亲一起去我外婆家，竟然详细记录着那天发生的所有事情。"今天陪月娥（我母亲）回家看她父母。十点零七分到家。父母在，二弟三弟在。大弟去西安。饭后，两点四十五分，三弟说了两件事情，第一……"

我拿着他的笔记本给母亲看。哪知母亲只淡淡地笑笑，说，这事儿她一直都知道。

"你爷爷就是因为爱多说话被整死的；年轻的时候，你爸也因为乱放炮被整下乡，吃了半辈子苦头儿。他也得学会保护自己嘛！"

7

哥哥总觉得父亲的死跟他有关。每次他说起这个问题，总是絮絮叨叨地说个没完：要是那天家里没生气，要是他不急着赶回去，要是……妹妹跟我说，哥哥本来就神经质，千万别跟他讨论这些问题了，否则他会抑郁。

其实妹妹不用提醒我也明白，每次跟哥哥在一起，我都刻意回避这个问题。他和父亲之间的感情，远远比我们复杂，但又是一笔糊涂账。我也知道他这么多年是怎么挣扎着走过来的。他的婚姻是父亲指定的，嫂子的父亲跟我父亲是抗美援朝时期的战友，转业之后也分到了同一个地方。她父亲也够惨的，在冰天雪地的朝鲜战场上喝了一个多月生水，回国后一直肚子疼。到医院检查一下，说是直肠癌。把肠子切了之后化验，发现切错了，只是一般的炎症。好不容易身体恢复了，几年之后又发现患了胃癌，年纪轻轻就离开了人世。父亲和他的那些战友们，就把抚养孤儿寡母当成自己的责任，那个时候他就决定，让大我哥哥三岁的战友的女儿将来做他的儿媳。

从结婚第一天起，俩人就吵架。据说结婚当天晚上，俩人闹得把结婚证都撕了。

在婚姻这件事上，尽管哥哥从来没有原谅过父亲，但也从来没有抱怨过他。像所有事情一样，因为是父亲做的，这事儿便没有了对错。

父亲死后，哥哥每次回家都坐在他的房间里，半天也不出来。他总是望着我们俩和父亲的一张合照出神。拍这张照片的时候，哥哥上大三，我刚刚接到大学录取通知书。我们爷儿仨就站在院子里的一棵枣树前拍了一张照片。父亲说，爷爷心心念念的，就是耕读传家。现在无地可耕，但是家里出了两个大学生，也算是给了爷爷一个交代。

照片上，父亲的身体明显向哥哥那边倾斜。1952年，在朝鲜战场上父亲中了一发炮弹，他的大腿骨粉碎性骨折，手术后一直没有恢复，里面还打着一个钢钉。另外，还有一个弹片离心脏只差不到两厘米，没有让他的骨灰撒在三千里锦绣江山。后来他作为伤残军人荣归故里，在县委当了武装部部长。

照相的人本来想让父亲坐在那里，但被他严词拒绝了。即使倾斜着身子，他也要稳稳地站着。

安葬了父亲之后，哥哥专门去重新洗印放大了这张照片，并郑重地放在父亲生前用的书桌上。那天他看着这张照片跟我说："爸再也不用走路了！"

我默然无言。妹妹说得好，只要哥哥说起父亲的事儿，我们一律不接茬。他说上一阵子就过去了。

可是有一次，他把自己灌醉了，把我和妹妹堵在屋子里发酒疯。他先指责我，说我离开这个家到妹妹那个城市去，完全是因为想逃避，不想承担责任。然后他又指责妹妹，说她是老公的家奴，天天把孩子圈在自己身边，完全被自己的小家给绑架了。

"你们一个比一个自私！"

说完之后，他突然抱着头，蹲在门口失声痛哭，说："是我杀死了父亲！是我们联手杀死了父亲！刚开始的时候我们爱父亲，心疼父亲，害怕他死。可是时间长了，我们还有耐心吗？我们每个人，都关心自己，可是，父亲呢？谁管？谁管？"

我坐着没动，我觉得他是借酒发疯。他说的不是醉话。可是妹妹受不了这些话，妹妹过去拍他的头，他把妹妹推开了。

他哭得像一个摔痛的小孩子。

"我们每个人都觉得自己的事儿比父亲自杀这件事儿大。有一次跟你嫂子生气,我就想赶在父亲之前自杀!那个时候我恨死父亲了,我就想,你怎么还不死啊!"

"哥!你太过分了!"我怒不可遏。

他低头痛哭,一句话都没再说。

哥哥的精神已经崩溃了。

回头想想,哥哥说的不是没有一点道理。我离开此地的目的,虽然未必完全是为了自己,但自己的因素占了大半。后来在陪伴父亲的过程中,我的情绪也已经失控了。有时候会低落到极点,自己关在屋子里一天不出门,不吃也不喝;有时候电话铃声就会让我心惊肉跳;有时候又暴躁欲狂,动不动就想发脾气,弄得我母亲都是小心翼翼地看着我的脸色说话。

父亲也一样,他也关在自己屋子里,只是让门留个缝儿。那个房间虽然比我的大一些,但是窗户被防盗窗护得严严实实。屋子里一切可以伤害身体的东西都被清理得干干净净。

他与我们——自己的老婆孩子,变成了一种敌对关系。我们防备着他,他也防备着我们。我们进行着势不两立的攻防战,真说不清楚是爱还是恨。

不久前,我的一个朋友过来,说起她的父亲。说起她父亲死后,她收拾父亲的遗物,父亲完整地保存着她成长过程中的一切,突然失声痛哭。我坐在她面前,不知道该怎么安慰她。我对那样的父女感情很陌生。但是不久,我也哭了起来,想起父亲纵身一跃的那一刻,那么寒冷,那么坚定,又是那么绝望。于是，我真的哭了起来，比她哭得还伤心。

莫非，真的是我们杀死了父亲？

这句话，不过是借哥哥的口说出来罢了。我记得在父亲的葬礼上，我们互相回避着，不敢看对方的眼睛。

8

母亲这一辈子，至少在儿女们看来，从来对父亲唯命是从，她努力放低身段来成全父亲。其实母亲也算一个知识女性，她是当时县女中的高才生。自从嫁给父亲，尤其是有了我们几个之后，她就把自己深深埋在家庭生活里，而且乐此不疲。她放弃了很多进步和晋升的机会，安心做一个家庭妇女，父亲到哪里她就跟到哪里，无怨无悔。

但是我们觉得，父亲对母亲虽然说不上不好，但也说不上好。工作上的事情、他遭受的委屈、和同事的关系……他从来不说与母亲听。开始的时候，母亲还问，还打听。父亲总是像没听到一样，沉默以对。后来母亲就不再问了。

在家里，他们也像同事关系，说话客客气气的，但是缺乏烟火气。他们一辈子都没吵过嘴，我也从没有看到过他们闹什么别扭。作为后人，怎么用现代眼光去理解他们的关系呢？可能这根本就不叫爱情，也许还可以说，这就是最好的爱情。毕竟他们相互陪伴着，走了一辈子。

还有父亲的笔记本，我觉得那是他人生的备份，虽然我只简单地翻了翻，看了没几页。如果认真地翻下去，我相信他和我母亲的一切，都会记录在笔记本上。也就是说，他们的婚姻生活会有记录，一旦发生变故，他就能向组织上交代清楚。想想这些，真让人有说不出的难受。他与母亲谈心、交合、探亲……我无法想象，一个人既活在现实中，还要活在发黄的纸上。

只是在父亲想自杀的事情发生之后，母亲对父亲的态度逐渐有了变化。在夫妻和家庭关系中，她慢慢找到了自己，就像一张洗印的照片，她在其中慢慢地显影。

她悄悄地掌握了主动权，对于母亲来说，这无异于一场革命，或者是政变。

有一段时间，父亲患了支气管炎，我和母亲每天陪他去医院输液。有天下午，天气晴好，输完液之后，我没有按惯例走大路回家，而是开车绕到河堤上。从那里回我家虽然绕远了一点儿，但是人少，环境也好。

刚到河堤上的时候，父亲像往常一样表情平淡，木然地看着车窗外。走到河堤中间的广场边，他突然咦了一声，用手指点着窗外。母亲说，把车停下吧。原来他是看到了自己的一个老战友，正在广场上散步。等我们把车子停好，走到广场的时候，父亲的那个战友已经走到树丛后面看不到了。但我们没有停下，也没有折转头往回走，而是沿着河堤一直向前，这也是母亲的意见。父亲一声不吭地夹在我和母亲之间，走了很久很久，直到他开始大口喘气，我们才在路边站了下来。

父亲又喘了一阵才慢慢平息下来。他跟我母亲说，让她跟老周——就是刚才跑步那个人，他也来我家看过几次父亲——联系一下，他想和他一起，去北方看看几个战友。

"好啊，"母亲热情地鼓励道，"我跟你一起去。"

"我想自己去！"父亲眼里突然现出热切的目光，那目光到现在我还记得，是一种强烈的生的光芒，像电弧光。

"让我自己去吧！"父亲的声音几乎是在乞求了。

"不！"母亲坚决地摇摇头。

父亲把目光转向我。我也坚定地摇了摇头。

那种光，突然像断电了一样，在父亲的眼里熄灭了。

9

这一年的中秋节，天气非常好。父亲去世三周年，我们兄妹三个约好跟母亲聚在一起过节。下午母亲安排我说，去买点东西，晚上到阳台上赏月。难得母亲有这样的兴致，本来我想拉着他们一起去，但哥哥闷头坐在父亲房间里，说他不想出去。我只好带着母亲和妹妹去了。在月饼柜台上，母亲坚持要买一块老式月饼。我知道她是给父亲买的，父亲爱这一口儿。

晚上，月亮东升的时候，我们和母亲来到阳台上。

"给你爸掰一块月饼，"母亲点着给父亲留的空椅子说，"昨天我梦见他了，他说过得还不错，就是晚上门口不安静。这几天你们去买点东西烧烧。"

我一边答应着，一边把老月饼切四块，放在留给父亲的那把空椅子前。

哥哥低着头不说话。最近一个时期他情绪反复无常，尤其是跟嫂子离婚之后，他轻松了没几天，就重新陷在抑郁的情绪里了。

"欢子，"母亲喊着我哥的乳名，"你从来没有梦见过你爸吗？"

哥哥摇摇头，又点点头，但是没抬头。

"你爸什么都没跟你说过？"母亲问，"我怎么不相信哪！"

哥哥一脸迷茫地抬起头看着母亲，然后又低了下去。

"你也别想不开。其实你爸自杀那一天，我什么都知道。你们想想，我怎么可能不知道呢？"

我打了一个激灵，起了一身鸡皮疙瘩，感觉父亲回来了，正坐在我们中间。哥哥也诧异地抬起头来。我和他对视了一眼,看到了他眼睛里闪着的某种光亮,让我突然想起我们被寄养在外婆家,他说父亲被抓时的情景。不过只是在心里一闪而过,冰凉而疼痛。

一时间我们都沉默了,谁都不知道该怎么接母亲的话,只是看着留给父亲的那把空椅子发呆。月上中天,突然感觉天气有点凉了,也许是气氛有点凉,我站起来给母亲披上一件衣服。

母亲对我说:"你把阳台上的灯打开。"

我开了灯,回头看见母亲拿出一个小布包摆在桌子上,示意哥哥打开它。哥哥把它展开,里面是一个弹片,磨得明晃晃的,铜已经变成了暗红色。

"这个东西,卡在离你爸心脏一指多远的地方,再往里挪一点他就没命了。"母亲用指头在心脏处比画着,然后把弹片对着灯光看了半天,好像它透明似的。过了一会儿,她把哥哥的手拉过来,把弹片放在哥哥的手里:"过去咱们家最难的时候,每当我想不开,你爸就把它拿出来搁在我手里,说,看看这个,还有什么想不开的?虽然最后他还是没想开,但是他让我想开了。要不是这,我真活不过来,哪还能把你们几个养大?"

哥哥拿着弹片,也朝着灯光照了照,脸上现出很复杂的神情。

"他去死,我怎么会不知道呢?"母亲又把话头转了回来,"他出去的时候,我看到了,想站起来。他就站那里狠狠地瞪着我,严厉地制止我。他知道我这一辈子都不敢违背他。不过,那时我也横下一条心,心想,只管让他走吧,看到底能会怎样!"

一片静寂。我们的心都提到了嗓子眼儿。

"结果,他真死了。"母亲好像沉迷其中,脸上平静得像说别人的一桩旧事,"死了就死了吧,谁不死呢?所以我觉得我对得起他。这也是我最后一次成全他,最后一次按他的意见办。"

我努力克制着自己,直到一波又一波强烈的情绪过去。我知道,今天即使母亲这样说,我们也不会这样去想,至少我不会。我们知道母亲对父亲的忠诚和爱,而且,我宁愿相信她这样说只是为了安慰哥哥,她不想让我们家的最后一个男人,再爬上天台。

事情只有这样想,对生者和死者,才是最好的安慰。

的确如此。也不过如此。

· 作者简介 ·

邵丽,女,1963年生,中国作家协会主席团委员。现任河南省文联主席,河南省作协主席。作品发表于《人民文学》《当代》《十月》《作家》等刊物,作品多次被《小说选刊》《小说月报》《新华文摘》等选载,部分作品译介到国外。曾获第四届鲁迅文学奖,《人民文学》年度中篇小说奖,《小说选刊》双年奖,第十五、十六届百花奖中篇小说奖,第十届十月文学奖中篇小说奖等多种奖项。

风很大

□ 邓一光

早上差两分钟七点,门在赵身后咔嗒一声关上。陶问夏皱了皱眉头,扭头看露台方向。

昨天中午台风登陆前赵就来了,带了两卷胶带,楼上楼下跑,把带玻璃的落地门窗全贴上对称的米字膜。现在,仪式感十足的门窗紧闭着,风把一只肢体修长的竹节虫和几只色彩斑斓的荔蝽尸体敷在玻璃上,一只八眼巨蟹蛛还活着,困难地伸展螯肢在雨水中爬动,试图离开那里。隔着钢化玻璃,依稀能看见,对面那栋没人住的人家,两扇没关严的窗户抽筋似的摔来砸去,玻璃早已碎光。院子里,满地龙尸般的树木断枝,一棵百年树龄的小叶榕被连根拔起,龇牙咧嘴倒在游泳池旁。花园小径中有位年轻保安,奇怪地抱着一棵大王椰,风把他的脸紧紧摁在弯成弓背的树干上,这使他活像找错目标的扁脸情人,不知道这种时候,他为何出现在那里。

22号台风肆虐了一整夜，天亮以后弱了不少。昨晚风震厉害时，房屋摇晃过几次，赵咨询陶问夏，要不要进他怀里。陶问夏说不用，还好。现在回想起来，她不清楚当时说"还好"是什么意思，但她能想象东部海边地区会是一副什么样子。

陶问夏站在客厅，低头看自己赤着的脚丫，感觉它们正受到某种不明事物的威胁。她走过去，脚趾有节奏地蠕动，一点点爬进赵留在门口的那双皮拖鞋里，趿拉着回到楼上卧室，走到床前。

床上凌乱，和大多数时候一样。入睡前他们各自阅读，赵刷屏专业论文圈，陶问夏读几页书，或者，看上去在读书。自从加入了一个和专业不相干的读书会后，陶问夏总有些群里推荐的书要读，不过大半没读完。他们很少交谈。总不能谈 α 和 λ 射线计量公式。作为配合默契的专业伙伴，他们在研究所里有足够的领域和时间交流。

有一阵子了，他们保持着肌肤之亲，不多，但有。

陶问夏缩起双肩，让睡袍滑过锁骨，跌落到脚踝上，脚趾脱离松垮垮的拖鞋，爬上床，钻进凌乱的丝制品中。离秋分还有一周，她并不觉得冷，却像月光螺一般蜷起身子，感到光着的腿正一寸寸复活过来。

好像知道陶问夏回到被窝里了，邹芊芊的电话恰逢其时地打进来。

"他提出新条件，补我三十万股宝德。"隔着话筒，陶问夏被小姑子的怒火灼得脸往后撤回几寸，"拿我当什么，鸡都不食的港股耶！"

"闹四五年了，总归是分手，你拿到不少了，觅儿的监护权，两套房子……"

"三套。伦巴底街那套上个月我也抢过来了，没告诉你？"

"三套，还有岘港的生意，游艇也归你……"

"我就知道，在你这儿别想找到安慰。"邹芊芊怒气冲冲，好像电话这头的陶问夏是可恶的叛徒,"我根本不想要那只破瓢,看看人家朱梦,康明斯发动机,我的是狗屎雅马哈,会费和维修就能把人逼疯。我只是不想让他在上面睡他的小奸妇——我俩在艇上搞过,在不要脸的大海上!"

陶问夏有点恍惚,不确定是否应该起来给自己煮点东西吃。她对烹饪过程和自己没有关系的食物向来缺乏信任,从不叫外卖。她朝落地窗外看,雨不大,风肆意撕扯着天空,一个劲往地上摁,所有翻天覆地的事情都在地面上进行,房屋隔音效果好,听不见它俩在外面嘶喊着什么,她猜这会儿后者连呻吟的力气都没有了。

换了个姿势,陶问夏把话筒推到枕头那一头,大致能分辨话筒里抱怨在继续,伸手够过床头柜上的手机,心不在焉地处理了两封工作邮件。预报说台风下午就会过去,但她不知道小姑子什么时候才会停下来。

有一段时间,陶问夏和邹芊芊好得像一个人。那会儿,邹茂茂想娶陶问夏想得哭,母亲和三个姨妈坚决反对,理由是陶问夏学历高。父亲和叔叔弃权,表示尊重精英民主,支持代议制。

"娶谁不好,娶女博士。"归纳起来,邹家的反对意见大体如此。

陶问夏是博士后,要命的是,她是工科,精密仪器专业。邹家是知识分子世家,家里三代出一堆博士,废品店不收,堆在家里攒着,深受困扰。邹芊芊是邹家唯一的低学历,港科大一毕业就嫁了潮汕新贵,身份落地,人事通透,邹家有什么化不开的事总是她出面拿主意。

邹茂茂央求妹妹拯救,信誓旦旦,陶问夏品质优秀,玷污不了邹家的名节。邹芊芊那会儿正和老公暗中斗法,忙着改北美身份为欧洲身份,没心思管闲事,劝哥哥,在人生的田径场上你永远别想跑赢一个想拿金牌的女博士,她越优秀意味着你当亚军的可能性越大,这是一场风险远超机遇的比赛。耐不过哥哥央求,邹芊芊怨气冲天从瑞士飞来深圳见陶问夏,本来打算直接逼陶问夏知难而退，没想到一见就陷进去了，回头慎重地向父母宣布，哥哥要不娶陶问夏，她就娶。

几年后，陶问夏和邹茂茂分居，邹芊芊专程飞了一趟新加坡，堵着门跋扈地把哥哥痛骂一顿，把邹茂茂刚买的自行车二话不说丢进湖里，最后还是邹茂茂费老大劲打捞起来，去警局交了一笔罚金了事。

"抓住最后机会，四十岁的女人能得到真实性爱的概率不到百分之十。"邹芊芊从新加坡飞深圳，进门把自己扒光，跳到陶问夏床上，一边试在爱雍·乌节新买的内衣，一边连怂恿带威胁指导陶问夏，"关键是财务自由，我豁出来免费替你打官司，保证邹茂茂净身出户。"

邹芊芊是金逸事务所合伙人，生下女儿后几乎没接过案子。

"我俩没你想得那么不济。"陶问夏为小姑子挨件拆内衣吊牌，一样样递给她。

"喂，别把自己当一把螺丝刀。"邹芊芊龇牙咧嘴反手够搭扣，有点够不上。

"喂，别说淫荡的话。"陶问夏学邹芊芊。

"蠢货，我指蓝领思维。"邹芊芊气喘吁吁扒下衣裳丢在地上，恨铁不成钢地瞪一眼自己的胸，再瞪陶问夏一眼，"你以为能修好这个世界，知道需要多少吨大号螺丝？我哥入佛系不是一两天，他待在狮城不回来，是想进普觉寺。他打和尚的主意，你又不打算当尼姑，想蜇你的蜜蜂满世界都是，离了和尚照样授粉开花。"

"你哥没想好，想好了他会告诉我。"陶问夏说，剪断一件普拉达的吊牌。

陶问夏处理完邮件，顺手刷了刷赵在路上发来的视频：香港一座建筑工地的塔吊被风撅甘蔗似的撅折了，有人在大街上被风吹得撞在隔离带上直接撞晕过去。

陶问夏不喜欢大惊小怪的视频，好像世界还不够乱，没看完就关掉了。她调出镜子，朝镜子里看了一眼。牙齿在镜子中闪烁着暗暗的光泽，不仔细看还算精致，但她比谁都清楚，凹陷的眼窝不是美人窝，是缺少睡眠，眼睑旁爬出几丝皱纹挺不耐烦，好像在考虑要不要爬得更远一点。

陶问夏把手机送回床头柜，隔着枕头拿过话筒，趁小姑子喘气的当口告诉对方，昨晚有风来访，没睡好，现在要睡一会儿，然后挂上座机。

窗外，有一棵七八尺长的树拖曳着雨水飞过，也许是半棵，样子像试验失败的飞行器，蘑菇形树梢拉出粉状白烟。昨天政府宣布停市停工停课，陶问夏觉得自己有理由睡一会儿，可怎么都睡不着。

二十分钟后，陶问夏换上一套蛋青色耐克运动装走进车库，绕过蒙着车罩的雷克萨斯，上了自己那辆2015款卡曼，打开车载电台。

本地台新闻频道和交通频道吵成一团，都在播送台风新闻，播音员像身处狼烟四起之地的新兵，口气亢奋而绝望。陶问夏把波段调到94.2，听了一会儿私家车台的路况报道，下车返回楼上，取来一台自动体外除颤仪，放进后备厢里。

设备是陶问夏科研成果中的一种。她不知道是否能派上用场。她把车开出车库。

一到外面，就像进入另一个星球，风力起码十五级，时速超过一百五十，两千千克自重的卡曼像刚学短跑的新手，身后有个脾气不好的教练一掌掌狠推，一个劲地踉跄。

陶问夏有点害怕，但她没有让自己回头。

银灰色的卡曼驶上梅林路。雨水在车窗外呈干冰状，拉出一缕缕直烟，视线不好，能看见马路上到处躺着吹落的广告牌和横倒的垃圾箱，路边植被一律向西北方向弯着腰，沿路到处是倒下的大树，它们连根拔起或拦腰折断，压塌了好几辆停在路边的汽车，那些汽车就像买多一份只能拍扁打包带走的汉堡，完全没有了营销广告中宣称的从容高贵品位，有一辆红色QQ干脆掀翻在马路上，看着触目惊心。

街上店铺都关了门。还是有一些政府工作人员出没在街头，各种制服外套着橘红色荧光救生衣，像一群失去了导演调度的特技演员，在风雨中侧着身子困难地蛇行。

陶问夏小心翼翼绕过路边倒木，拐出梅林路，沿梅丽路往南行驶。平时高峰时段，这条路会堵得厉害，这会儿却基本没有车辆，偶尔遇到一辆，也是闪着警灯的工程车，悲壮地犁开白花花的水道驶过去，车身溅起的浪头就像墨斗鱼不断扇动的边裙。

陶问夏受到启发，打开示宽灯和警示灯，提醒自己不要空挡滑行，尽量不用刹车。

在北大医院路口，陶问夏没有犹豫，把车拐向莲花路，让车顶着风行驶，这样能保证安全。她看见一股湍急的水流像走错了地方的瀑布，顺着莲花山公园西北山脚涌出来，冲上马路，一些蒙圈的土黄色蟾蜍、果绿色树蜥和花斑色蛇在白花花的水头中扭动，沿着路面快速爬开。她回忆在电台里听到的新闻，一些地势低洼处，海水顺着河道灌进市区，卷起几尺高的潮头拍打着街道，很多建筑都进水了。

这么想着，陶问夏听见身后一声巨响，吓得手一紧，下意识闭上眼睛，很快睁开，紧张地看后视镜。身后几十尺远处，一块巨大的公益广告牌不知从什么地方飘来，掀过马路，广告牌上夹带着一团白花花的东西。好一阵，她才看清楚，广告牌上面写着"以书香为伴，让知识续航"，白色的东西是条白色毛皮的狗，卡在两根断裂的钢筋中，不知怎么和续航的书扯上了关系。

陶问夏慢慢减速，小心地倒回去，把车泊在路边，摇下车窗。风嗖的一声把纸巾筒吸出车窗，接着是挂饰，它们向莲花山方向飞去，像是急着去找什么人，眨眼消失在风雨中。她觉得有一双手在把她猛力往车窗外拽，衣袖筒里瞬间灌满雨水。

隔着马路，一个浑身透湿的交警冲这边挥动手臂大喊大叫。陶问夏听不见他喊什么，但明白是在催她赶快离开路边。

快过来，快！她朝狗招手。

狗挣扎了几下，从刀叉般的钢筋中脱身，瑟瑟地过来，从车窗外爬进车里。

陶问夏把车从路边开走。"待那儿别动，我刚洗过坐垫。"她关上车窗，回头对湿漉漉发着抖的狗说。

白色皮毛的狗在脚垫上转着圈，冷得直哆嗦，也许吓着了，好一会儿才抬头看了陶问夏一眼。是一只萨摩耶，男孩，看着挺老实。陶问夏曾想养一只耷拉着大耳朵的猎兔。她喜欢警惕的智者，比如写《彷徨》的鲁迅，但他们眼神不一样。

好吧，反正都是移民，谁也没有权利要求别人怎么做。陶问夏妥协了，听任萨摩耶上了后座，在那儿转着圈耸出一片水珠。她不喜欢狗变得失魂落魄，但她能怎么办？

情况没有好转，陶问夏在莲花支路的路口再度停下，让一条杂色柴犬和一条黑色松狮上了车。它俩一个像滑稽的公知，一个像神经质的演员，之前躲在公园东北出口的垃圾分理站后面，完全吓坏了。它们应该是莲花山上的住户，可见山上的植物被袭扰得有多厉害。

陶问夏把两位"流浪汉"让到后座上安顿好。这次她没有提醒它俩注意礼节、讲究卫生什么的，用不着了。她不清楚莲花山上还有多少住户遭了殃，鼯鼠、琵鹭和角鸮，更多的是被人抛弃的流浪猫狗。

车在莲花立交桥旁停下。那里有一片汹涌的水流，水头不知打哪儿钻出来的。陶问夏小心翼翼减慢速度，开车通过水洼，拐上红荔路。中途她又停了两次车，排气管明显遭受到摧残，她肯定要去 4S 店做延保了。

现在，车上有了五条流浪狗，其中一位受了伤。陶问夏在一段路边没有大树的地方停下车，为受伤的金毛做了简单处理，包扎上伤口。车上有点挤，五个家伙为争夺地盘开始大声叫喊，朝对方露出尖利的犬牙。萨摩耶男孩果然老实，它第一个上来，本来独占后座，现在把那儿让给后来者，自己躲到脚垫上。松狮最霸道，像坏脾气的黑脸包拯，谁都欺负，好像卡曼是它的座驾，陶问夏来接它回家吃饭，它不想带上其他人。问题是，真正的危险可能是那条小个头的年轻杜高，它一声不吭，小眼睛不断往松狮那边扫，感觉随时都可能扑过去。

陶问夏读过《吉尔加美什史诗》《玛雅圣书》和《史记》，书中记录了大洪水的事，说了神打架、人作恶、天谴责的事，没有狗龃龉，她不知道该拿这种事情怎么办，是停下车，帮助它们当中某一个对付其他几个，还是就她自己，它们来攻击她，它们一起上？

"可以停止吗？"她一边观察马路上的倒木，一边斜眼严肃地教育后座上大打出手的"流浪汉"，"不然你们找我，我们好好打一架。"

除了黑色松狮，别人都停下了，或呆萌或识趣地看陶问夏，好像她是一个过于吹毛求疵的老师。

陶问夏觉得好笑。其实她不会打架。

多年前，陶问夏和邹茂茂去南丫岛度假，忘了为什么，精力旺盛的邹茂茂把陶问夏抱起来，扛上肩往海边走，假装要把她扔海里去。陶问夏吓得又踢又叫，后来还是按照要求衔住邹茂茂的耳朵，事情才算结束。

那应该不算打架。

陶问夏还清楚地记得，那天晚上，她洗完澡，头上裹着毛巾走出农舍，隔着夜空中几只斜飞的萤火虫，看见了邹茂茂。邹茂茂像认真值堂的小学生，坐在门廊的木头台阶上，两只手合架在膝头，食指相钩，一动不动地看着远处寂寞的离岛，那个单纯样子，差点没让陶问夏落下泪来。

"这样度过一生，是幸福吧。"那天夜里，邹茂茂说过这样一句话，不是询问，不是对陶问夏说，是告诉他自己。

车上湿气很重，弥漫着浓厚的山林气味。人类并没有为自己驯化出真正的宠物，只要这个星球变化一下，它们回到自己的来处，很快就会恢复祖先的基因。

陶问夏有点反悔，不该这个时候出来。但她不否认，这就是她冒险出门的目的。她猜想有谁急切地需要尽快离开肆虐的台风。实际上，很多人都需要离开困境，比如她自己。

陶问夏还记得第一次见到邹茂茂时的情景。

他们是在世界五百强求才大会上认识的。他高挑，优雅，西装不是什么大品牌，鞋子的款式也一般，手腕上贴着一块干净的创可贴，模样更像一位创客技师，而不是上市公司风控师，可他漫不经心的神态中透着一丝堕落的气息，慵懒的气质非常迷人。

"哇，S！"他咧开嘴，露出雪白的牙齿冲陶问夏喊。

"嗯？"陶问夏没听明白。

"就是Alba，漫威里的Sue Storm，X的象征。"

"是吗？"

她晕头晕脑，不知道Sue Storm是谁。她知道截止频率和红限波长，不知道漫威，胸口怦怦跳个不停，一个劲地想，她真是那个幸运儿吗？

后来，陶问夏悄悄查了杰西卡·阿尔芭的资料，闹了个大红脸。在《神奇四侠》之后，阿尔芭出现在《蓝色星球》里，一身蓝色紧身皮衣，冷着脸，性感极了，难怪他说 X。

他们有过甜蜜时光。九年。陶问夏习惯了每次从梦中醒来，手都在邹茂茂呼吸均匀的胸膛上。还有，她遇到气急败坏的事情，昏了头给他打电话，他什么事没有似的先笑，然后咧开一口白牙对她说，没事，有我哪。

可惜，经济危机摧毁了一切。

邹茂茂的公司遭遇流动性危机，然后是连续股灾。不止他们一家，全球百年老店倒闭掉三成。他们共同认识的很多熟人都消失了，过去他们都雄心勃勃，相信好日子通往永远，那是属于他们的世界。

德国政府替 Hypo Real Estate 担保。美联储七千亿紧急救市，政府接管 Fannie Mae 和 Freddie Mac。中国政府也没干坐着，四万亿入市，可是，纾困名单中没有民营企业。邹茂茂的公司申请停牌，遣散掉半数员工，试图最后一搏，挤进家电和汽车下乡的队伍，董事会决定，由干将加福将邹茂茂负责项目。邹茂茂使尽吃奶的力气，还是被握着政府批文的国企挤了出来，一点份额也没拿到。

邹茂茂离开了公司，不是辞职，是除名，股权收回。公司市值跌破发行价，宣布摘牌离场，总得对股民和证监会有个交代，他是最不会引发次生灾难的人。

邹茂茂垮掉了，一夜之间苍老了十岁。那天，他通过律师递交了身份申请。陶问夏劝他别那样。他们吵架了。

"你以为我不知道，你觉得我丢脸……"

"别这么说……"

"不能什么好事你都占全了,你知道我的感受,你让我觉得自己非常糟糕……"

"对不起……"

"够了,我们都不是彼此的第一次,谁也不是谁的救世主……"

她觉得他太侮辱人了,她的科研项目逆市上马不是她的错,她从来没有见过救世主。但她还是爱他——爱那个因为爱她而不知所措的他,那个食指相钩,默默与夜色对峙,相信宁静海湾是幸福之地的他。

他们有两个星期没有说话,然后是半年。他抗争过,投过几次简历。人们熟悉他,年轻有为的风控师,拖垮了大名鼎鼎的头部企业,没有谁会和这样的人沾边。

有一天,陶问夏从研究所下班回到家,精疲力竭,想喝口热水,倒水的工夫,听见风叩动门的声音。她向门口走去,却发现邹茂茂躲在储衣间里偷偷哭泣,头一下下往墙上撞。她惊慌地挤进窄小的储衣间,用力把他的脑袋从墙上剥下来,抢救进怀里。

"走开!"他推开她,顺着橱柜滑坐到地板上,一脸散乱的恐惧,"告诉我真话,我是不是不中用了?"

她回答不了他的问题。她不相信男人会这么脆弱。难道她就没有垮掉过?好日子不会一直到黑,人们还要生活下去,人口红利还没有用光,他们赶得上重新来一次。

邹茂茂终于去了南洋理工大学,做访问学者。离开家那天,他神情恍惚地走出门,在门廊的吊窝里坐下,呆呆地看院子。这一次,也许是白天,天色太亮,他没有手指相钩,坐了一会儿,慢慢起身,埋着脑袋下了台阶,连行李箱都忘了拿。

"你还是那么帅。"头天晚上,她替他收拾好行李,特意下楼,走进书房对他说。

"你也一样。"他那么说过，反应过来，从平板电脑上抬起头，抱歉地看她，"哦，我是说，你一直都那么从容。"

她瞟了一眼屏幕上的画面，灵修课程什么的。她觉得他说得对，如果她不那么从容，惊慌一点，哪怕一点点，她就能做母亲。

卡曼在关山月美术馆附近停下。车上又添了两位乘客，一条黑白相间的喜乐蒂，一只看不出品种的流浪猫。喜乐蒂是条高龄老狗，世故地坐在马路当中拦车。猫带着一身水珠直接蹿上车头，凭这个，陶问夏就判断出它俩不是野种，是流浪儿。

猫蹿上车头时陶问夏吓了一跳，差点猛踩刹车。它有缅甸猫的黑眼睛，东方猫的尖嘴，英国短毛猫的烟灰色皮毛，参立着两只斯芬克斯猫的大耳朵，脑袋上顶着一条亮晃晃的马陆虫，隔着窗玻璃冲陶问夏露出两排尖尖的牙齿，好像那样做就能洗刷掉它出身的疑云。

让猫进到挪亚方舟里来颇费了一番工夫，风大得邪乎，根本打不开门，陶问夏没法下车去帮忙，猫又死活不肯从车头上下来，屈尊挪步窗道。好在街上一辆行驶的车也没有，只要不停在路边，他们大体是安全的。

卡曼终于重新上路，陶问夏运动衣湿透了。她发现自己惹上了麻烦，那只出身可疑的猫在呕吐。这太糟糕了。更糟糕的是，猫的背部塌陷，肚子圆鼓鼓，缩在逼仄的副座下，一副抑郁脸，丝毫不理会冲它大叫的松狮。

陶问夏找出一双手套，试着把可怜的家伙从副座下拽出来。猫没有反抗，只是在她把它抱上副座时有些警惕，试图弹出爪子挠她，她嘘住它。

"我来找熟人，没找到，我也不认识它们，但我们可以客气点，对吧？"她对猫说，然后回头警告松狮，"别冲它叫喊，它被伤害过。"

猫松弛下来。陶问夏捏了捏它身上，几乎没有脂肪，乳头肿大，至少有六周孕期。她把车停下来，脱下干爽的运动裤，把猫裹起来，用两个软枕在副座上做了个临时的窝——分娩还有三周，但不管它孩子的父亲是谁，血缘复杂到什么程度，它有资格得到单独的窝。

陶问夏有个条件相当不错的窝，可那个窝不能让她分娩。

问题不在经济危机，也不在邹茂茂。邹茂茂不是陶问夏的第一个，她也不是。邹茂茂之前那些血缘丰富的男人都认为她该有一个窝，他们愿意成为窝的一部分，可是，最终他们都离开了，或者说，她离开了。她不喜欢用朗诵的口气大声说话、在发式和皮带上下足功夫的男人，而且，不是"四十岁的女人能够得到真实性爱的概率不到百分之十"，而是女人结束掉的时间提前了，她希望有力而深刻地生活，在日后宣称自己真实地生活过，但不曾做到，至少现在她还没有做到，科技魔兽上足了发条，越往前走路越窄，发展的空间越小，她不敢有稍许松懈，害怕一旦松手，面前一片荒芜。

谁想知道那些大树为什么会在大风中倒下？它们是移栽，根系浅，如今还生长在那儿，不过是在等待下一次级别更高的风，它们根本来不及分娩，就被绝育了。

银灰色卡曼停在红荔路和新洲路路口，等待绿灯放行。这个路口的红灯很长，即使此刻只有它一辆，车的主人也习惯地等在那里。

卡曼已经绕着莲花山行驶了一圈，现在，陶问夏要从手机里翻找出流浪猫狗收容站的电话。她很清楚，要是查起来，在成为"流浪汉"之前，车上这些家伙大都按照《城市养犬管理条例》进行过登记和检疫，取得过合法户籍，但政府可没有为它们安排经济适用房和廉租房，收容站的人会抱歉地告诉她，她应该把它们送到犬类保护协会去。这个她会。她不打算指望谁。她没有打算指望任何人。只是，她不知道流浪狗基地是否还在原来的地方。他们拿不到用地计划,已经搬了十次家了。

陶问夏那么想着,风依然刮得紧,赵在风头上把电话打了进来:

"听说了吗?大梅沙的'天长地久石'垮了,两块石头只剩下一块,没有天长地久了!"

赵口气焦虑,透露出一丝抱歉。他们有足够的默契,从不通电话,也不会拿各自失去配偶这件事情来烦对方,但显然有什么事情让他崩溃。那是什么?不过是两块耸立在海边的石头,被风吹垮了,它们怎么啦?男人怎么啦?他们看上去那么优秀,这个世界是他们创造的,诞生和毁灭都因为他们,可他们倒下去也太容易了,根本用不着22号这个级别的台风来帮忙,他们为什么不爬起来,要一个劲地在风雨中打滚?

"听说,"赵迟疑了一下,"垮掉的石头里露出了砖头,就是说,它是假的。"

原来这样。陶问夏完全说不出话。她越来越说不清楚,她到底在意什么,是离开的那些人,还是他们留在某些皮制或者棉制品中的灵魂?

她挂断了电话。

红灯依然亮着,和热带气旋一样执着。天气好的时候,路过这一带,能闻到公园里飘来的花草芬芳,这个时候应该是桂花开的季节,桂香让人心情舒畅,要是晚上,还能听见山上牛蛙愉快的叫声。

陶问夏觉得,这真是一个奇怪的世界,人们从内地来到这里,把自己变成南方人,再变成国际人,最终能变成什么,谁也不知道。其他族群的生命也一样,在代际遗传中,把自己变成黑眼睛尖嘴烟灰色皮毛参立着两只大耳朵的杂种移民,分辨不出谱系。是不是人们都变了,这个世界只剩下她一个人,她还得循规蹈矩,守住血缘,等待红灯?

那么想过,陶问夏快速做了决定,回到家,她就找只包装袋,把那双男式皮拖鞋装进袋里，丢进垃圾收纳桶。不过，她现在还不打算去做这件事，她先得把车上这些家伙送到该去的地方，安顿好，为自己弄杯热水，一口一口喝掉，让自己缓过劲来。

红灯闪动几下，终于换成绿灯。

陶问夏没有动，让卡曼停在那儿，享受着绿色的清凉之意。她看见一样闪着金属光泽的黑色物体掠过马路飞了过去。是一只鸟儿。不可能，但只能是。她看不清是哪种鸟，甚至看不清它伸展开的翅膀，实际上它像弹丸一般眨眼消失在怒号的狂风中。谁叫她是工科博士，她在脑子里快速复盘出那个小家伙努力平衡着身体，奇怪地抻长脖颈向前飞去的轮廓。

不是她一个人在风中。

这场风不独属于她，但风中的生命是同类。

没人喜欢台风，它会把一切吹走，什么也不留下。可是，所有曾经存在过的，那些快乐和痛苦的日子，还有连接它们的某个拐角处，以及在那儿现身的生命，比如从新洲路转向莲花路的拐角，那只可能连翅膀都没能抻开却飞行在暴风中的鸟儿，它们就像伙伴一直伴随着她，让她欣慰，她应该谢谢它们在那儿，没有走开。

她记得邹茂茂有一件"自由兵幽灵"战术雨披，一双深色工装靴，在他的徒步行囊里，他没有带走，她可以穿上它们，返回来，去莲花山上救那几个熟人。也许它们正打算逃亡，却找不到人营救；她只要避开狂风中摇摇欲坠的大树，看仔细，它们躲在雨林溪谷还是漾日湖畔，最好不是风筝广场，那里了无遮拦，有一些不管用的簕杜鹃，风会把它们吹得满地打滚，也不是桃树林和风铃木林，作祟的树木会吓坏它们。也许它们可以去山顶广场，那里有一尊七吨重的铜像，铜像的主人经历过暴风骤雨，见多识广，他会告诉它们怎么韬光养晦，从头来过，何况，几十年前，人们想放弃的时候，他曾经隐晦地提到过它们；这样，她去那里就很容易找到它们，把它们带离大洪水，她也一起离开。

只是，需要风停下来。雨大没什么，风不行，风会搅乱一切。

· 作者简介 ·

邓一光，男，1956年生天重庆，现居深圳。出版长篇小说十部，小说集二十余部。曾获首届鲁迅文学奖、首届冯牧文学奖、首届林斤澜短篇小说杰出作家奖等奖项。

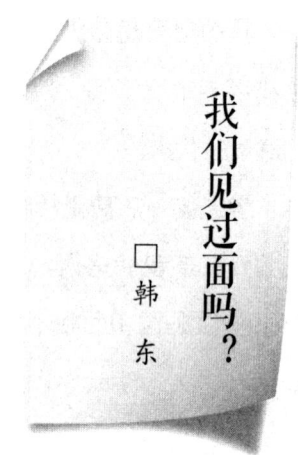

我们见过面吗?

□ 韩 东

2001年,我在L市住过一百天。不是去出差,也不是旅游,只是租了一间房子在那儿待着。L市有我一帮写诗的朋友,九十年代纷纷下海,到了新世纪无论是否发财都再次想起了诗歌,他们计划办一个刊物,邀我前往L市共谋大事。我一去就喜欢上了这里的节奏。

一般上午大家都在睡觉,中午吃过饭才陆陆续续约齐,去一家茶馆喝茶或打牌。牌局开始的时候已经是下午三点多了,其间有人会打发伙计去隔壁端一碗面条,边吃边打(忘了吃午饭)。四个人在牌桌上鏖战,可能有超过四人在一边观摩。当然,我们也可以只是聊天,谈一点儿正事,但这正事现在已经不是任何生意了,而是文学事业。我的朋友计划重返写作前沿,办杂志是他们想到的一步。八十年代我们正是通过办杂志脱颖而出的。但毕竟时过境迁,我对杂志的效果提出了质疑,"现在,最自由的地方应该是网络。"

我的意思是将纸质出版换成电子出版，把杂志办到网上去。其实对网络我也不是很了解，只是在意识上比他们超前，在行动或者熟悉网络上我们属于一代人。

意见统一后便是招兵买马，搜罗技术人才。应聘者不仅要求懂诗歌，还需要知道我们这帮老家伙。因此有关的过程就难免比较漫长。好在我们可以坐在茶馆里打牌、下棋，在娱乐之余憧憬一番诗歌的未来也相当享受。有这么一件大事作为前提，他们棋牌为乐，我滞留不去就更加心安理得了。

这是下午三点以后的情形，这时离吃晚饭已经没有几小时了。我们边打牌边聊天，琢磨着晚上去哪儿喝酒。进食的愿望其实也不是那么强烈（刚吃不久），我们的饥饿感针对的是别的东西。酒精是其一，更重要的是酒桌上的氛围。下午的活动虽然身心放松，气氛毕竟不够热烈，况且由于刚刚起床，整个人的状态也比较麻木。晚上的饭局就不同了。当城市灯光亮起，特别是当餐桌上的餐具被从一层塑料薄膜里打开，熠熠生辉，我们就像醒了过来，彻底清醒了。给我的感觉是，到了这会儿L市人的一天才真正开始。

九十年代下海的人中，有的发财了，有的生意没做好。后者比如宗斌（正是他邀请我来L市的），就曾经挣过大钱，享受过荣华富贵但最后血本无归。如今，宗斌的谋生都成了一个问题。幸亏他当年写诗上的名声，那些发了财的朋友都乐于帮助他。我到L市的时候，正逢宗斌盘下了一家小酒吧，他的女朋友彭姐负责经营，宗斌的任务则是拉客，就是拉那些发财的朋友过来消费。因此每天晚上的饭局结束后，我们的落脚地点就是宗斌的露露吧。

我们一落座，啤酒至少先上两打。这还只是开始，喝到深更半夜，平均每人消费一打啤酒也是很正常的事。我们这一桌是宗斌亲自带过来的。坐下后不久，在其他饭局上吃好的朋友也陆续过来了，往往成群结队。于是就拼桌子，最夸张的时候能拼起七八张小桌子，窄长的一条，如果不是房间的长度有限，还可以继续拼下去。整个酒吧里就只有这么一桌，客人能坐四五十号。有时候也不拼桌子，大家分头而坐，酒吧房间里和外面的露天座上都有人在喝酒。也有人拿着啤酒瓶子，到处串来串去。这是露露吧的鼎盛时期，也是它开业后一两个月时的情况，和我们的诗歌网站的创办基本是同步的。

那段时间的确很热闹，招兵买马也有了成效。几个年轻人加入进来，他们一概来自外地，不是 L 市本地人。但无一例外，他们都热爱诗歌，听说过我们（宗斌、朱晓阳或者我）。小伙子们的长处是了解网络，短处还是穷，谋生是一个问题。于是就吃住都在露露酒吧里。宗斌说了，"只要我有吃的，就饿不着你们。彭姐就是你们的妈妈，负责照顾你们。"年轻人也真是纯洁，对下午喝茶、晚上喝酒都兴趣不大，所有的心思都放在了网络上。露露诗歌网的框架不久就建立起来了。当时网络上流行的是论坛，因此我们的网站上不仅有电子书，还设立了论坛以及聊天室。最后证明，电子书几乎无人问津，论坛最为火爆，而聊天室则绝对是一个意外的发现或者说头号的惊喜。

总之突然之间，网络成了一个话题，也成了我们在 L 市生活的一项重要内容。现在，晚上的饭局我们不像以前喝得那么多了，宗斌总是惦记着回他的露露吧，惦记着在那儿忙活的几个小伙子。露露吧最近购置了几台电脑，小伙子们在那儿上网。老家伙们也开始纷纷学习电脑。朱晓阳虽然年纪和宗斌相仿，但反应一向很快，电脑打字没几天就掌握了，继而成了露露诗歌网的CEO。他除了管网站，还要管人，管小伙子们的生活以及小伙子们和老家伙之间的沟通。宗斌不同。一开始我提议将刊物办到网上去，他就持反对意见，这会儿网站启动，他又满怀着身不能至的忧虑和恐慌。一天宗斌没打招呼就提前走了，我问，"老宗怎么了，没喝多吧？"朱晓阳说，"他没事，去学习了。"

等我们到了露露吧，看见宗斌正缩在墙角里的一台电脑前打字。自然没有联网，他只是在练习，前面的墙上贴着一张儿童用汉语拼音字母表。宗斌叼着一支烟，两只手各伸出一根手指。他看一眼图表，敲打一下键盘，手指头能在半空悬上七八秒。那图表是针对幼儿的，比如 e 那一格里就画了一只鹅，i 的旁边画了一件小衣服，sh 就画了一头长毛狮子。宗斌的眼睛被香烟熏得眯成了一条缝，都不知道弹一下烟灰，咬着烟蒂的嘴里发出"恶""一""四"之类的怪声。

我给宗斌的建议是，不需要这么按部就班，找一篇文章或者一首诗，直接敲上去。不知道发音就查字典。宗斌说，"我是 L 市人，普通话不标准，小时候也没学过汉语拼音。"

朱晓阳说，"我也是 L 市人，也没有学过汉语拼音。"

在我和朱晓阳的鼓励下，宗斌不出一周就打字无碍了。但每天晚上的饭局他仍然提前离席，回到露露吧，然后直奔露露诗歌网聊天室。宗斌说露露吧是我们东山再起发动诗歌革命的指挥部，其实并非如此。也就是几台电脑成天在那儿开着，几个小伙子以及宗斌在那儿上网。网站的创建工作已经完成，剩下的只是日常维护，小伙子们把这儿当成免费网吧了。宗斌亦然，沉浸在自家网吧里，对小伙子们也不好过多指责。而且，彭姐也开始上网了。现在我们每次去，都见不到她人。好在都是老朋友，我们就自己去后厨的冰柜里搬啤酒，自己拿杯子、开瓶，结束的时候把钱压在烟灰缸下面。一次我问宗斌,"彭姐呢?"也不是想让她招呼我们,只是某种礼节性的问候,彭姐毕竟是宗斌的女朋友。宗斌盯着电脑显示屏,头都没有抬,"在和她的大卫聊天呢。"宗斌说。

"大卫?"

"嗯嗯,彭姐在网恋。"

还有一次彭姐出现了,溜达到我们这一桌,也不是要为我们服务,拿杯子、开瓶什么的,只是一种礼节。我们毕竟是宗斌的哥们儿。宗斌对她说,"你去和大卫聊天吧,去呀,这里没你什么事。"

宗斌说的应该不是反话,看上去他挺高兴的。就像把彭姐支走去聊天,他也更有理由去上网了。

由于宗斌两口子(虽然没有结婚,但却是事实婚姻)无意于经营,露露吧的生意开始走下坡路。我来L市也有两个多月了,大家待客的热情也渐渐趋于日常。总体说来,L市夜生活的气氛已不像当初那么热烈。每天下午的牌局照常进行,原本就比较平静,晚上也一起吃饭,但吃喝的时间却缩短了。参加者人数锐减,常常只有我、宗斌、朱晓阳和安龙几个人。如果有外人参加(所谓的外人就是没有参与搞露露诗歌网的),宗斌会变得非常具有进攻性,问对方说,"你会上网吗?"如果对方表示不会,便会遭到宗斌无情的嘲讽。宗斌说你就是老土,只知道挣钱,马上就要被时代抛弃了,死到临头还笑得出来。对方一头雾水。之后宗斌就开始了漫长的规劝和说教。饭桌上只有他一个人在说,被批判者偶尔抗辩一句,宗斌就要发作,和人家打架。这样的饭局只能是不欢而散。

我认为宗斌是故意的,如此一来他就可以早一点回露露吧上网了。等我们几个人回到露露吧,气氛甚是冷清。前来捧场的朋友越来越少,酒吧里常常只有我们一桌。不是四五张小桌拼成的大长桌,而是只有一小桌,并且坐不满。酒吧里面也没人服务，无论是彭姐还是小伙子们，都躲在后厨边上的小房间里上网。

  我重点要说的事就发生在这一时期。一天晚上的饭局结束后，我们照例去了露露吧。彭姐和小伙子们自然不在，朱晓阳就自己搬来一箱啤酒，大家坐在小桌边便喝上了。露露吧的营业场地只有一个房间，大概三十个平方米，放了七八张小桌子。临街的窗户倒是很大，鼎盛时期透过一层玻璃能看见坐在外面喝酒的人，而此刻我们只能看见一些空着的桌椅。我们这一桌也没有坐满，只有我、宗斌、朱晓阳和安龙。安龙甚至都没有坐下就消失了，肯定是去后面找上网的小伙子了。

  房间里没有灯，不是没有安装，是压根儿没有人想到开灯。外面的街道倒很明亮，通过那扇大窗户一些灯光照射进来，别有一番情趣。我们就坐在这半明半暗之中，喝着不冷不热的啤酒（由于彭姐怠工，现在的啤酒都不放冰柜了），一时无话。由于没有人陪我，宗斌也不好意思马上就去上网。他大概在懊恼怎么就让安龙抢了先呢，总之这酒喝得有些无滋无味。其间宗斌几次起身，去设在外间的吧台那儿转悠，并无具体的目的，看上去就像在活动腿脚，准备随时离开。我一小瓶啤酒还没有喝完，宗斌就领进来一个人，或者说那人是跟着宗斌进来的。显然是一位客人，也应该是宗斌他们的朋友。朱晓阳含糊地和那人打了个招呼，并没有起身。由于宗斌这么一领朱晓阳再一点头，那人就极其自然地坐到我们这一桌上来了。他的位置逆光，因此自始至终我都没有看清那家伙的脸。

  朱晓阳介绍了那人，我记住了《L市诗刊》这个刊名。当然朱晓阳也说了他的名字，但我没有刻意去记，似乎是姓孙。姓孙的一身酒气，应该是刚从饭局上下来转场来了这里。他抓起桌上的一瓶啤酒就要和我干，我说我们见过面吗？

我不怎么喝酒，还是慢慢喝吧。姓孙的就不乐意了，一连要求了几次，我不为所动。姓孙的说，"你不就是皮坚吗？我知道你。"还没等我回答，他就一仰脖子把自己手上的那瓶啤酒给干了。放下酒瓶，姓孙的说，"你他妈的有什么了不起的！"

这时我的脑子转开了，这家伙和宗斌、朱晓阳到底是什么关系？熟人，这是肯定的，但熟悉到何种程度就很难说了。是不是朋友？如果是朋友又是哪种程度的朋友？或者说，宗斌他们和此人有什么利害上的牵扯？他是否帮过宗斌的忙，或者是朱晓阳的一个客户？一瞬间我想得很多，也很全面。再看宗斌和朱晓阳，一概沉默无语，似乎并不觉得发生了什么了不得的事。要不他俩正在一旁静观，等待事态的发展？这么想的时候我的表情始终是柔和的，尽量保持住脸上的笑意。"是没什么了不起。"我乐呵呵地说。

"知道就好，你他妈的懂什么！"

"是不懂什么。"我说。也许把对方当成一个酒鬼，不一般见识，这样的态度比较合适。

"那我问你一个问题。"姓孙的盯着我说。

"你问。"

"你忏悔了吗？"

"忏悔？我干吗要忏悔？"

"那么多人都忏悔了，你他妈的忏悔了吗？"

这时宗斌插进来对姓孙的说，"我也问你一个问题，你会不会上网？"

姓孙的愣了几秒钟，随即再次转向了我。他正要说什么，宗斌骂了一句"你就是一傻×！"骂完就起身离开了。宗斌又一次去了外间的吧台那儿。他大概是想分散姓孙的注意力，或者不过是在表示这一幕太平常了，

065

不值得再逗留下去。我听上去却觉得他们的关系比较深。打是亲骂是爱嘛，能这样骂傻×而对方不回嘴说明了很多问题。没想到宗斌此举却成了某种诱导，"傻×！"姓孙的骂道，"你为什么不忏悔，我说你哪，皮傻×！"

　　我和姓孙的交情还没到那份上，能互相骂傻×而无所谓。但我的确毫无愤怒可言，只是觉得再这么闹下去就没完没了了。于是我霍地站了起来，顺手抄起刚刚坐过的椅子，做出投掷状。我知道这把椅子肯定是砸不出去的，朱晓阳肯定会阻挡，如果不是这样我就不用这一招了。果然，在我站起来的同时，姓孙的和朱晓阳都站了起来，朱晓阳挡在我和姓孙的之间，对我说"这傻×喝大了"，回过头推着姓孙的就往外走。姓孙的大喊大叫，一副要挣脱朱晓阳过来跟我拼命的样子。这时宗斌也从外间进来了，两人合力将姓孙的拖了出去。自然是一边弄姓孙的一边骂，"你傻×啊，有病呀……喝不起就给老子省省……"我放下手中的椅子，又坐下了。

　　大概十分钟后宗斌、朱晓阳回来了，姓孙的终于被他俩弄走了。然后安龙也出现了，三个人就陪着我喝，大有给我压惊的意思。刚刚缺席的安龙最活跃，慷慨陈词，他的意思是他不在场，如果在场的话肯定得揍姓孙的一顿。"什么××玩意，就是欠揍！"宗斌则有点心不在焉，或者说沉闷。也难怪，由于这场风波耽误他上网已经太久了。朱晓阳似乎有话要说，但由于我在场又像说不出口。我能感觉到三个老朋友之间有什么说不清道不明的东西，我毕竟是"外人"。因此我喝完杯子里的酒就告辞了。

　　朱晓阳把我送到门口，嘱咐我别往心里去，我说不会的，小事一桩，开酒吧难免会碰见。朱晓阳说，"就是体制里一个小杂毛。"这话我记住了，并且一记就是很多年。

去年我收到一个邀请，去给获奖的青年诗人颁奖，邀请方是 L 市的《L 市诗刊》。这让我想起了一些什么。通过微信我旁敲侧击，问负责联系的小赵还有谁参加。小赵告诉我，因为经费有限，也没请什么人，除了几位获奖的青年诗人就是他们编辑部的人了。外地嘉宾只有一个名额。小赵说，这个奖每年都颁一次，都只请一个嘉宾，自然是在诗歌写作方面取得了瞩目成就且有分量的大家。他暗示我这是一份荣耀。

我回答，我考虑一下，看一下日程，然后给他答复。结束微信私聊后我马上百度，搜索《L 市诗刊》，主要是查寻该杂志的编辑部人员名单。《L 市诗刊》杂志社社长姓邱，就不说了，但主编姓孙，叫孙雪华，这不禁引起了我极大的怀疑。当年那个姓孙的不就是《L 市诗刊》的吗？这么多年下来混成了主编也是合情合理的。之后我又搜孙雪华的照片，终于找到了一张报道有关文学活动的配图，照片上的孙主编怎么看都像当年向我挑衅的人。于是 L 市我就不得不去了。

这完全不是一个负气的问题，只是牵扯到好奇心。这个孙主编是不是那个姓孙的，并不是关键。关键是，如果他的确就是当年那个姓孙的，为什么会邀请我？也许孙主编是故意的，为当年的行为感到了后悔，想借机向我道歉（邀请本身就是某种道歉）。也有可能，他终于当上了主编，只是想当面炫耀一把。还有一种可能，孙主编早就忘记了当年的事，即使有所记忆也觉得是小事一桩，完全不值得计较。由于工作需要他们要请一位嘉宾，下面的小编辑推荐了我，孙主编也就顺水推舟地同意了。如果真是这样，那孙主编就是一个很大气而且心胸开阔的人……

然后，我就动身飞往 L 市。往返费用自然由《L 市诗刊》出，他们给我定的居然是商务舱。从南京到 L 市不过两个小时，完全没有这样的必要。这说明孙主编对当年的事的确是怀有歉意的，对我的补偿业已开始。在宽大的座椅上我放平了身体，闭目沉思，想到两个有过节的人蓦然相遇，会发生一些什么。我如何应对倒在其次，因为理亏的不是我。关键是对方会怎么说，开头第一句说什么？脸上会浮现出怎样的表情？这之后，才谈得上我如何说话和做出什么反应。他会当成什么事也没有发生过吗？或者，开门见山，向我抱一下拳——

"老皮，对不起啊，当年得罪了。我也是喝高了，你大人不计小人过。"

我于是就说，"嗨，你如果不提，我早忘记了，多大的事呀，我要是在乎就不来了。"

他就说，"来得好来得好！这人嘛，不打不相识，当年我们都太年轻了。"

我说，"是是是，谁都有年轻的时候……"

然后是碰杯，一笑泯恩仇。

一路上我都在想象这次即将到来的见面。就像编写剧本一样，准备我的台词，也几易其稿。我设计了不同的开始和结局（一直到一笑泯恩仇），也没有好好享受一下商务舱，睡上一觉。然后飞机就正点抵达了L市机场。小赵接站，开着他自己的车来接我。我们一路向L市城里而去。

本来我是要先去酒店放下行李的，但由于下班高峰道路拥堵，耽误了时间，为我接风的晚宴已经到点了。更严重的情况是各级领导都已经到场。虽然我说了"不用等我，让他们开始"，但孙主编回话，"那怎么可以，一定要等，皮大师可是今晚的主宾！"（我们已通过小赵的中转开始互相对话）不得已，我只好舍弃了酒店直奔饭店，因此所有在见面前的准备活动都没有按计划进行。我没能洗把脸，换一件衬衫，或者喝口水，提振一下精神，就风尘仆仆地出现在了酒宴上。

好在他们已经开始，并且至少开始已经半个小时了。我拉着行李箱走进一个大包间，但见烟雾腾腾，喧哗吵闹声响成一片。一个高个黑脸的人从主桌上站起来，指示服务员给我挪一个位子，此人定然是孙主编无疑。但从座位的安排看，他并不是这里官最大的。在座的还有社长、主管部门领导以及L市赞助此次活动的商界人士。孙主编一一进行了介绍。自然，我完全记不住，只是挨个点头握手致意。孙主编没有介绍他自己，就像我们早就认识了，也的确是早就认识了，否则的话他也不会是这样反应。孙主编介绍我说，"我们的颁奖嘉宾，唯一的嘉宾，皮坚，皮大师。能请到这个级别的大诗人过来我可是费大劲了！"后一句是睁眼说瞎话，但你也可以理解成是场面上的需要。

我的到来暂时打断了酒桌上的高谈阔论，引起了一点波动，但紧接着，就又恢复了原先热闹的气氛，接上了。其实我更愿意这样，赶紧埋头吃东西。我一边吃一边想：这算是我们正式见面吗？也许不算。这是我和此次活动的主办方见面，和一个集体见面，我和孙主编还没有单独相处的机会，没有形成狭路相逢，因此不能放松警惕。这时有人向我敬酒，我说我不怎么喝酒，就意思一下，您也随意。我注意到边上的孙主编看了我一眼，这大概让他想起了当初我们相遇的情形。然后场面就有些混乱了，大家相互敬酒，人人都大言不惭，说着肉麻恭维的话。其他桌上的人也举着酒杯过来串了，敬酒，说大话，絮絮叨叨。酒桌上也分成了一团一伙的，互相之间掰扯着什么似乎无比重要的事，袒露心迹、诅咒发誓、牛哄哄……孙主编似乎非常冷静，我也注意到了他的冷静，他也注意到了我在注意他。似乎，这包间里保持冷静的就只有我们两个人，只有我们两人在冷眼旁观。这就形成了某种默契，就像我们是一伙的，是同类人，再加上彼此的座位挨着，因此不得不说点什么。几乎是同时，我们将脸转向了对方，四目相对，完全没有避开的余地。狭路相向的局面就此形成。

我等待着，脸上浮现出一个似笑非笑的表情，目光坚定但充满探究。我早就在等待这一刻了，已经预演设想过很多次。孙主编终于扛不住，说了第一句话，他说，"皮坚，我们见过面吗？"

我的天，这句话是我完全没有想到的。内心震撼，但却面不改色，我说，"你说呢？"

孙主编说，"我觉得没见过，这是第一次。当然了，你的照片我见得多了……"

"那就没见过，我这人记性不好。"

"我记性还行，我说没见过，那就是没见过。"

我一面佩服这家伙的老到，一面也禁不住怀疑起自己来了。也许，我真的没见过这家伙，眼前的孙主编并不是当年那个姓孙的？如果事情真的是这样，那他又何必问"我们见过面吗？"既然他的记性像他说得那么好，这么问难道不是多此一举吗？……但无论如何，这次交锋以后我们彼此都放松下来。孙主编举杯向我敬酒，我不禁喝了一大口。很自然地，我说起了在L市的几个老朋友，首先是宗斌。孙主编并不避讳他认识宗斌，"宗斌呀，"他说，"就是一个傻子，不就是靠网络嘛，离开网络他什么也不是，诗写得就像口水！"

孙主编的眼中几乎冒出火来，完全失去了刚才的镇定。他一仰脖子干了手上的啤酒，放下杯子他说，"口水就是唾沫你知不知道？用唾沫写诗……写诗得用鲜血！用眼泪！血泪才能造就这个民族的诗魂……！"后一句仍然是骂宗斌。

再没有任何疑问了，眼前的孙主编就是当年那个姓孙的。如此具有攻击性，如此自以为是和突如其来。我们见面不到一小时，说话大概不超过十句，他就开始骂街。当然不是指着鼻子骂我，但也和骂我没有区别。我已经说了，宗斌是我当年的朋友，他这不是故意的吗？孙主编大概是想给我一个下马威吧？

由于不便发作，我转向了坐在另一边的一个家伙，主动和他碰杯。孙主编继续骂不绝口，冲着我所在的方向。虽然现在我是背对孙主编的，但和我碰杯的家伙却面对着他。孙主编冲着我们两个人在大骂。和我碰杯的家伙大概职务比孙主编低，满脸堆笑不停点头，附和道，"是写得不行，这人我也认识……"

孙主编骂得兴起，由宗斌骂到朱晓阳，由朱晓阳骂到安龙。我在L市所有的这些朋友他都认识，所有这些人都令他极为反感。他对他们的愤怒已不是一天两天的了，终于逮着了一个机会。面对两个人的小范围的谩骂也渐渐地变成了一场讲演，酒桌上的很多人都被吸引了。这时敬酒的高潮已经过去，酒宴也已经接近尾声。

"……都老大不小的了，有五十多了吧，年过半百，不知道挣钱养家，给父母买套房，这还是人吗？根本就是人渣！说到底这他妈的就是一个伦理问题……你说《L市诗刊》是你什么？是你母亲，就是你妈啊，没有《L市诗刊》你这会儿还在地下拱呢！这宗胖子和这朱小瘦子的诗歌处女作不都是在咱这《L市诗刊》发的？俗话说儿不嫌娘丑……网络，网络能给你什么？到今天你还不是混得像个瘪三，见了老子都要浑身发抖……"

我已记不清晚宴是如何结束的，总之我就到了下榻的酒店，到了酒店的客房。准确地说，我身处客房里的一只大浴缸内，醒来的时候发现一条毛巾正在温暖的水波里半沉半浮。我吓了一跳，心想如果我淹死在了浴缸里（我是被一口水呛醒的），那不就成了一个笑话？赶紧起身，找到浴巾擦干身体，并套上了酒店的睡衣。在一段记忆空白和一场虚惊之后，孙主编的形象又浮现在了我的脑海里。

我准备给朱晓阳打一个电话。

按说我来L市首先要联系的是这帮朋友，但毕竟快二十年过去了，大家的情况都发生了不小的变化。宗斌早就不在L市了，去了北京，照孙主编的话说他离不开网络。从论坛到博客，再从博客到微博，再到微信，宗斌一路走来，如今在搞一个微信公号。如今宗斌有自己的公司和团队，"露露写诗"拥有上百万的粉丝，宗斌俨然成了网络诗歌写作的头号教主。他人不在L市。朱晓阳也不在L市，不过动向和宗斌不同，回下面的县城老家去了。朱晓阳的父母年事已高，朱晓阳发愿要陪他们走完人生的最后几年，边写作边尽孝。而安龙已经淡出了诗歌圈，自从2001年我们见过以后再也没有碰到，他在不在L市都不重要了。

我打电话给朱晓阳，主要是想聊一下孙主编的事。电话只响了一下，朱晓阳就接了起来，就像他一直在等这个电话。

我说，"我在L市。"

朱晓阳说，"哦，我在乡下。"

我说，"我知道，你说过的。你现在方便吗？我要和你说一件事。"

朱晓阳说，"方便，老人已经睡了，我在看书。"

"《L市诗刊》的孙雪华你还记得吗，现在是《L市诗刊》的主编？"

朱晓阳说，"我知道他。"

于是我便从头说起，说了这次来L市的原委以及今天的遭遇，自然还有我不无复杂微妙的心理。对朱晓阳这样的老朋友我大可以敞开心扉。

"你说完了吗？"朱晓阳问。

"说完了。"

"孙雪华就是这么一个人，单位里的，你也不要太往心里去。"

我说，"我知道。我就是没想到，他居然会问，'我们见过面吗？'什么都想到了，我就是没想到他会这么说。真是太狡猾、太厉害了！"

然后，我们不禁又说起了当年在露露吧的遭遇，复盘一把。朱晓阳补充了若干细节，关键是我走后的那一段，他、安龙和宗斌之间竟然爆发了一场争吵。朱晓阳说宗斌没有尽到主人的责任，没有及时制止姓孙的胡闹。我是他们请来的客人，又是好哥们儿，那姓孙的是什么人啊，怎么可以任由他胡来？朱晓阳说宗斌被网络迷住了心窍，不辨东南西北了。宗斌反驳朱晓阳，问他为什么也不制止？他朱晓阳也是皮坚的朋友，况且身兼露露诗歌网的CEO，有义务调解各种纠纷。朱晓阳说这件事和网站无关，发生在酒吧里，而酒吧是他宗斌开的。宗斌则强辩，说露露酒吧和露露诗歌网是一体的，否则为什么名字都叫"露露"呢？朱晓阳说，那还不是应你的要求？安龙则站在朱晓阳一边，说如果酒吧是他开的，他早就让姓孙的站着进来躺着出去了。总之三个人吵得不可开交，当时他们又喝了不少啤酒，是边喝边吵的。说到激动处，朱晓阳将手里的杯子往桌上一蹾，由于酒精作用力道没控制好，竟然将杯子给震碎了，碎玻璃扎进手指流了不少血。难怪第二天我见到朱晓阳时他的右手上缠着纱布。记得当时我问朱晓阳，他说是不小心摔了一跤手撑在一块石头上造成的。

这次复盘使我彻底平静下来了。我甚至能听见朱晓阳说话的间隙，手机里传来的呼呼风声。这个电话来自偏远的山区县城，我想象那里早已是黑灯瞎火。想来朱晓阳怕吵醒父母，是走到院子里去打这个电话的。也许他边打电话边看见了满天星斗。而从我所在的宾馆房间看出去则是一片灯海，夜市方向霓虹闪烁，充满了诱惑。这番景观也很不错。

最后，朱晓阳呵呵一笑，将他的幽默发挥到了极致。他说，"不过老皮，你的确认错人了,当年那家伙叫孙鹏,也不是《L市诗刊》的,而是《L市文艺》的编辑。两人既不同名,也不在一个单位上班,当然了,一个德行。"

"啊?不可能吧……"

"事实就是这样,两人都姓孙,也不能全怪你。"

"真荒唐,而且……虚无。"

· 作者简介 ·

韩东,男,1961年生,现居南京。当代汉语文学最重要的诗人、作家之一,"第三代诗歌"标志性人物,"新状态小说"的代表作家之一。著有诗集、小说集、长篇小说、散文随笔集四十余种。导演电影一部、舞台剧一部。

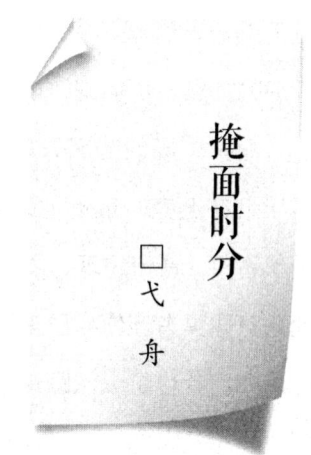

掩面时分

□ 弋舟

形势依然严峻，我竟和姜来见了一面。

即便被旷日持久的疫情折磨得日渐麻木，走上街头，还是会略觉不安，心中有股顶风作案般的、生动的刺激感。

看上去，这次见面没什么必要性，我和姜来之间的友谊，就算在正常时期也谈不上特别深厚——我们做同事的经历，都是三年前的往事了。是她主动联系的我，在微信里用语音邀请我出门吃顿饭。本来寻常的事情，如今都变得非同寻常。这"吃顿饭"的邀约，现在就像是拉着你一同去赴汤蹈火。可我没怎么迟疑就答应了下来。

也许的确是因为快要被关疯了。但我知道，促使我赴约的理由一定没这么简单。我只是无从将那种复杂的线头择清，于是只有将其甩给最轻易的理由。人类行为线索的乱麻，基本上你自己都是理不清的。你不知道自己究竟为何冒雨跑到了空无一人的街上，你也不知道自己究竟为何在某个夏天的黄昏打起了寒战。你不能直视自己，既无那样的勇气，也缺乏超然冷静的神禀。更何况，如今世界都陷入了空前的迷茫里。

丽都广场前的露天餐吧我并不陌生，三年前，我和姜来供职的那栋写字楼就在近旁。远远地，当我望到餐吧支起的遮阳伞时，心里居然涌动起一丝慰藉。昔日重现，那滋味，就是重逢某个久违了的东西，而这个东西，此刻对你具有连你自己都未曾擦亮过的意义。"久违"与"意义"，三个月前，无论如何我也是没法跟这家露天餐吧联系在一起的。因此我还放慢了脚步，不过是想延宕内心这种新鲜的、令人有些目眩的感受。

姜来已经坐在一张桌子前了。她要了杯水，在我看来仅是为了理直气壮地用水杯给世界一个摘掉口罩的理由。我从她身边绕过，坐到她的对面，一时间不知采用怎样的方式启动这个非常时期的谋面。还好，我也摘下了口罩。这简直是非常时期最高的礼仪。

两张一览无余的脸，竟让我们彼此都有一瞬间的尴尬。

我有些不自然地对她说："周末好。"

她也有些不自然地笑了，问我："今天是周末吗？"

我一下子拿不准了，好在她紧跟着也回了我一句："周末好。"

我听出来了，其实她也是拿不准的。这有些美好。当大家对世界都拿不准的时候，世界一下子就显得没那么奇怪了。

她显然是精心打扮过，在我看来还有些过分精心，以至于都不太能和我的记忆对上号。三月末的天气谈不上温暖，可她已经穿着条紫色的纱裙了。

"不冷吗？"我说。

我控制了语气，但我仍然感到自己有可能是要冒犯到她了。

"还好。"她答道,表情反倒像是担心自己光着的小腿冒犯了我。

大家都有些心照不宣的小心翼翼。我又一次感到了有些美好,随之还找到了另外一条此行的动机,那就是,人和人交际时这种微妙的迂回与躲避,亦是我愿意重温的旧时滋味。

不曾想到,我们竟是从口罩聊起的。上帝知道,三个月来,口罩已经成了我不折不扣的噩梦。没错,我就职的公司的确在从事医疗器械的国际贸易,但这并不是我的错,那只是一份糊口的工作,和从前我们一起卖保险没什么两样。我不该承受如此蛮横的摧残——我们这个行当一夜之间成了风口浪尖上的重灾区,全世界的人都跑来跟你谈口罩,有口罩卖吗?或者买口罩吗?这买和卖的背后,是你以前完全无从想象的量级。不到一百天,从我口头周转的口罩大概有几亿只,然而事实则是,几亿只虚拟的口罩充斥在我的艰难日子里,让我焦虑不堪,但迄今却没有一只有效地兑现在现实的交易中。

此刻,面对又一个说出口罩的人,我知道了,原来我顶风作案般地跑出来,最大的动机不过是为了暂时逃脱那令人绝望的荒谬。

"全世界都在倒霉,只有你们这行因祸得福,"她并不像是调侃,反而像是要令我开心的样子,"你卖口罩都卖到手软了吧?"

"都这么认为,我要是跟你说,我实际上却降薪了,你会信吗?"

我勉力想要给她做出点儿解释,尽量用舒缓的口气,跟她说说沉船时刻甲板上没有哪只烟囱会幸免什么的。但我说不下去了,感觉胃液已经翻涌了上来。

我的表情让姜来认识到了问题的严重性,她替我叫了杯柠檬水。

"呃,这个我的确不太了解,"她说,"嗯,你是有些消沉。"

这话我还是接不上来。我何止"有些消沉",而且听上去好像从前我不消沉似的，那并不符合事实。

好在姜来没有等着我回应她的意思，飞快地转移了话题。她告诉我这段时间自己成了家里的全职保姆，照顾一个不足周岁的女婴足以让她无暇顾及轰轰烈烈遭难着的世界。听上去，她不是在诉苦，是在向我炫耀自己的幸运。我装作饶有兴趣，心里做着换算：如果在一个女婴和漫天的口罩之间做出抉择，此刻我会投奔怎样的生活？这很难，真的很难，不是因为两者都对我构成恐吓，而是我意识到了，世界给予你的选项原来就是没得选，要么你去面对女婴，要么你去面对口罩。这个发现令人松了口气，我想，这可能也是姜来约我见面的愿望所在，共享一下自己的困境，赋予困境某种"庆幸"的色彩，于是分摊掉实实在在的重荷。

在我们昔日的交往中，就曾经如此共享与分摊过。那时我刚刚毕业不久，拿了文学硕士的文凭，却只能跑到保险公司谋职。我天真地认为，学以致用，至少我可以用被文学史训练过的笔法去胜任一份文秘之类的工作，孰料直接被安顿到了实打实去做业务的岗位上。那是一个厮杀的疆场。我以为这很不幸，但姜来却让我相信这是幸运。她比我大七岁，当时在我眼里都算是一个长辈了。尽管和我所学的专业相同，她手里攥着的，却是博士文凭。博士都不用对硕士过多解释，在她的共享之下，我很快觉得没有被安排去做保洁已经是中了大奖。她从安徽来到北京，不用说，是上了某个男人的当，人生一下子被悬置在了古怪的区间里。她不能抽身了，只能顽强地浮动在好像是被规定好了的引力当中。她要留在北京。这里面肯定有赌气的成分，似乎要如此证明点儿什么。对此，我向她部分地分享了自己的境遇：与她的方向相反，我那时最大的目标是将自己从北京发射出去，无论是哪儿，安徽也行，火星当然最好。我有一个后父，麻烦到像所有麻烦的后父一样。两个目标南辕北辙的女人交会在了同一栋写字楼里，彼此分享了秘密，这个事实对我有效，我想，对她大概也起到了疗伤的作用。

卖保险原本也算得上是一份体面活儿，可谁都应该明白，世界上所有的体面活儿都不是那么实至名归，它们肯定会跟你想象中的不一样，跟教科书上的不一样，跟电视剧中的更不一样。当年我们被组织在同一个团队里，收入是以集体业绩来考核绩效的。姜来的业务量比我强，尽管也只能算作是差强人意，但我总是觉得我在很长的一个阶段里，不仅分享着她的秘密，还分享到了她的劳动果实。我将自己视为一个不劳而获的受惠者，不免对她怀有隐秘的感激之情。因此，我还有种从业的不洁感，这种"不洁"之感，一直贯穿到了今天，不出意外的话，还将是我职业生涯毕生的滋味。就像现在，谁能想到呢，我这个医疗器械的国际贸易从业者，不过是在兢兢业业地做着虚空的数字游戏。

"我可能不该跟你扯这些。"姜来终于意识到了不妥。

我好像一直在等待她的这个意识到来。不同的是，我并没有觉得她有何不妥。就是说，我并没有感到不适，我只是认为她应该会有可能意识到她所说的话题将引起我的不适。所以我就不动声色，在等着她的这个意识降临。

三年前姜来陪我堕过胎。你瞧，现在谈论一个女婴，对这段往事有可能构成影射。

医院是她替我选的，依我之意，本来是想找个小诊所了事。这里面当然有捉襟见肘的经济考量，但事后我审视过内心，承认还有某种自弃与自毁的冲动在唆使着我。从手术室出来后，姜来陪着我在空空荡荡的医院走廊里坐了很久。她坚持选择了这家费用昂贵的医院，和我一起在黄昏中感受走廊高耸的立柱投射而下的粗壮倒影。昂贵当然有昂贵的道理，我是没有见过哪家医院的空间奢侈得宛如圣殿一般深阔，连柱子都做成哥特式的风格。外面已经是盛夏的季节，我们置身的圣殿温度适宜，肯定谈不上寒冷，而我却打着剧烈的寒战。说起来这很好理解，我刚刚被掏空了。但这肯定不是唯一的原因，它只是更显而易见。

她握着我的手，劝慰性地对我说出一些令人咋舌的知识。男性的精子对女性来说是异性抗原，按照移植学说，这个外来的抗原会受到排斥，绝大多数女性怀孕后并没有流产，原因是母胎免疫耐受机制发挥了作用，但是，如果这个机制不够完善，那就可能会出现流产。她当时就是这么告诉我的。可这跟我眼下的处境有什么必然的关系呢？我想，她事先一定专门补了课，否则她不可能如此专业，即便她是一个文学博士。她也的确像是在背书，脸上是知识未曾消化过的费劲表情。

"还有另外一种状况，"她认真地说，"那就是偶发性流产，发生了自然淘汰，淘汰率达到百分之五六十。"

这很神奇。不是吗？我不能确定她的科普是否准确，也不能确定自己是否真的准确理解了人类生育的规矩，我只是觉得自己被有效地说服了。既然那是一个高达"百分之五六十"的人类事实，你还有什么理由继续打着寒战呢？"自然淘汰"这个词发挥了效力，那就像是在说花开花落与冬去春来，是在说自然那庞然的意志与你那只能接受的逆来顺受。就算你刚刚经受的，是一个血淋淋的非自然掏空。

我拿不准自己是否曲解了这堂生殖课的真谛，就我当时的理解，我认为有许多流产是在连你自己都不知道的情况下发生的。自然在悄悄地搞着神秘的平衡，这赋予了事情不由分说的色彩，它在源源不断地淘汰着胎儿，女性的身体不过恰好是一个搬运现场。这样的认知，一直保持到了今天。

那天黄昏，我在夕阳的余晖中渐渐平静。姜来始终把我的手握在她的掌心，循循善诱。我从未对她表达过谢意，就好像我们不曾想过要对大自然表达点儿什么。直到有一天我不告而别地离职。

是的，在大多数时候我都显得冷漠。但我知道，这只是当我必须向世界描述自己时，能够用来保护自己的最安全也最廉价的一个说辞。我知道自己有多么不讨人喜欢。除了将一切推诿给那天赐的性格本身，我没有力量与胆识坦陈自己所有的深情或者绝望，当然，也有愚蠢和贪婪。

我们那时就是处在这种不温不火的友谊里。有时候一起在天台上抽支烟，有时候一起在丽都广场前的露天餐吧吃顿饭。她原本并不抽烟，是跟着我才染上了恶习；我原本也对意大利面毫无兴趣，跟着她，才开始觉得原来也还不错。现在盘点一下，我觉得我从两个人之间的友谊中获益更多：我教会了她一个恶习，她拓展了我的味蕾。何况，那时的饭钱基本上也是她出的。这个认知此刻令我惭愧，我想要对她释放出适度的善意与热情，如果有可能，我还想向她道歉，请她原谅我无可救药的冷漠，并接受我笨拙的示好。可是我真的不知从何说起。

戴着口罩的服务生端来了食物。原来她在我到来之前已经提前点好了。这没什么问题，本来就是简餐，薯条、鸡翅、意大利面。从前她就是这么干的。

"保险餐。"我脱口说出了自己的心里话。

"什么？"姜来显然听不懂，"噢，应该是保险的，现在能被允许营业，应该就是保险的。"

她会错意了，我并不是在担心食品安全。"保险餐"只是我从前在心里对这组食物的一个命名，除了对应着彼时我们从事的行当，还隐含着某种内心的感受，它代表着妥帖、恰当、心安理得和不事声张。由此，你该明白为何意大利面会让我觉得也还不错了，因为它介于可口与难吃之间，刚好是一个能够下咽却也能够微弱奖赏你味蕾的口感。谁都吃不下太难吃的东西，但我的舌头也消受不了过于丰盈的犒劳，那样会吓到我，让我觉得自己是在染指不切实际的幸福。所以遇到团队聚餐的时候，我基本上都会找个借口缺席。姜来却不行，她的年龄在我们当中算是大的了，于是就承担了团队成员对她"大姐"的预期，十有八九，大姐姜来都会配合着大家的兴头。无论谁做成了单子，大家都要去找地方集体庆祝一番，吃顿火锅，或者烧烤，这个不成文的规矩，发展到后来，没有单子，有了意向，也得去吃一顿。我因此承受了更多的难堪，婉拒时难堪，第二天见到大家时，也无端地难堪——仿佛每一个人的嘴上都还泛着油光，而这油光辉映着的，是对一个孤立者的讥讽。

"我一点儿也不担心它的安全。"我抓起一根薯条塞进嘴里，脑洞大开地对姜来说，"它们就像杰西卡一样安全。"

"杰西卡？"姜来怔了一下，马上反应了过来，皱着眉阻止我说，"你最好还是别用手吧。"

杰西卡也是我们曾经的同事，是团队里最小的成员。她那时刚刚本科毕业，学的是金融。她来卖保险才是真正地学以致用，但实际上，却比我这个学中文的都更像是入错了行。她太独特了，总是让人感觉处在一种行将闯下弥天大祸的紧张之中，本来并不很白的皮肤，由于神经紧张的缘故，常年像是涂抹了不太均匀的粉霜。我用了不短的时间，才把自己心里的感受对上号——杰西卡看上去像一件树脂做的、那种所谓的前卫艺术品，不能简单地以美或者丑来理解，但是有强烈的感染力。和你说话时，你会感到她随时会哭泣起来，泪光在她的眼睛里闪烁，让你难以判断这是事实还是幻觉。要知道，你跟她谈论的可能只是早餐吃了点儿什么，这并不构成哭诉的理由，可她的确是发出了哭腔，于是你只好跟着陷入紊乱里，开始怀疑是不是自己出了问题。她和大家的交流几近于无，谁都不想惹她哭，以至于"杰西卡"这个英文名字完全抹去了她的本名。大概每个人都琢磨过，如果你非要去向她求证一个中国名字，势必会搞出惊天动地的哀恸，她会哭泣，直至在哭泣中融化。大家的心里有着共识：紧张不安的杰西卡却是团队里最安全的那个人。只要你别去多跟她说话，她就是空气一般无害的存在。

  既然说到了安全，只能说明不安才是那个小团体中最普遍的情绪。警惕让每个人的寒毛都耸立着。当大家被以团队精神的名义组织起来时，也只能说明充满敌意的竞争才是最大的事实。我也被人从手里抢走过单子，也被客户下流地侵扰过，个中曲折，肮脏到我都不愿再去回忆。但我能够记得有那么几次，因为羞辱之感，我跑到天台上去不可遏制地呕吐。这让我害怕，除了呕吐，从天台上纵身跃出的冲动也伴生而来，那可绝不是个形容和比喻，既然呕吐已经是纯然的生理性行为，那么跳楼也就极有可能不再止步于一个念头。我甚至会这么认为：公司将杰西卡安排在这个团队中绝对是一个英明的决策，也许，在每一个团队里都会有一个杰西卡，她的无害，就是用来舒缓大家情绪的，类似军队里在硝烟后给大家唱歌的文艺兵。

  "安全的杰西卡。"我不由得又自言自语了一句。

  杰西卡的处境构成了对我的安慰。我还能婉拒掉自己难以适应的团队聚餐，而她连拒绝的选项都没有，只能脸色苍白地尾随着集体的纵队，如同被一群野蛮人从战场上掳掠回来的人质，惊恐而无辜地看着他们狂欢，甚而还要惊恐地为他们奏乐助兴。

  "事实也证明了，她也并不是那么安全。"姜来说。

  她的表情一下子变得有些让我陌生，好像戴上了无形的口罩，人应该还是那个人，但看上去，变成了另一个人。

"是，所以这才是最让人震惊的。"我说，一边用眼神质询她的状况。

姜来歪头笑了一下，表示她没什么问题。

那"让人震惊"的事，是指有一天杰西卡被一群人堵在了公司里，她被指控拐走了别人的丈夫。

团队周五下班前都会开一个例会，这时候部门经理就会露面。我们的经理姓刘，一个三十来岁的女人。迄今我也没有获悉她的名字。一方面，可能是我并无这样的需要，我压根不想知道她叫什么；另一方面，可能这也是公司想要达成的效果。我不觉得她是一个真实的人，在我眼里，她更像是一个符号，代表着组织、管理、纪律，还有分配原则什么的。她长得并不漂亮，但颇具说服力，那是一种泡沫聚苯乙烯之类的合成材料塑造出的魅力。

刘经理在那个周五的黄昏又一次出现了。大家已经分坐在会议桌两侧。我的身体仍未康复，堕胎后我压根没有休息，似乎让自己硬挺住这个行为本身，才是一个正确的自愈良方。而且我也怀疑，自己是不是真的能够康复，或者干脆就不需要康复。杰西卡恰好坐在我的对面，一贯地脸色苍白。她的双手放在桌面上，面前摆着打开的笔记本，没谁要求，但她总是在例会的时候认真地在小本子上做着记录。

刘经理进来后直接坐在了她的位置上，一言不发地大约坐了一分钟，她用手指叩了叩桌面。这是一个信号，会议室的门应声推开，公司保安先露了下头，随后，他放进了那队人马。

"那天像是排练好的一出戏。"我说。

这就是我当时的感受。一切都极具仪式感，仿佛彩排过一般，像是舞台剧，逼真地模拟着生活，但又时时强调着，不，这是精湛的表演。也有可能这只是我的主观感受，谁知道呢，那时我湿漉漉的，感觉自己的身体仍然在持续不断地"自然淘汰"着,这种状况,也难保不会被幻觉蒙蔽。至少在我看来,拥进来的追责者并不吵闹,每个人的腔调都是清晰而夸张的,却丝毫也不杂乱。因此,原本应该显得比较复杂的事件,居然被我很快理解了。喏,杰西卡的一位男性客户失踪了,而她,是有迹可循的责任人中,最后与此人联系的那一个。现在,她需要交代出失踪者的去向。

"我也是这种感觉。"姜来说。

她一边用叉子挑着意面,一边用另一只手撩起垂下的头发。我发现她变得迷人了。

"现在我还会偶尔想起杰西卡的那个回答。"我说。

没错,那个回答神奇极了,既是一个确凿的答案,又是一个崭新的提问,基本上,你可以说它是一个"命题"。杰西卡竟然没有哭泣,她竟然显得空前的镇定与平静。她一边说,一边在小本子上写着什么,好像是在同步记录着自己所说的话。这让她显得有些漫不经心,又让她显得有些郑重其事。

杰西卡承认自己三天前与这个男人一同吃了饭,并且,也知道他去哪儿了。

"她说,"姜来复述了这句话,"——他去一个朋友的家了。"

看来她也难以忘记。

一个两三岁大的男孩跑到了我们桌前,他把口罩戴在自己的脑门上,连带着把眼睛也遮住了。

"回来!"他的妈妈在后面大声呵斥。

他去一个朋友的家了。没错,杰西卡当时就是这么回答的,给人的感觉是,她完全掌握那男人的行踪,而这个掌握,像是一个只有她才能够拥有的特权。——嗯，他去一个朋友的家了。连我都因之产生了希望，接下去，就等着她告诉大家这个朋友的家在哪儿了。

"但是她也不知道这个朋友的家在哪儿，"我忍不住笑了，不，不是觉得滑稽，是被某种悲伤的东西猛烈地触发了笑点，"何处是那朋友的家？这都像是一个哲学命题了。"

"你会同情她吗？"姜来看着我问。

我抓紧吃掉了一根鸡翅。

"我也说不好，可能我也被现场的气氛给搞蒙了。至少，我是不反感杰西卡的，我想，我们所有人大概都不会反感她。没错，为了签下单子，她竟然也使出这种手段去接近客户了，但这不是每个人都心照不宣的秘密吗？知道她也这么去干了，我会感到有些心痛，可这心痛又不太像是在同情她，反倒有些像是在可怜自己。我也说不清楚，总之，我经常会想到她最后的那个回答，她简直就是很认真地把一个谜语当作答案来看待了，她肯定确信自己知道那男人的下落，而这个下落就是——他去一个朋友的家了。至于这个朋友的家在哪儿，并不是她要求证的问题，她认为她已经得到了答案。"

我也不知道自己为什么竟然变得有些激动，更没指望姜来能听明白我是想表达什么。老实说，我也不知道自己想表达什么。

"我知道你在说什么，"姜来这么说实在令我意外，"你是在说软弱者的无助，当强悍的世界完全令人招架不住的时候，弱者会沉浸在自己的逻辑里。——这让你感同身受。"

"是，好像是……"

我真的有些发抖，向后靠在塑料椅背上，环顾一番四周，好像这样就能把疫情都给解决掉似的。

"对了,刘经理叫什么?"我随口抛出一个问题。

"刘经理?"姜来咬住叉子,说,"刘经理,她的名字叫刘经理。"

我开怀大笑起来,连嘴里的薯条都掉在了胸前。

姜来放下了叉子,开始用餐巾纸擦嘴。我真害怕她随后会戴上口罩。

"那么,你想过那个朋友的家在哪儿吗?"还好,她又把叉子拿起来了,"对于这个答案后面的答案,你从没感到过好奇吗?"她再次埋头吃东西,一边吃,一边问我。

"好像没有过。那不该是我关心的事儿……"一瞬间,我剧烈地意识到了什么,我能感受到她身上的坚定性,那是一种天生所具有的类似禀赋一样的东西,那是一种能量。"好吧,"我竟有一种认命的心情,"他去了你家,你就是那个朋友。"

"严格说,不是家,你知道,那时候我也是跟人在三环边儿合租了一套老式房子。"她头也不抬地说。

"你不是在逗我吧?"

我知道她不是,我只是好像还不甘于失败。

她依然低头面对着食物,就像当年杰西卡低头面对着小本子。

"好吧,那么,你是知道那男人下落的喽?他去哪儿了?"我知道这并不是我关心的问题。

"是的,我知道。"她一根一根地挑着面条往嘴里送,"他在我那儿过了一夜,第二天就走了。"

"去哪儿了?"

"他去一个朋友的家了。"她停顿了一下,补充说,"分手的时候,他是这么跟我说的。"

这个答案一点儿也不让我惊讶,或者说,我是被某种更大的、我完全无从想象的惊讶罩住了。即便现在她抬手把一只口罩塞进嘴里吃下去，我也不会感到惊讶。

"他就是一个谜面的制造者，给一个又一个他经过的女人，都留下了不可追问的去向。"我不是在跟她说，我是在跟自己说。

对，就是不可追问。姑娘们都止步于他给出的那个"命题"，因为继续探究，已经超出了她们权利给定的边界。

"的确，他很吸引人，甚至可以说有股魔力。我想，杰西卡接近他，并不完全只因为他是一个潜在的大客户。至少，这不是我的全部原因。没错，他太有钱了，风度和教养都很好，而且看上去很有保险意识，简直就是为我们量身定做的目标人群。但我不会跟所有这样的人都去上床。"姜来说。

"可他使用自己的魔力跟你们都上了床。"

"他应该不是故意的，是杰西卡主动撞上去的。"

"怎么说呢？"

"杰西卡偷看过我的记事本，她给我正在谈的好几个客户打过电话。"

不可避免，我的眼前浮现出杰西卡那前卫艺术品般的脆弱神情。

"我一点儿没有责怪她的意思。我知道她有多艰难。我其实还会有些替她担心。这个男人，早晨从自己的太太身边离开，道别时，告诉自己的太太他去一个朋友的家了；他在傍晚和杰西卡吃了晚餐，分手时，同样告诉她自己去一个朋友的家了；然后，他到我那里过了夜，在第二天的清晨对我说，他去一个朋友的家了。就此，他走进了一个闭环里，或者是一个俄罗斯套娃里，不知所踪。但女人们的日子还得过下去，他的太太不会有什么大问题，你看，我也不会，但杰西卡就说不准了，她依然活在现实里，可意志已经被绑架到另一个维度里了。"

"没准谁都差不多，和现实脱节，属于一个世界，却在另一个世界。"

"没听懂。"

"我也不懂。"我说。

其实我大致能懂,譬如,当年姜来人在北京,却不属于北京,我在北京,却属于火星。

姜来终于不再吃了,但也并不看我,而是侧脸看着不远处那个将口罩当帽子戴的小男孩。

"你还是老样子,穿什么都像个学生。"她说。

我低头看了眼自己的腿,发现自己都不知道自己原来穿着条运动裤。其实这是我的睡裤。

"不知道杰西卡现在怎样了。"她招手向服务生要了两杯生啤,接着说,"跟你一样,她在第二天也不辞而别了。——你为什么离职呢?我一直有些猜不透,只是没问你。"

姜来直视着我,这不对劲,她显得有些咄咄逼人。有一股暗流在我们之间升起,女人的敏感可能让我们都意识到了点儿什么。

我再一次忍不住大笑起来,完全莫名其妙。

"我去一个朋友的家了。"我这么回答她,笑得上气不接下气,觉得这个回答真的是绝妙极了。

"去你的!"

她也跟着笑起来,跟着也上气不接下气了。

直到两杯生啤摆在了眼前。我们碰杯,各自喝下一大口。我心里的祝词是:嗨,祝贺你,你留在北京了,而我,还没有被发射出去。

离职后,我和姜来保持着断断续续的联系,她结婚时通知了我,但我没去。她嫁给了一个大学教授,是她读博时的同门师兄。这位师兄成功地杀入了北京,就职于一所高校,于是山重水复,姜来借此实现了自己的目标，在北京也属于了北京。她依然在卖保险，不过成了也只是出现在周五例会中的姜经理，可能也在经历着淬炼，正在"泡沫聚苯乙烯化"。她生孩子的时候我去医院看过她，我们一同坐在医院的走廊里，在立柱的阴影中感受神的光环以及自己的平凡，我感到自己的下身湿漉漉的，猜测自己再度经历了一次神不知鬼不觉的自然淘汰。

"你知道吗，我得感谢你。"姜来又一次举杯。

我和她碰杯，把她的话也当作一个客气的祝酒词。

"跟着你来这儿我才喜欢上了意面。"她说。

"什么？"我有些恍惚。

"这种食物蛮神奇的，嗯，像安慰剂。"

我大约能够明白她的意思。我只是想不起最先究竟是谁带谁来的这儿。

"是我带你来的？"

"你不记得了？那天下雨，我在公司楼下遇到你……"

我记得了。那天下大雨，我从写字楼冲进了雨里，街道上空无一人，当姜来从一辆出租车钻出来时，给我的感觉，就像是撞到了世界上唯一的那个幸存者。她也没打伞，不远处露天餐吧的遮阳伞就成了一块天经地义的避难所，让我们不往那儿跑都不行。

"我没跟你说过，那天我是从一家私人会所跑掉的，几个男人想欺负我，恶心极了。你可能想不到，当我看到同样湿漉漉跑过来的你时，心里有多安慰。那顿饭救了我，薯条、鸡翅、意大利面，简直就是上帝亲自下厨专门为我做出来的。它们就是这个世上属于我的食物——你可能觉得我这么说太夸张了，但我当时就是这么想的——有一种跟你匹配的东西，不多也不少，你就不再是孤立无援的了。"

"祝贺你。"我竟说出了这么一句。

但我真的是想祝贺她，至少她得到了安慰，并且还记得这一切，能够相对容易令人理解地描述出来。而我，压根无从说起那天自己究竟为何冒雨跑到了空无一人的街上。

世界何曾太平过？不戴口罩的日子里，每个人不是照样深陷在各自轰轰烈烈的平庸的困境里。

"那时候我真的挺难的，"她说，像是要对什么做出解释，"还好，房东人不错，答应我半个月付一次租金。"

我竟无言以对。她不需要对什么做出解释。她连房租都付不起的时候，却带着我去了圣殿一般的医院。这才是问题所在。

喝光啤酒，我们起身道别。略微迟疑了一下，我还是向姜来伸出了手。两个女人的手在严峻的时刻坚定地握了握。我们之间的情谊，不会因之变得更加深厚，那本来就不是我们之间的方式，我们没那么开头，就不会那么发展，我们只是撞在了雨里，一起分摊了漫天的大雨。大雨淋了两个人，就比只淋给一个人的份额少了一点儿。但这就到头了，你从来都只能相信，每个人的悲伤都是各自独立的，它们隔绝无依，并不能彼此交汇。

戴上口罩的姜来显得很轻松，就像一半的不轻松被遮住了。我想，在世界停顿下来的这个当口，掩面时分，大家都该趁机清理清理某些悬而未决的往事。她认领了那个男人"朋友"的身份，有理由轻松起来。我也好了许多，如果见面那会儿我是"消沉"的，那么，现在至少看上去应该不那么消沉了。

目送着姜来离开，我并不急着回去。她回去是面对一个不足周岁的女婴，我回去，是面对漫天飞舞的口罩外加一个麻烦的后父。对面诺金酒店的玻璃楼面在三月的辉光中熠熠闪亮。我在广场的花坛前坐下，看着那个乱戴口罩的小子到处瞎跑。有几次他都冲到我面前了，我都做好了即将被他撞翻在地的心理准备。可最终他也没有撞到我。

所有发生了的事情,都是你没有防备的事情。

有一件发生过的事情,我刚刚没有告诉姜来。它在一瞬间都跑到了我的嘴边。可我终究还是没说。大概要是说出来的话,太像是一笔交易——喏,我跟你说个秘密,你也跟我说个秘密。这太小儿科,也有失严肃。况且,我们大概也都过了那种分摊大雨的人生阶段。重要的是,这件事不像是件真事。

但它的确发生了,因为我毫无防备。

导致我堕胎的那个男人出现在一个午后。我往写字楼里走,他在身后喊住我,用一种狩猎者胜券在握的口气对我说:你是姜来的同事吧?我们就这样认识了,事情由此发生。他有一种天赋,就是会让你相信,只要稍微再坚持一下,他就能帮你把自己从北京发射到火星去。

离职后,我竟然还顽固地追踪过他。我找到了他的公司,也找到了他的家。我站在街边观望与等待,如实说,好奇多过痛苦。我可能只是想搞明白这世界是如何运转的,那么多意义非凡的事该如何让我去参透本质。这个过程并没有花费我太多的力气,他在十天后就回到了自己的家,进门时的背影就是一副刚从朋友家归来的架势。这个结果让我觉得索然极了。他永不回头就会成为一个奇迹,就可以让姑娘们永远将自己的伤口美化下去,一直假想着被人当回事,或者曾经那么接近过火箭即将发射的一刻。但是他从朋友家串门儿回来了,精疲力竭,手里拎着带给家人的礼物,不是鲜花那类的东西,看包装袋,像是提了堆热乎乎的麻辣烫。

没有神的光环,只有你的平凡。

我既没有因之搞明白世界是如何运转的,对我而言,意义非凡的那些事,也照旧还闪闪发光地意义非凡着。这并没有摧毁我。我只是想明白并且承认了下来,一切其实并没有那么叵测,当我们前赴后继成为他人的下一个"朋友"时,或多或少,都怀有"签下一单"的心情。

这当然很残酷,可理解了自己之后,我才能平静地,甚而是不带羞愧地去容忍自己与理解世界。为此,现在,就是此刻,我都能穿着睡裤在三月的春光下轻盈起舞。世界当然还会重启,到那时,势必还会有人源源不断地离我而去,形成新的闭环或者套娃,也会对我说一声:我去一个朋友的家了。而我,就可以如同代表着自然的意志一般,勇敢地发出神圣的质询:

何处是你朋友的家?

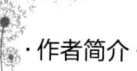

·作者简介·

弋舟,男,1972年生,现居西安,《延河》杂志副主编。著有长篇小说《蝌蚪》等五部,中短篇小说集《刘晓东》等多部。历获鲁迅文学奖、郁达夫小说奖、中华文学基金会茅盾文学新人奖、鲁彦周文学奖、《小说选刊》年度奖、《小说月报》百花奖、《作家》金短篇小说奖、《当代》长篇小说年度五佳《十月》文学奖等奖项。入选中宣部全国文化名家暨"四个一批"人才。

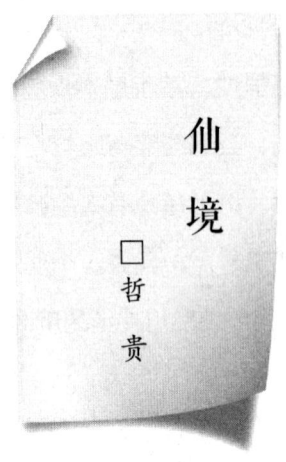

仙 境

□ 哲 贵

1

从家开车到越剧团,大约需要二十分钟。车子一发动,余展飞身体有感觉了,兴奋了,柔软了。不是柔软无力,是柔韧,充满力量,跃跃欲试。同时,身体里好像有股水在流淌,可比水要绵柔,几乎要将身体溶化。很轻又很重。很淡又很浓。他很享受。

越剧团有两个排练厅,一大一小。他直接去小排练厅。不用事先联系,更不用打招呼,他知道,团长舒晓夏已经在小排练厅了。一打开车门,一阵音乐涌进耳朵,那是锣鼓声,是密集如万马奔腾的行板。一听那声音,身体立即又起了不同反应。这次是热烈的,是滚烫的,是奔放的,他几乎要摩拳擦掌了。他听见身体里有开水沸腾的咕噜声,那是身体被点燃的声音,他要绽放了。他知道,那是《盗仙草》选段,是越剧里难得的武戏,特别有挑战性,让他神往,令他痴迷。他都快恍恍惚惚了。

他进了排练厅,果然,舒晓夏已经化好装,正在厅里踱来踱去。她看见余展飞进来,朝他看一眼,那眼神是急不可耐的。两人直奔化妆间。

这是余展飞的习惯,也是他的态度,即使是排练,即使排练厅里只有他们两个人,他也要化装,也要穿上戏服。他不允许马虎,一点也不行。

舒晓夏给他化装,他们都没有开口说话。他们不需要。几十年了,只要一个眼神,一个微小动作,便可以领会对方的意思。什么叫心意相通?这就是。什么叫心有灵犀?这就是。而且,余展飞听了进来之前的伴奏音乐,已经知道晚上排练的内容,没错,还是《盗仙草》选段。

他和舒晓夏第几次排这个戏了?起码有几千次吧,甚至更多。

装化完了,舒晓夏帮他穿上戏服。他晚上扮演守护灵芝仙草的仙童,是短打扮,头上扎着一条红头巾。在正式演出的戏文里,守护仙草的仙童是四个,两个先出场,跟白素贞对打。被白素贞打败后,去后山请两个师兄出来。白素贞最后不敌,口衔仙草,被四个仙童架住。这时,仙翁出场,放她下山救许仙。

他们晚上练双枪。这是《盗仙草》里很重要的一场武打戏。当然,双枪几乎是所有中国戏曲里的重要武戏,也是最基础的武戏。正因为基础,要练得出彩不容易,太不容易了,几乎所有武生都会的动作和技术,大家都很熟练,都想做得出彩,怎么办?办法只有一个:创新。没错,只有做出别人不会做的高难度动作,只有做出别人不会也没想过的精彩又优美的动作,只有做出惊险又与白素贞冒死精神相协调的动作。难,太难了。但可能性也正在于此,吸引力也正在于此,激发创新的动力也正在于此。一般情况,白素贞和仙童都是先拿拂尘出场,然后是剑,再是双枪,最后是空手搏斗。空手搏斗的难点在翻跟斗，每个仙童翻跟斗都是不同的，都有讲究，第一个是前空翻，第二个是侧空翻，第三个是后空翻，第四个是前空翻加后空翻。空翻都是连续性的，有连翻三个，也有连翻六个，身体是否挺直，动作是否干净，很考验人的。双枪是《盗仙草》里的重头戏，是重中之重。一般的演出，白素贞和四个仙童各拿双枪，打斗到激烈处，四个仙童围着白素贞，将手中双枪抛向中间的白素贞，白素贞要用脚板、膝盖、双肩和手中的双枪，将来自四面八方的枪，准确又利索地反挑回四个仙童手里。这里面有连续性，又有准确性，还要控制好力量和弧度，差一点点都不行。而且，八杆枪要连贯，要让观众眼花缭乱，要行云流水。既要武术性又要艺术性，要升华到美的高度。这太难了。

舒晓夏将伴奏音乐调整一下，跳过前面舞拂尘和舞剑的段落。直接到了耍枪花。那枪是老刺藤做的，一米来长，两头都有枪尖，中间涂得红白相间，枪尖绑着红缨，行话叫花枪。他们每人两根花枪，先是象征性地比画几下。戏曲的灵魂之一就是象征。

随着锣鼓声密集起来，他们站到排练厅中间，耍起枪花。看不出他们身体在动，其实他们全身在动，他们身体很快被手中的枪花覆盖。他们的枪先是在身体左右画着圈，手臂不动，手腕随着身体扭动，锣鼓声越来越密集，枪转动的速度越来越快，红白相间的花纹这时变成红白两道光芒，两道光芒最后连在一起，形成一道彩色屏障。从远处看，排练厅中间的余展飞和舒晓夏不见了，只有两个彩色球体，纹丝不动，却又风起云涌。

耍完枪花之后，他们练挑枪。余展飞投，舒晓夏挑。这是余展飞和舒晓夏的创造，他们不是一根一根来，而是八根。余展飞将八根枪一起投过去，舒晓夏用脚尖、用膝盖、用肩膀、用枪将八根枪反挑回来。考验功力的是，余展飞八根枪是同时投过去的,而舒晓夏却要将八根枪连续挑回来,八根枪要形成一排,在空中划出一个优美弧度,像一道彩虹。练了一段时间后,反过来,舒晓夏投,余展飞挑。这种挑枪,整个信河街越剧团只有他们两个会,估计全天下也只有他们两个会。

2

父亲余全权是信河街著名的皮鞋师傅,绰号皮鞋权。他在信河街铁井栏开一家店,做皮鞋,也修皮鞋。他长期与皮鞋打交道,皮肤又黑又亮,连脸形也像皮鞋,长脸,上头大,下巴尖,张开的嘴巴像鞋嘴。对于余展飞来讲,父亲最像皮鞋的地方是脾气。皮鞋有脾气吗?当然有。皮鞋最突出的脾气就是吃软不吃硬,它不会迁就穿鞋的人,不能跟它"来硬的",必须顺着它的性子来,要尊重它,要呵护它。但它又是感恩的,懂得回报。谁对它好,怎么好,对它不好,怎么不好,它是爱憎分明的,也是锱铢必较的。擦一擦,亲一口,它会闪亮。不管不顾,风雨践踏,它就自暴自弃了。它对人的要求是严格的,甚至是严厉的。它不会主动选择人,但会主动选择对谁好。不是一般的好,而是全心全意,甚至是合二为一,它会将自己融进人的身体里,成为身体的一部分。

父亲就是这样的脾气。每一双经过他修补的皮鞋,都有新生命,是一双新皮鞋,却又看不出新在哪里。他做的每一双皮鞋,看起来是崭新的,穿在脚上却像是旧的,亲切,合脚,就像冬夜滑进了被窝。

从皮鞋店到皮鞋厂,是父亲的一个改变,也是皮鞋对父亲的回馈。那一年,余展飞已经当了三年学徒,理论上说,可以出师单干了。实际情况也是如此,余展飞觉得技术已经超过父亲。

也就是这一年，余展飞"认识"了舒晓夏。农历十月二十五，信河街举办物资交流会，越剧团接到演出任务，将临时舞台搭在铁井栏，就在皮鞋店对面。那天下午演出的剧目是《盗仙草》，舒晓夏演白素贞。

余展飞不是第一次看越剧，也不是第一次看白素贞《盗仙草》，他以前看过的。也觉得好，咿咿呀呀的，热闹又悠闲，真实又虚幻。但那种好是模糊不清的，是不具体的。说得直白一点，就是舞台上的白素贞跟他没关系，没有产生任何联想和作用。但这一次不同，他被白素贞"击中"，迷住了。她一身白色打扮，头上戴着一个银色蛇形头箍。她的脸是粉红的，眼睛是黑的，眼线画得特别长，几乎连着鬓角。美得不真实，惊心动魄。余展飞突然自卑起来，粗俗了，寒酸了。他无端地忧伤起来，无端地觉得自己完蛋了，这辈子没希望了。当他看到白素贞和四个仙童挑枪时，整个心提了起来，挑枪结束后，他发现手心和脚心都是汗，浑身都是汗。这是他第一次发现自己的手心和脚心会出汗。当看到白素贞下腰，将地上的灵芝仙草衔在口中时，他哭了。差不多泣不成声了。他觉得魂魄被白素贞摄走了。

散场了。对余展飞来讲没有散，他依然和白素贞在一起，如痴如醉，亦真亦幻。他不知不觉来到戏台边，来到后台。他看见了白素贞，不对，是正在卸装的白素贞。有那么一瞬间，他有失真感觉，却又觉得无比真实。卸装之后，舞台上的白素贞不见了，他见到一个长相普通的姑娘，身体单薄，面色蜡黄，眼睛细小，鼻梁两边还有几颗明显的雀斑。

舞台上下的反差让余展飞措手不及，让他惊慌失措。但恰恰是这种反差拯救了他，唤醒身体里另一个自己，他感到震撼，感到力量，更主要的是，他看到了可能——既然她能演白素贞，我为什么不能演？他突然萌生出一个念头：我要去越剧团，我要唱《盗仙草》，我要演白素贞。

这个念头来得凶猛，令他猝不及防。用父亲的话说是，丢了魂了。

但余展飞知道，他的魂没丢。是被舞台上的白素贞"迷住了"，也是被现实中的白素贞"唤醒了"。他回到店里，对父亲说：

"我要去学戏，我要唱越剧。"

莫名其妙了。突如其来了。父亲没有放在心上，小孩子嘛，心血来潮是正常的，异想天开也是正常的，怎么可能去学越剧呢？怎么可能不做皮鞋呢？说说而已。不过，父亲觉得不正常的是，这个下午，余展飞什么也没有做，鞋没有做，也没有修。他还是那句话：

"我要去学戏，我要唱越剧。"

父亲明白了，这孩子鬼迷心窍了。

问题的严重性在于，接下来，余展飞还是什么事也不做，见到他就说：

"我要去学戏，我要唱越剧。"

那就是疯了。走火入魔了。父亲不可能让他去学戏，不可能让他去唱越剧。父亲的人生只有皮鞋，当然，他还做了一件事，就是生下余展飞。对于父亲来讲，两件事也是一件事，可以这么说，他也是父亲的一双皮鞋，甚至可以这么说，他从出生那天起，便注定这一生要和皮鞋捆绑在一起，逃不掉的。这一点余展飞知道不知道？他当然知道。实事求是地讲，余展飞不排斥父亲，也不排斥皮鞋。恰恰相反，他喜欢父亲，因为他喜欢皮鞋，也喜欢修皮鞋和做皮鞋。他喜欢父亲，是因为父亲对待皮鞋的态度，父亲没有将皮鞋当作商品，商品是没有感情的，而父亲对待每一双皮鞋，无论是来修补还是来定做，都像对待儿子。也就是说，在父亲眼中，余展飞和那些修补和定做的皮鞋几乎没有区别。余展飞委屈了。确实有一点。但他内心却是骄傲的，他觉得这正是父亲与人不同的地方，他没有将皮鞋当作鞋来看，而是当作人来对待。这是余展飞喜欢的。余展飞也是将皮鞋当作人来对待的，他跟父亲不同之处在于，对他来讲，皮鞋是有性别的，是分男女的。这跟男鞋女鞋无关，而是跟皮料有关，跟使用的胶有关，跟使用的线有关，跟针脚的细密有关，最主要的是，跟皮鞋的气质有关。但是，无论是哪种性别的皮鞋，余展飞都是喜欢的，无论是他做的，还是别人拿来修补的，只要到他手里，他都会让它们发出独特的光芒，他会给它们全新生命。

3

那一个月里，余展飞只说一句话，其他什么事也不干。皮鞋权先是惊讶，再是愤怒，然后是恐惧，最后是无奈。他懂儿子，就像他了解皮鞋和各道制作工序一样，不能"来硬的"。他做出了让步，但也是有条件的，他答应让余展飞学越剧，但只是业余，主业还是做皮鞋。这就是"以退为进"了。

余展飞答应了。只要能学越剧，让他不吃饭不睡觉都行。

父亲找到一个长期在店里定做皮鞋的人，也是父亲的酒友，他是信河街越剧团的鼓手。余展飞后来才知道，在剧团里，鼓手地位很高，类似于轮船上的舵手，起掌握方向作用，起控制节奏作用。父亲将那个鼓手请到家里喝酒，喝得脸色由白转红，又由红转白。最后，鼓手捏着酒杯，问他想学什么？余展飞说他想学《盗仙草》，想当白素贞。鼓手一听就笑了，说：

"要学《盗仙草》，想当白素贞，在信河街只能找俞小茹老师。俞老师是第一代白素贞，她的学生舒晓夏是第二代白素贞。这事非找俞老师不可。"

余展飞是从这一刻开始，才知道那天演白素贞的演员叫舒晓夏，因为那天演出就是鼓手敲的鼓，他告诉余展飞：

"舒晓夏现在是越剧团的台柱子,俞老师已经退居二线,但要学戏,还得找俞老师,姜还是老的辣。再说,舒晓夏不收学生。"

一个礼拜后的一个下午,鼓手带他去越剧团见俞小茹老师。余展飞记得是直接去排练厅的,一大堆人,有化装的,更多是没化装的。穿什么的都有,穿短打扮的,腰间都用一条红腰带扎起来;穿戏服的,比画着动作,沉浸在各自的情境中。排练厅一片混乱,却又秩序井然。他第一眼就找到正在排练厅一角的舒晓夏,她穿着白素贞的戏服,脸上没有化装。她的装扮让余展飞有不真实的感觉,既是白素贞,又不完全是白素贞。他发现,自己特别迷恋这种感觉,似真似假,如梦如幻,虚中有实,实中有虚,脚踏实地,却又飞在半空。余展飞很羡慕这些演员,他们哪里是在排练?哪里是在演戏?他们就是生活在天宫中的一群神仙,饥食仙果,渴饮琼浆,生活在各自的想象中,悲欢离合,逍遥自在。这样的日子才是有意义的,不用考虑柴米油盐,更不用考虑生意来往,只需要考虑自己和角色的内心。他们就是神仙,是漫无边际的神仙。他多么希望成为其中一员。

俞小茹老师穿一件黑色旗袍,烫一个波浪头,在排练厅走来走去,有时停下来,对某个演员说几句,或者用手纠正某个动作,偶尔也示范一下。鼓手将俞小茹老师叫到一边,俞老师显然已经知道他,笑眯眯地问:

"你为什么要学《盗仙草》?"

"我要演白素贞。"

"你为什么要演白素贞?"

"我要学《盗仙草》。"

"你为什么要学《盗仙草》?"

"我要演白素贞。"

俞小茹老师一听就咧嘴笑了，确实是个外行哪。俞老师告诉他，《盗仙草》是《白蛇传》一个选段，以武戏为主。《游湖》《断桥》《合钵》也是《白蛇传》的选段，以文戏见长。俞小茹老师当年最拿手的是《断桥》，其次才是《盗仙草》，余展飞说：

"我只学《盗仙草》。"

紧接着，他又补充一句：

"其他戏都不学。"

俞老师没有觉得余展飞这种思维有什么问题，她觉得蛮正常，而且蛮正确。余展飞不是专业演员，他学戏只是好玩，也可能只是一种寄托。再说了，如果能把一段戏学好，学到精髓，很了不起了。俞老师问他：

"以前学过没？"

"没。"

"会一点吗？"

"我会下腰，就是白素贞用嘴去叼灵芝仙草的动作。"

这一个多月来，余展飞做了一件事，用脑子回忆那天看到的演出，模仿戏里白素贞的每一个动作，他比较满意的是下腰。

俞老师说：

"下一个看看。"

余展飞二话没说，扎个马步，一下就将腰"下"去了，而且是以口触地。他知道自己做得不错，下腰下得轻松，起腰起得利索，脸不改色，心不跳。站起来后，拿眼睛看着俞老师。俞老师咦了一声：

"腰蛮软的。"

越剧团是不收业余学员的，再说，余展飞已经十五岁，这个年龄才学戏，显然迟了。余展飞见俞老师面有难色，他说：

"俞老师,我只想学戏,只想演白素贞。"

俞老师想了一下,说:

"我给你化个简妆看看。"

俞老师带着鼓手和余展飞进了化妆室,让余展飞在一面镜子前坐下。俞老师先在他脸上打一层底粉,然后在脸蛋上涂点胭脂红,最后是描眉眼。描完眉后,俞老师往后退两步,看了看余展飞的脸,又咦了一声。这时,站在边上的鼓手拍起了巴掌:

"好俊的一张脸。好一个白素贞。"

俞小茹老师最后收下余展飞,当然是看在鼓手的面子上。鼓手说了,俞老师这次"破例了",以前没有收过"这样的"徒弟。

余展飞后来才知道,俞老师当初答应收下他,一方面是出于鼓手的面子,另一方面也是可怜他,顺口允了而已。在她呢,也没有太放在心上。这些年来,她见过多少学戏的孩子最终还是选择离去。何况余展飞还有店要照看,家里还有一家皮鞋工厂刚开业。因为余展飞跟父亲有约定,皮鞋工厂开业后,父亲负责工厂,铁井栏皮鞋店由余展飞坐镇,他学戏时间只能在晚上。俞老师心想,这孩子也就是一时心热,正在兴头儿上呢,来几次,吃些苦头,自然知难而退。她也算做完人情了。

让她没想到的是,余展飞是真下了狠心学戏,什么苦都吃。学戏最难的是练基本功,单调、枯燥却费劲,譬如压腿、劈叉、踢腿、下腰、扳朝天蹬,哪一项不需要下死功?就拿最简单的压腿来说,一般人压个九十度试试?压不起来的,即使压起来,用不了五秒钟,保准抽筋,是那种不由自主的抽筋,身体就散了。再譬如劈叉,压腿也可以说是为劈叉做准备的,要将两条腿劈成一字形。对于一个十五岁的孩子来讲,要将腿劈下去,等于将他腿上已经生长出来的筋砍断,那得多疼?得下多大功夫?但余展飞一句疼没说，甚至没有发出任何声音。俞老师让他练拿大顶，让他拿三分钟，他一定拿十分钟。俞老师让他拿十五分钟，他一定拿半个钟头。他在店里练，做皮鞋时练，吃饭时练，睡觉也练。这就让俞老师刮目相看了：这孩子不是一时兴起，而是着了魔了。看得出来，他是真喜欢学戏。这个时候，俞老师的想法发生改变了，将余展飞"放在心上了"，对余展飞有了"新的希望"。当然，俞老师没有将这个想法告诉余展飞，不需要说，也不能说，这是她个人的事，是她和舒晓夏的事，跟余展飞无关。现在，跟余展飞有关了，但他还是不需要知道，俞老师不想让他知道。

练完一年基本功后，俞小茹老师才教他真正学戏。余展飞的嗓音又让俞老师咦了一声。余展飞平时说话属于偏柔和的男低音，很男性化的。他居然能变音，最主要的是，发出的声音不生硬，是很温和的女低音。太难得了。男生扮旦角，第一是扮相，第二是声音，他居然能唱出这么真实的女声。俞小茹老师心里想：是个旦角的料哇。

4

拜在俞小茹老师门下，余展飞最开心的事，是能见到舒晓夏，能向她学戏。

舒晓夏是他师姐，在内心里，余展飞却是将她当作师傅。没有拜入俞老师门下前，余展飞在家"瞎练"《盗仙草》中白素贞的动作，模仿对象就是舒晓夏。他脑子里既有舞台上的白素贞，也有卸装后的舒晓夏，两个形象既分离又合一。他记得白素贞的每一个动作、每一句唱词，甚至每一个眼神。如果要认第一个师傅，那就是白素贞，就是舒晓夏。

舒晓夏是在排练厅看到余展飞的，知道是俞老师新收的徒弟。她只用眼睛余光瞟了余展飞一眼，立即感觉到威胁：这人不简单。她感觉到余展飞身上有种"仙气"，也可以称为"妖气"，她能感受到他身上的"执拗""一根筋"和"不可理喻"。他是个"疯子"，是个什么事都干得出来的"疯子"。艺术需要的正是"一根筋"和"不可理喻"，特别需要"疯子"的精神和行为。她就是个"疯子"，为了演戏，她可以什么也不管，可以什么也不要，包括自尊，包括身体，包括生命。她只想成为站在舞台中央的那个人，只想成为戏中的那个角色。

舒晓夏对这种威胁不陌生。她曾经给过俞老师这种威胁。当她第一次正式登上舞台，正式成为白素贞后。她从俞老师眼神看得出来，她是多么哀伤，多么无奈，那是一种被对方逼到悬崖尽头的怨恨，是走投无路的绝望。这种感觉不是长驱直入的，而是混沌的，是弥漫的，是眼睁睁看着自己枯萎的悲凉。眼睁睁看着自己消亡，却无能为力。

她现在感受到来自余展飞的威胁，她觉得，这是俞老师刻意安排的，是专门针对她的。她当然不甘心。她不是俞小茹老师，她不会束手就擒的，为了舞台，为了舞台上的角色，她会拼命的。

必须主动出击，但不能盲目。一个月之后，排练结束后，她在越剧团门口"无意中"遇到余展飞，她主动打招呼，主动自我介绍，主动约余展飞：

"有空的话，咱们一起排练《盗仙草》。"

这是余展飞做梦都想的事，只是没胆子提出来：

"真的？"

"当然是真的。"她停了一下，接着说，"这事不能让俞老师知道。"

她知道，俞老师是不会让她接近余展飞的，他是俞老师用来对付她的秘密武器。而她从余展飞眼神看出来，他是愿意接近她的。

那以后，舒晓夏经常去余展飞的鞋店，打烊之后，余展飞反锁了店门，一起排练《盗仙草》。

舒晓夏原来的打算，是想让余展飞放弃白素贞，那么多越剧剧本，他演什么不可以，扮演哪个角色不行，为什么偏偏要演白素贞？他可以演青蛇，可以演梁山伯，可以演祝英台，可以演贾宝玉，可以演崔莺莺，可以演杜十娘，也可以演穆桂英。想演什么，自己教什么，可是，余展飞说：

"不，我只学《盗仙草》，我只演白素贞。别的都不学，都不演。"

死心眼了。舒晓夏也是个死心眼，她清楚，跟死心眼的人是没有道理可说的，讲不通的。那么好吧，就学《盗仙草》吧，就演白素贞吧。"教鞭"在她手里，"方向盘"在她手中，她指哪个方向，余展飞只能跟到哪个方向。也就是说，余展飞始终在她掌控之中，余展飞是孙悟空，她是如来佛，逃不出她手掌心的。

一接触，舒晓夏就知道，遇到劲敌了，跟自己相比，余展飞或许算不上戏痴，他不会为了演戏，生命也可以不要，但他绝对是有魔性的，他心里住着一个白素贞，身体里也住着一个白素贞，一遇到白素贞，他就"魔怔"了，不能自拔了，意乱情迷，差不多是神志不清了。他怎么演都是白素贞，白素贞就是他。作为一个演员，舒晓夏明白，这有多么可怕，那等于说，这个演员进入一个特殊空间，这个空间里只有他，只有白素贞，他想怎么演就怎么演，他想演成什么样就是什么样，没人能够阻止得了。这样的演员，不是"疯了"是什么？一个"疯了"的演员，是什么都可以做得出来的，是无法估量和比较的。有时候，这样的演员就是个"神"，演什么角色都是"神灵附体"，都是"灵魂出窍"。这一点，舒晓夏是有体会的。

既然如此，教还是不教？当然教，而且要更认真教。她要做的事情其实也很简单，就是不让余展飞"疯了"，让他清醒，让他知道，他是在演戏，他不是白素贞，白素贞也不是他。

但是，舒晓夏发现，她做不到，只要一接触《盗仙草》，只要一接触白素贞，余展飞什么也不管了，余展飞不见了，只剩下白素贞，而这个白素贞也不是她通常理解和演绎的白素贞，而是一个陌生的白素贞，一个带着余展飞浓烈气息和情绪的白素贞。那还怎么教？

让舒晓夏意想不到的变化是，在与余展飞接触过程中，她的心理和身体发生了微妙改变。只有舒晓夏知道，于她来说，这个变化是翻天覆地的，是史无前例的。她居然对余展飞"动了心"，居然有跟他身体发生关系的念头和欲望。在此之前，她只对戏里的人物有过这种感觉，对戏里的白素贞，包括对戏里的许仙，她可以以身相许，可以合二为一，她没想到对余展飞会有这种感觉。但她没有慌乱，出乎意料地淡定。她对余展飞最初的"敌意"来自他的威胁，当她接触余展飞之后，和他排练《盗仙草》之后，威胁升级了，变成了压迫，她发现，一旦成为白素贞，余展飞的白素贞比她更疯狂，比她更迷离，比她更决绝，也比她更柔情。这种感受很不好，是被压挤和束缚却没能力挣脱的感觉。这让她丧气。在演戏方面，她从来没有丧气过，也从来没有服过谁。她是最好的。她演的白素贞，是真正的白素贞，天下第一。可是，跟余展飞的白素贞一比较，她自卑了，无论是扮相、神态、动作、眼神、氛围还是唱腔，余展飞的白素贞似人似妖似仙，却又非人非妖非仙，那是真正的妖孽，光芒四射，摄人心魄。她达不到这个境界。

她对余展飞"动了心"，还有一个只有她才能体会的原因，这种体会或许只有她这样的演员才有，她愿意与余展飞合二为一，因为他们都是白素贞，他们本来就是一体的。

有这个心思后，她才让余展飞来她宿舍排练。舒晓夏心思不在穿衣打扮上，不讲究，但干净。宿舍却是"垃圾场"，眼睛看得见的地方，都跟越剧有关：脸谱、盔头、戏服、拂尘、刀、剑、枪、剧本等。随意堆放，杂乱无章。有一面墙壁是镜子，镜子让宿舍显得双倍凌乱。不过，杂乱无章却产生出特殊氛围，即使是兵器，在这里也变得柔和，变得温暖，变得含情脉脉，变得情深意长，变得真实又梦幻。这里每一件东西都可能幻化成白素贞，至少与白素贞有关。

他们是在排练中亲吻起来的，就在那面镜子前，他们穿着戏服练下腰，练白素贞口衔灵芝仙草。他们背对背，在镜子前做成m形，两张嘴便"衔"在一起了。是舒晓夏主动的，余展飞有过短暂迟疑，很快就热烈起来。脱下戏服后，又急切地抱在一起，继续"排练"。

亲吻是什么？舒晓夏理解，亲吻是正式演出前的"头通"，是热场子，是酝酿，是发酵，是含苞待放，是必不可少的过渡。可是，"头通"打了一个月，就是喧宾夺主了，正戏还唱不唱？舒晓夏有意见了，觉得余展飞在这方面的勇气和能力完全不像白素贞，更像懵懂迟钝的许仙。只能依靠自己了，因为她是白素贞，是完整的白素贞。

那天晚上，排练结束后，他们跟平常一样，戏服还没有脱就抱成一团。在亲吻过程中，舒晓夏增加了一个动作，主动探索余展飞身体。慢慢地，余展飞反应过来了，将手伸进她身体。戏服在不知不觉中被脱掉，身上所有衣服不见了，最后时刻来了，当舒晓夏要将身体交出去时，余展飞突然停住了：

"不能。"

舒晓夏心里一冷，问：

"为什么？你不喜欢我？"

余展飞回答说：

"不是，你知道我喜欢你，但我不能。"

"为什么不能？"

"我也不知道为什么不能。"

余展飞的回答让舒晓夏不满意，很不满意。但没再问下去，她觉得冷，嘴巴都僵住了。

5

俞小茹老师告诉余展飞，以他的天赋，如果一门心思将功夫花在学戏上，将来成就一定超过她，说不定能走出信河街，走上全国舞台，成为一代名角。但是，她没有要求余展飞这么做，她说余展飞的任务不仅仅是唱戏，他还有家族责任。最主要的是，她认为戏曲环境变恶劣，看戏人减少，社会关注点转移到赚钱，能赚到钱才是英雄，才是当家花旦，才是台柱子，才是"名角"。她感到戏曲行业在走下坡路，而且是一条看不见尽头的下坡路。这种时候，她怎么可能让余展飞来做专业演员？她甚至觉得，余展飞根本不应该来学习，他应该跟父亲做生意，帮父亲把皮鞋厂办好，赚更多钱。但她也没有要求余展飞这么做。在这个问题上，她蛮自私的，她觉得遇上一个好苗子了。唱戏是她的事业，她这辈子只做这件事，当然希望这个行业能够兴旺，希望得到更多年轻人关注，更希望有潜质的年轻人投身这个行业，只有这样，这个行业才有希望，才有未来。

她用一年时间给余展飞"打基础"，又花一年时间，将《盗仙草》教给他。是一句唱词一句唱词教，一个动作一个动作教。两年之内，俞老师一直"捂着"他，没让他"亮相"。其实也不是完全"捂着"，俞老师每周会带他去一次剧团排练，跟他配戏的演员，都是俞老师特意叫来的。他演白素贞，不能总是一个人对着空气比画，要考虑和四个仙童配合，要有默契，特别是挑枪那一段，差一分一毫都是不行的。

他第一次在剧团正式登台，是两年后的汇报演出，听说信河街文化局局长也来"观摩"。俞老师安排他演《盗仙草》。他在排练厅和四个年轻演员对戏也很正式，都有化装和穿戏服，毕竟只是排练。汇报演出不一样，虽是内部观摩，但所有观众都是内行，都带着挑毛病的眼光，还有领导坐镇。其实是考试，是大阅兵。

余展飞没有紧张，恰恰相反，他内心是迫不及待的兴奋。他不是剧团的人，没有考试压力。更主要的是，他知道自己演白素贞时，舒晓夏就在台下。他一直想让舒晓夏看看自己在舞台上演的白素贞，他想让舒晓夏知道，自己演的白素贞是从她那里来的，她演的白素贞，改变了他的人生，他原来的生活除了皮鞋之外还是皮鞋，他看到的和想到的都没有离开皮鞋。是她演的白素贞帮他打开一扇大门，让他看到，除了皮鞋，他的生活还有梦想，而且是一个只有他看得见摸得着的梦想。或者可以换一句话，她演的白素贞让他突然从现实生活中飞起来，让他看到原来没有看到的东西，那些东西是他以前没有想过的。

在他演出之前，是舒晓夏，她演的也是《盗仙草》。舒晓夏上台时，余展飞在候台。他站在舞台右侧，一直盯着舞台上的白素贞。这是完全不同的体验。他上一次是站在台下看台上的白素贞，那时的白素贞是遥远的，是虚幻的，是可望而不可即的。这次不同了，他在舞台上，他能感觉到，自己就是白素贞，他和舞台上的白素贞是相通的。他能感受到白素贞每一个动作、每一句唱词，更能感受到白素贞内心的愧疚、悲伤和决绝。

确实是不同了。他离白素贞更近了，甚至就是白素贞。他也觉得离舒晓夏更近了，因为舒晓夏已经和白素贞合为一体。

轮到余展飞上台了，他依然停留在刚才的情绪里，他已经盗到仙草，飘飘荡荡回去救许仙。是锣鼓声提醒了他，让他重新回到舞台，哦，他又回到峨眉山，再盗一回仙草。余展飞不见了，舒晓夏不见了，舞台不见了，舞台下所有人，包括俞老师也不见了。他现在就是白素贞，白素贞现在只有一个目的——盗了仙草回去救许仙。白素贞更哀伤了，也更决绝了。白素贞一边担心许仙的生命安危，一边担心能否盗到仙草。但她内心是坚定的，是没有回旋余地的，必须盗回仙草，必须救活许仙。这事没得商量。

随着锣鼓声，白素贞使用了"莲步水上漂"。她确实是"漂"上去，腾云驾雾，晃晃悠悠，却又风驰电掣。在舞台上转了小半圈，又回到右侧，她一抬头，开口唱道：峨眉山。她能感觉到，这声音是一支射向峨眉山的利箭，穿破云雾，不达目的绝不回头。

一上台，余展飞就忘记了音乐，他不需要音乐，他要的是仙草。音乐似乎又是存在的，变成一种提醒，让他不断向前、不断飞翔的提醒。

回到台下，余展飞依然沉浸在那种情绪和情节之中，白素贞口衔仙草，飞向家中的许仙。他似乎听到舞台下巨大的掌声，看到俞老师跑到后台，激动地抱住他，不停地跺脚。

6

那次汇报演出后，俞老师对他说，文化局同意招他进越剧团，局长特批一个名额。

进越剧团演戏，是他这两年来的梦想。可是，当真正要成为专业演员时，当他即将成为真正的白素贞时，他又犹豫了。这意味着，他将抛弃皮鞋店和皮鞋厂。在没有直接面对这个问题时，余展飞一直认为自己更愿意当一名演员，那是他的梦想。可是，当机会摆在面前，他却犹豫了，但他不好意思直接回绝俞老师，只好说：

"我没问题，我回去问问我爸。"

余展飞记得，听他这么说，俞老师突然很夸张地笑了两声。但是，俞小茹老师那么骄傲的人，后来还是托鼓手去做父亲的工作，鼓手和父亲喝了一顿酒，回去问了俞老师一句话：

"你说做生意和唱戏哪个有前途？"

俞小茹老师再没说什么。或许，她已经想通了，或者，是绝望了。她在那一年提前办理了退休手续，与人合伙成立一家演出公司。

也是那一年，余展飞进入父亲的皮鞋厂，父亲抓生产和管理，他负责采购和销售，父亲主内，他主外。他向父亲提出要求，在工厂顶楼要了一个房间，装修成排练厅。下班后，他会去排练厅待一两个小时，有时更长。

也就是那一年，余展飞和舒晓夏开始每周一次排练，他们只排《盗仙草》。

他们两人演的白素贞是同一个白素贞，却又是不同的白素贞。舒晓夏的白素贞显得坚毅，甚至刚毅，眼神、动作和唱腔都显示出坚硬的力量，这种力量是掷地有声的。余展飞的白素贞是柔软的，甚至是哀怨和哀伤的。他的白素贞显示出另一种力量，是冰下流水的力量，看不见，但能够感受，那种感受让人忧伤，忧伤是一种无法言说的力量，特别"摧残"人。说不清两个白素贞谁更出彩，坚毅和柔软都能打动人。

皮鞋厂发展是飞跃式的，从刚开始的三十个工人，增加到三百个，然后又增加到三千个。余展飞的职务也在发生变化，从科长升到副厂长。皮鞋权不管生产管理了，只抓技术。

舒晓夏凭《盗仙草》参加省文化厅戏曲比赛，她挑枪的动作设计打动了所有评委，拿到一等奖。这是信河街越剧团几十年来第一次拿大奖，半年之后，舒晓夏被提拔为副团长，成了"有级别"的人。

两个人都到了谈婚论嫁的年龄。这几乎是顺理成章的事，一个搞经济，一个搞艺术，还有比这更般配的结合吗？不可能了嘛。

余展飞也是这么想的，他觉得这是理所当然的。他知道舒晓夏喜欢自己，而且，他也知道，舒晓夏没有别的人选。以前没提出来，是因为他没想过结婚的事，他想舒晓夏也是。结婚看起来是人生大事，但在决定婚姻上，往往是一刹那，甚至是草率的。

余展飞想结婚，是因为父亲想他结婚，父亲对他说：

"我老了，这个摊子要交给你，希望你早点成家。"

余展飞没有当面答应父亲，但也没有反对。那就是可以商量的意思了。他找谁商量？当然是舒晓夏。

周一晚上，他们在皮鞋厂顶楼结束排练后。初秋的晚上，天气还没有凉下来，即使开着空调，两个小时排练下来，也内衣湿透。他们脱了戏服，坐在镜前卸妆，余展飞突然对舒晓夏说：

"嫁给我吧。"

舒晓夏手里拿着卸妆湿巾，转头看着余展飞，一脸惊讶：

"为什么？"

她这么问，轮到余展飞惊讶了：

"你不爱我吗？"

舒晓夏停顿了一下，点头说：

"我爱你。"

余展飞松一口气：

"那就对了，你爱我，我也爱你，我们结婚。"

舒晓夏这时眼睛一动不动地看着他，然后，缓缓地摇摇头：

"不，你不爱我。你爱的不是我。"

余展飞从镜子前跳了起来：

"怎么可能？我还不知道自己爱的是谁？"

舒晓夏很镇定，面无表情地说：

"你爱的是白素贞，是舞台上的白素贞，而不是现实中的我。"

余展飞俯视着舒晓夏的眼睛，很肯定地说：

"我当然爱舞台上的白素贞，同时也爱现实中的你。"

"骗人。"舒晓夏仰视着他，"如果你爱现实中的我，为什么不能和我上床？如果你爱现实中的我，为什么要和我争演白素贞？你爱的是白素贞，一直是白素贞。白素贞就是横亘在我们之间的峨眉山，无法逾越的峨眉山。"

余展飞突然打了个哆嗦，一股冷气从头顶倾泻下来，立即覆盖全身。他想否认，可是，一屁股跌坐在椅子上，什么话也说不出来。

7

皮鞋权退居二线了。他这么做，当然是对余展飞放心，除了唱戏，他对余展飞确实放心。他是满意的。一切按照他的设计推进，唱戏只是小插曲，开次小差而已，他最后不是选择回皮鞋厂了吗？谁还没有个开小差的时候呢？同时，他又对余展飞不放心，除了皮鞋厂，只剩下唱戏，连婚姻都耽误了，这让他焦急，也让他伤心。但他能下命令让余展飞娶妻生子吗？这不是工厂赶订单，他没办法亲自"上马"，只能商量，只能提议，只能干着急。他提议多次，余展飞表面上答应"好的好的"，却没有实际行动。他知道余展飞和越剧团的舒晓夏关系密切，也委婉对余展飞说过：

"我看小舒这人还行。"

余展飞点头说：

"是的是的。"

表明态度了，方向也指明了，余展飞还是按兵不动。他按捺不住了：

"你和越剧团的舒晓夏到底在搞什么鬼？这样不明不白拖着算什么？"

余展飞装傻：

"我们关系很好啊，她是我师姐啊。"

心力交瘁了。皮鞋权决定将皮鞋厂交给余展飞，不管了，没个尽头。迟早要跨出这一步的。

父亲退休后，余展飞觉得最大好处是可以无拘无束排练。但余展飞是不会"乱来"的，所有排戏都在工作之余。他觉得很好，每天充满期待，精神和身体都是饱满的。一想到晚上可以和舒晓夏排练，他就觉得这一天是美好的。

舒晓夏当上越剧团团长后，余展飞想出资装修越剧团排练场所，舒晓夏不肯。她知道余展飞有钱，也是真心实意，但她不愿。她打报告给文化局，局里拨专款让她装修。

装修之后，多了一个小排练厅，余展飞和舒晓夏有时将排练移到小排练厅。

余展飞"主政"皮鞋厂后，做了几个"大动作"：第一是改厂名，将原来的"皮鞋佬"，改成"灵芝草"；第二是将工厂改成集团公司，工厂名字带有计划经济痕迹，而公司是市场经济产物；第三是花十年时间，在全国各地开出五千家专卖店，他让"灵芝草"开遍各地；第四是"灵芝草集团公司"上市，敲锣当天，他个人市值达三十三亿。

在"上交所"敲锣当天，余展飞特别邀请俞小茹老师、鼓手和舒晓夏作为嘉宾。他亲自上门送请帖，鼓手看到请帖里注明"正装出席"，一脸诚恳地问：

"中山装算不算正装？我只有一套中山装。"

余展飞一听就笑了：

"你穿法海的袈裟也是正装。"

俞老师现在在老年大学教越剧。余展飞约好去她家送请帖，她问余展飞都邀请了谁。余展飞说邀请了越剧团的鼓手和舒晓夏。俞老师沉默一会儿，说老年大学教学蛮忙的，每天都有课呢。余展飞说舒晓夏有演出任务，去不了。她听了之后，改口说：

"我去请假试试，学校领导蛮尊重我的。"

舒晓夏确实因为演出没有参加，但余展飞认为，即使没有演出，她也不会去。这些年，除了演出，除了越剧团的事，舒晓夏很少抛头露面。她也很少提俞老师，余展飞倒是提过几次，她没有任何回应。余展飞后来就不提了。

舒晓夏没结婚。余展飞没问她原因。他动过再次向舒晓夏求婚的念头，但没提出来。余展飞没再提，还有一个原因，他确实很享受和舒晓夏排练《盗仙草》，不但精神满足，身体也得到满足。他每天会去公司排练室坐坐。这个排练室是在原来基础上改建的，规模、设备和越剧团的小排练厅差不多，他有时会独自唱一段，或者练一阵枪花。有时只是坐坐，什么也没做。也就够了。

父亲走得突然，也不算突然。父亲身体一直很好，就像他做的皮鞋，经久耐用。可能是平时坐多的缘故，有高血压，也不是很高，低压一百，高压一百四十，按时吃络活喜，血压就"标准"了。他的死跟高血压没关系。余展飞觉得父亲是"闲死"的，他做一辈子皮鞋，突然不做了，空了。他原来喜欢喝点酒，喜欢喝信河街五十六度老酒汗。他喜欢老酒汗直扑脑门的冲劲，喜欢酒后不断升腾的幻觉。退休之后，喝酒的念头也没有了，他大概觉得"任务"完成了，再活下去没意思了，也没意义了。

父亲走时，虚岁才七十，很叫人惋惜。事发突然，更叫人痛惜。

按照信河街风俗，父亲葬礼之后，有场宴请酒席，余展飞想请越剧团来演一段《盗仙草》，他想用这种方式，送父亲最后一程。余展飞觉得舒晓夏可能不会同意，越剧团是艺术团体，怎么会在葬礼宴席上唱戏？太低贱了。出人意料的是，舒晓夏居然一口答应。宴请那天，她带来越剧团全班人马。

《盗仙草》安排在宴请尾声，也是酒至酣处，差不多人仰马翻了。这个时候，临时搭建的舞台上，锣鼓声响起来了。很多人知道余展飞喜欢唱戏，喜欢演白素贞，但从来没见过，大家起哄，让余展飞来演。一个人带头后，几乎所有人跟着喊余展飞的名字，一边喊，一边用手掌或者拳头拍打桌面。场面"不可收拾"了。余展飞去"后台"找舒晓夏，舒晓夏化好装，戏服也穿好了，她看着余展飞：

"你演不演？"

其实，听到锣鼓声后，余展飞身上肌肉已经抑制不住地兴奋，他感觉肌肉在跳动，在喊叫，在翻腾，发出吱吱声。舒晓夏这么一问，似乎身体已飞翔在半空，哪有不演之理？

他坐下来，舒晓夏给他化装。锣鼓声中，他看着镜子里的自己变幻成白素贞。镜子里还有一个白素贞，那是舒晓夏扮演的白素贞，两个白素贞时而分开，时而重合。他听见演出开始了，两个守护仙草的仙童上场，几句念白之后，手持拂尘做着练武动作。他还听见喊叫他名字和拍打桌面的声音。又是一阵锣鼓过后，两个守护仙草的仙童退场，轮到白素贞上场了。他看了眼扮成白素贞的舒晓夏，她表情穆然，并不看自己。锣鼓声催得更急,他不由自主、恍恍惚惚地被舞台吸引过去。他一身白色打扮,手执拂尘,上身纹丝不动,脚板挪移,飘上了舞台。舞台下立即安静下来,叫喊声和拍打桌面的声音戛然而止:哪里还有余展飞的影子?分明就是千年蛇妖白素贞嘛。分明是舍身救夫的白娘娘嘛。太妖怪了。

余展飞一踏上舞台,舞台便成了峨眉山,云雾缭绕,群山巍峨。他现在是她,是白素贞,是上峨眉山盗仙草救夫的白素贞。眼里只有千难万阻,眼里只有刀山火海,眼里只有灵芝仙草,眼里只有悲伤的希望。

她先是用拂尘与两个仙童对打。两个仙童不敌,向后山退去。

第二场,手持双剑与两个手持双剑的仙童对打,仙童败。

第三场是手持双枪与四个手持双枪的仙童对打。她突然感到双腿发软,双手发酸,沉重得抬不起来。客观原因是:为了父亲的葬礼,连续三天,余展飞每天只睡四小时。主观原因是:白素贞身心俱疲,她长途奔波,又挂念家中许仙性命,筋疲力尽了,她明知打不过四个仙童,却不甘心就此罢休。她知道,困难还在后头,还没到挑枪环节呢,她第一次怀疑自己能否顺利完成那套动作。此时,四个仙童将双枪从她头顶压下来,她使双枪往上一顶,感觉八杆花枪像八座山从头顶轰然而下,胸中有一口滚烫热流奔涌而上,被她硬生生咽下去后,这股热流更加凶猛往上涌,她眼前一黑,几乎一屁股坐下去。就在此刻,意外发生了,舞台上突然多出一个白素贞,手持双枪,飞奔过来,和她并肩而立。

四个仙童这时围成一圈,轮番朝她们投枪。两个白素贞背对着背,将枪尽数反挑回去。舞台上彩虹飞舞,霞光闪烁,舞台下的观众伸长了脖子,仿佛忘记自己存在。当四个仙童第四轮将双枪投向两个白素贞时,她们做出一个令所有人意外的动作——将枪悉数"没收"了。四个仙童见丢了兵器,慌了手脚,一哄而下。

舞台上只剩两个白素贞。她们舞出的枪花将身体团团包围住，成了两个既统一又独立的球体，发射出一道道让人睁不开眼睛的金光，既真实又虚幻。

· 作者简介 ·

哲贵，男，1973年生，浙江温州人，一级作家，浙江省作家协会副主席。已发表小说《猛虎图》《金属心》《信河街传奇》《某某人》《我对这个时代有话要说》，非虚构作品《金乡》等。曾获《十月》文学奖、《作家》金短篇奖、郁达夫短篇小说奖等。

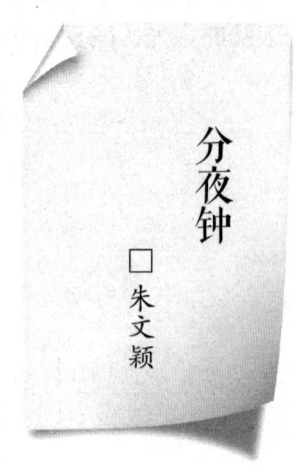

一天以后

1

院长问了女艺术家喻小丽七八个问题,然后便沉默了下来。

事情听起来简单却又离奇。就在昨天,这家精神病院同一科室的三位患者,在暴雨倾盆的黄昏时分,穿着雨衣打了雨伞,"乔装打扮"骗过保安,顺利出逃。

"她们……实在是太有想象力了……"院长显然是焦躁不安的,从屋子的这一头走到那一头,然后再走回来。

逃出去的三个人基本都属于轻度或中度癔症患者。所以说，除了追究医院的疏忽大意，暂时不必担心会造成过于严重的社会危害。

院长踱完步，坐回到黑色靠背椅上。他冷冷地审视着当值的保安——那个精瘦精瘦的家伙吓坏了，一条腿站得笔直，另一条悬在半空，正在轻微地发抖。

"她们……是三个人。"保安说。

"我知道她们是三个人！"院长狠狠地瞪了他一眼。

保安急剧地咳嗽了起来。过了十来秒钟的样子，才又接着往下说："她们是从六……六楼下来的，其中一个穿着外套和雨衣，装成出院病人，另外两人一左一右搀扶着她，嘴里大声叫着'家属！家属！'……对了，她们三人都穿着拖鞋。"

"明知道她们穿着拖鞋，你还放走了人！"随着院长愤怒地一拍桌子，保安吓得往后退了两步，整个身体蜷缩成了一只刺猬的样子。

精神病院位于城西一座湖心小岛。湖面如镜，波澜不惊，有一座木桥曲曲折折通向对岸。

岸边是野蛮生长的芦苇和水草，大风过处，飘摇如同疯狂缠绕的乱发。除了有几只灰黑色的野鸭偶尔在水草丛中冒一下头，湖面的这一带通常是平静的。运送物资和药品的船只每两天一班，清晨六点静悄悄地靠岸。

有意思的是那座通向岸边的木桥。平时，它悬浮于水面之上，差不多在每天傍晚五点四十左右，湖水开始涨潮，二十分钟过后，桥面就慢慢淹没在一片汪洋之中了。

据保安的回忆和后来调取的监控录像推论，三位患者离开住院大楼的时间大约是傍晚五点十五分……也就是说，即便她们向着木桥方向一路狂奔，留给她们的时间仍然是非常紧张的。

更何况，那天的雨下得就像一个毫无顾忌的疯女人。

"她们有可能会淹死的……真是疯了，连命都不要了。"院长长出一口气。

"你在说谁呢？"喻小丽突然追问一句。

院长愣在那里。没有回头，那个木然的背影就这样停了好几秒钟，仿佛正在凝结成冰的雨雪一般。

"说你妹妹，喻小红。她是领头的那个。"院长缓缓地答道。

2

上午去城里接女艺术家喻小丽的，是医院派去的一艘小船。

航程很短，船老大像个谍报人员，一声不吭。船至湖心时，喻小丽已经遥遥看到院长站在岸边。或许是一夜未眠的缘故，院长显得面色苍白，心事重重。

"已经有快二十年没见你了……"在办公室，院长的眼睛久久纠缠在喻小丽身上，仿佛他正上上下下打量着的，是一件珍贵无比的瓷器。

"是呵，二十年了。"喻小丽似笑非笑地眯了眯眼睛，眼角额头和眉梢即时露出了几丝笑纹和鱼尾纹。

"但是你没变，真的，一点都没变。"院长舔了舔干裂上火的嘴唇，语气愈发柔和下来，"对了，这些年，你一直都在哪里？"

"我走了很多地方……"喻小丽慢慢沉浸到回忆中去，"每到一个地方我就写信，拍照，然后寄给喻小红。但是，她从来都不回复我。"喻小丽摇了摇头说："没有人能勉强她做任何事。从来都没有。"

院长静静听着，一边听，一边喝着滚烫的浓茶。他手里端着白瓷的茶杯，退后几步，靠在办公桌的桌沿上……又仿佛突然意识到什么危险似的，伸出另外一只手，死死撑住。

"但是——你从来没有给我写过信。这么多年，一封都没有。"院长的眼睛盯住喻小丽，又仿佛早已了然于心，很快垂下了眼睑。

"没有人能够勉强我。这一点，我和喻小红一模一样。"喻小丽放低声音，但是一字一顿非常清晰地回答道。

"是呵，很多年前，你就那样不顾一切地跑掉了。而现在，你妹妹，也是这样不顾一切地跑掉了。你们，真的就像一对孪生姐妹。"院长的声音听起来有一种无可奈何的缓慢和拖延。

"昨晚的雨……我是说，已经很久没看到这么大的雨了。"喻小丽看着窗外，喃喃自语着。

"是的。你是知道的，你妹妹，一到暴雨季节就会发疯。"

"我也一样。"喻小丽冷冷地说。

这时有人敲门，送进来一沓文件之类的东西。

院长签了字。然后那人离开。

过了三五秒的时间，院长突然转过身去，打开一扇藏在书架后面的木门。门后赫然呈现一排橱柜。里面放着高高低低的玻璃酒杯。

"我们喝一杯吧？"院长拿起酒杯。喻小丽看到他的手在发抖，轻微地下意识地然而绝对无法控制地发抖……喻小丽盯着那只手，看了很久。

3

"你确认……你妹妹……"说到这里，院长停了一下——"我是说，喻小红，她昨天晚上从这里逃出去后，没有联系过你？"

"没有。"喻小丽坚决、怅然、几乎是闭着眼睛回答道,"当然没有。"

院长向前走了几步,在办公室的窗口驻足。从院长站着的这个位置,大约可以看到医院五分之四的院子,四周围绕着高墙,墙头连着铁丝网(然而就这样看起来,那些铁丝网并非匀称分布,反而有些部分密集,有些部分稀疏。高高低低,然而绵延不断)。墙外,目光所能及处,可以看到再度恢复平静的湖面。正午的日头下,芦苇的顶部齐刷刷泛出白光,仿佛有什么东西手拉着手,正一起咧开嘴微笑似的。

那座连接对岸的木桥,则在更远些的地方,特别安静,对世界没有任何企图与奢求的样子。

院长把喻小丽唤到窗前。

"你看那边。"院长抬起左手,指向院子的某个角落。院子里有一群人正在跑步,还有几个停了下来,他们都穿着款式统一的白色病号服。

"你看到了吧,墙边那个六十多岁的老太太……"

喻小丽追随着院长的视线,然后点了点头。

"那个老太太一直坚信自己是个舞蹈家。当然,你可以看到她确实手臂纤细、双腿笔直,做几个舞蹈动作也是像模像样的;当然,坚信自己是舞蹈家也不是不可以,多多少少,我们每个人都曾经有过跳舞或者飞翔的梦想。然而这位老太太——"

院长说到这里,突然停顿了一下,仿佛很难克制,并且还有点滑稽地挑了挑眉毛:"开始的时候,老太太在客厅里跳,后来,有一次,家里儿女不在的时候,她突然想方设法爬上了屋顶……"

喻小丽歪歪脑袋。现在,她已经把小半个身子靠在了窗台上。或许,这样的姿势可以让她的视野更为开阔些吧。

"还有那个人。"院长的手指向距离舞蹈老太太十来米远的地方,有一个瘦小蜡黄的矮个子男人正蹲坐在围墙下面。

"看到他了吧。我们都叫他大暑。因为他的生日在大暑。而他的脾气暴烈也像大暑。"仿佛为了配合"大暑"这个字眼,院长点燃了一根烟。他抽第一口烟的时候,不知为什么给人一种穷凶极恶的感觉。

"大暑其实没有多少问题。他只有唯一一个问题。他骂人。持续不断地骂人。充满了攻击的力量。他仿佛是老天专门派到这个世界上来骂人的。"

从喻小丽的这个角度,确实可以看到,那个男人的嘴不停地在动,张开,闭上,再张开,再闭上。

"当然了。"院长继续往下说,"弗洛伊德认为,攻击性是人类的两大动力之一,当人的生命力展开的时候,必然会有攻击性……"

"还有一个动力是什么?"喻小丽插话道。

"是性。"院长说。

4

下午一点多的时候,派出所过来两个人。

一胖一瘦两个警察。医院同样派了一艘小船去接他们。院长同样站在岸边,看着小船徐徐靠近。他的手贴在两边的裤缝那里,身体微微倾斜,有一簇头发被风吹起,像业已解散并且正在风中打转的蓬乱鸟窝……所以说,无论从哪个角度看起来,船上走下来的两个人都是规整的。甚至他们发出的咳嗽声也是规整的。或许只是受了湖风邪湿之气影响的缘故。

院长和他们握手,神情有些卑微。

大约五个月前,也是这两个警察在一个午后上岸来到医院。那一回,当值保安也是一副被吓坏的样子,"他……他真的把自己弄死了。"当值保安不断地重复着这句话。有几个瞬间甚至有点眼泪汪汪的。

胖警察看都没看他一眼，快步走在前面。

瘦的那位则和院长并排走着。两个人都在身后留下长长的歪歪斜斜的阴影。

"什么时候发现的？"瘦警察表情忧郁地问道。

"今天早上。"当值保安回答说，"但是，大约有整整半年的时间，他每天都在病房里说，他准备要去死。"

"你是说，他很早就宣布自己要自杀？"瘦警察皱了皱眉头。

"不知道……我真的不知道……他有很严重的躁郁症，但是医院里很多人都有严重的躁郁症，也有很多人每天都在病房里说，他们准备要去死……"当值保安把话说得断断续续的。

"你居然从来就没有想到过，有些人这样说了，是真的会去做的？！"

走在前面的胖警察突然转过身来，非常突兀地大叫一声，脸上的表情因为愤懑而变得扭曲起来。

自始至终，院长一直沉默着，只字未说。

…………

而现在，我们可以看到一胖一瘦两个警察跟着院长走进了办公室。院长或者两个警察里的一个随手关上了办公室的门。所以很难确切看到里面发生的一切（也可能只是被树干和枝叶遮蔽的缘故）。但过程应该是明确而清晰的。院长叫来了昨晚当值的保安、负责楼层的护士以及管理护士的护士长。然后两个警察开始盘问，或者一个盘问，另一个记录。无论记录还是盘问都将是明确而清晰的。至于主犯喻小红的姐姐喻小丽，她更多时候将作为旁观者存在。当然，因为与失踪人有着直接的联系，她也免不了会被警察们观察与询问。

有些问题是千篇一律甚至明知故问的。

"你是喻小丽？"

喻小丽点了点头。

"你确认……你妹妹……我是说，喻小红，她昨天晚上从这里逃出去后，没有联系过你？"警察一边看着她，一边不由自主地眨着眼睛。

"没有。"

提问的警察沉默了一会儿。记录的那位则抬头望了望窗外的天色。他们两个人停顿的动作与延续的时间，有着因为长久以来的配合而形成的默契。仿佛正在说：我们见得多了。也仿佛有着懒洋洋的暗示：我知道……我其实是知道的……

就像后来，胖警察突然而又似乎完全不经意地问了一句："你妹妹是怎么疯的？"

"她并没有真的……发疯，她只是受了刺激。"

"什么刺激？"警察转过头来。

"她的一个很好的朋友……死了。二十年前。"喻小丽说。

二十年前

1

院长姓浦。

二十年前的小浦二十二岁，是一所综合院校戏剧社团的社长。他几乎是同时认识她们的——二十岁的喻小丽和十八岁的喻小红。学校里风传，在她们尚年幼的时候，她们的母亲突发心脏病去世，父亲又常年在外地工作……两个人一起长大，形影不离，样貌又相似，有时看起来确实像是孪生的。

那年临近夏天的时候，剧团开始筹备一台节目。于是，暑期里的某一天，他去她们家做客。临走时，妹妹喻小红突然踮起脚尖拥抱了他。他有些不知所措地僵在那里。后来，她开始解释——

"那天早上我离家上学，母亲在窗边向我挥手……后来我就再也没有见过她。从那以后，就仿佛强迫症一样，每次出门，我都会和屋子里的每个人拥抱告别，即便只是去街对面取牛奶也是如此。"

小浦有点恍然地点头，接着，又有点恍然地走向大门。

忽然看见小院角落里一双冷峻的眼睛。是姐姐喻小丽，她手里拿着写生板，正在描摹一株墙角的金色向日葵。

"你好。"她说。她笑的时候，很像向日葵背光的那一面。

接下来的那段时间，小浦经常去找喻小红和喻小丽。有时他见到喻小红，有时则见到喻小丽，而更多的时候她们两个都在。

墙角的向日葵开得狂野而神秘。

当然，他是喜欢妹妹喻小红的，在他面前，她就像一只娇憨的猫咪，或者黏人的树懒。她向他倾诉说，她害怕一切的无常以及分离。事实确实如此，这种如同露珠般闪亮的脆弱相当地撩人爱恋。然而，与此同时，这也让他产生某种黯然之感——仿佛，这所有的一切只是洒向空中的雨露，而他，无非只是与可知或者不可知的万物分享罢了。所以，他应该是更迷恋姐姐喻小丽的。她坚硬、偏执，甚至有些疯狂。她第一次看向他的那种清冽的眼神，于他来说，直到他和她有了恋人的种种亲热举动之后，依然是无法破解的谜团。

他会和她聊一些事情。比如说，即将排演的剧目；又比如说，她死去的母亲。

"母亲死了以后，我和喻小红更像一双孤儿。"喻小丽说。

"哦？"他稍稍有点惊讶。

"有时候我想，如果我和喻小红是龙凤胎……她会是女的，我则更像其中的男胎。她会是另一个我。"

"另一个你？"他吃了一惊。

"是的，说来也怪，从小到大，我们有很多事情都很像。非常奇怪的相似。比如说——"喻小丽停了下来，把脸凑到年轻小浦的面前——他几乎能听到她"咝咝"的鼻息声，她继续往下说，一字一顿地，"比如说，我可以肯定，我妹妹喻小红，她一定也很喜欢你。"

他有些尴尬地笑了笑，又耸耸肩。

很快，他扯开了话题。

"你妹妹说，自从你母亲走了以后，每次出门，她都会和屋里的每个人拥抱告别……"

"她是这样的。"喻小丽打断了他，"她，比较多愁善感。"

"但你不是……"

"所以，我刚才说，如果我和我妹妹是龙凤胎，她会是女的……我和她，在有些方面很像，非常像；而在另外一些方面则非常不像，甚至截然相反。"喻小丽如同巫女一般，把一段没有什么逻辑关联的话，断断续续说完。

2

而就在这时,那个琴师很快登场了。

琴师三十来岁的样子,或许还要更年轻些。他有着浑圆如同蛋壳的头形,头发是寸头与半寸头之间的长度。他穿的衬衣长长地盖过臀部,没有什么皱褶,更谈不上曲线,只是很安静地垂下来。像水。细灰色,比白糜烂,比黑颓废……

他显得很淡定的样子。对着剧团里的人微微欠身——

"你们好。我叫净空,是弹古琴的,家就住在庆元寺旁边。"

庆元寺是座江南名寺,寺边有一片名叫莺湖的水域。在一些比较特殊的日子,城里的人会去那里求签。年轻的小浦就记得,有一次他在车上睡着了,醒来的时候,看见庆元寺外满眼的树,高到参天。

而现在,这位家住庆元寺旁边的净空琴师开始弹琴。他弹古琴,他待人处世的姿态就仿佛那些古琴曲的名字。他是淡的,顺着命运来的,流淌着。

有一件不可思议的事情很快发生了——喻小丽、喻小红同时疯狂地爱上了他。

没有人知道,那阵子的小浦究竟在想些什么。有人在学校小树林里看到过年轻而阴郁的小浦。他在那里散步,抽烟,有时似乎正安静地读书。只是他身边仿佛有个极其虚无的空间,这多少令他显得有些心烦意乱。

这段时间里,也有人曾经见到喻小丽和喻小红。她们在树林后面的池塘边大声吵架,然而最终又抱头痛哭起来。

只有庆元寺的净空琴师,仍然穿着那件长长的灰色衬衣,背着他的那床古琴……后来人们回想起来,说他走路有点芭蕾舞步的感觉,稍稍踮起些脚尖，挺起的后背和脖颈把他和真实的外部世界轻轻隔离开。

这件事情的高潮和结尾都发生在隔年的一个春夜。这也记在了派出所当时的笔录里。概要是：这一天，四人（小浦、琴师、喻小丽、喻小红）一起去庆元寺和莺湖踏青。到了晚上，突然暴雨倾盆，琴师净空不幸在莺湖边失足溺亡。喻小红则因为惊吓过度，在精神状态方面出现了极其严重的问题。

"什么也没有。"他说。

1

"二十年前……那个时候，你差不多十九岁吧？"院长老浦又打开了那扇藏在书架后面的木门，紧接着是一声沉闷而又突兀的开瓶盖的声响。

"不，你记错了。那年我二十，喻小红刚好十八。"喻小丽接过院长递给她的红酒杯。

"哦。记忆这东西，总是……很奇怪，非常奇怪。"院长抬了抬手腕，把杯中之物一饮而尽。

下午，大约四点钟的光景。院长和喻小丽一起去湖边送两位警察。

陆陆续续有消息返回，说是逃出去的三位患者中，已经有两个辗转回到了家里。然而，保安口中那个"戴着雨帽，笑的时候露出一整排雪白牙齿"的主谋喻小红却仍然杳无音讯。

天色慢慢暗沉下来，到处是蓝一块灰一块的色调。然而边缘部分，却是暴雨过后或者黄昏将近时惊人的亮色。所以，如果从这个角度来讲，其实整个天空的颜色并不那么和谐：仿佛随时可能再次下雨，也仿佛很快就会堕入深黑的暗夜。

两个警察坐的小船渐去渐远。他们一个坐在船头，一个蹲在船尾，沉默着，并没有太多的交流。只是瘦警察会不时抬头望望天色……雨没有下下来，但到处又都给人一种要下雨的感觉。因为风向的缘故，小船返回的时候显得缓慢而又颠簸。所以至少从视觉上来看，船上的两人显得孤零零的。孤零零，然而又吃力地抓住船舷，像风中的枯叶一样渐去渐远。

"喻小红不会有事的。她……只是需要那种不顾一切的感觉。"喻小丽喃喃自语。

"你的意思是，她确实从来没有发疯？"院长冷不丁地冒出这么一句。

片刻的沉默。

"就像你一样？"院长甚至轻声笑了起来。

"那么，到我那里，再去喝一杯？"喻小丽听到院长老浦这样说。

2

院长办公室。他们正在看一部短纪录片。喻小丽在影碟堆里随意挑的一张。而院长老浦一边看，一边不停地走动，不停地喝酒。

屏幕左上方跳出一行字：

1966年9月6日，南非总理和国民党领袖亨德里克·维尔沃德博士在议会上被一个白人极端分子用刀刺死。

"是 1966 年的'南非刺杀总理案'？"喻小丽试探地轻声问道。

"对，这件事曾经轰动一时。"院长在喻小丽旁边坐了下来。

喻小丽点点头，安静了下来。

这时屏幕变成了黑白色。或许从头至尾其实一直是黑白色。经历了一阵快速的变动、跳跃、闪烁，以及尖叫声，终于一切归零，回到制作者与凶手之间的一段对话。

制作者名叫西奥皮斯。

"你为什么刺杀总理？"西奥皮斯问。

"究竟因为什么？你的刺杀动机是什么？"西奥皮斯继续追问。

"因为，我有一个女朋友。我爱她，但是……在这个国家，我既不是白人，也不是黑人。我不能和她结婚——还有——"

"还有什么？"

"还有，当时我正在生病。讨厌的蛔虫。厌世，浑身不自在。"刺客有些不好意思地笑了笑，"后来，我冲了上去……"

"那个瞬间你在想什么？"西奥皮斯将前面四个字的发音拖得很长。

"什么都没想。一片空白。"刺客漠然却又真诚地回答道。

3

酒后的院长变得有点焦躁不安起来，就连说话的声调也稍稍提高了："所以说，很多事情有着让人出乎意料的答案。答案或许只是精神创伤，甚至……甚至只是一些小小的蛔虫。是的，小小的蛔虫。"

院长像只没头苍蝇般在屋里来回踱步。并且很快又传来了一声沉闷而又突兀的开瓶盖的声响。

他站起来，又重新坐下。

"小丽……"他唤她。身体向她的方向倾斜过去。仿佛有什么东西回来了。他的眼睛凝视着她，晶亮有光。

她的脸沉浸在阴影里。有一种力量隐藏着，要把他推开。

"这么多年，我一直都无法忘记你。这是件多么奇怪的事情。即便你抛弃了我，爱上了别人，甚至怀上了别人的孩子……"

"孩子——什么孩子？"喻小丽皱了皱眉头。

"你和……净空的孩子。"院长仰起头，长长地吐了口气，一阵芬芳而又幽深的酒气骤然在房间里弥漫开来，"二十年前的那个夜晚，也是狂风连着暴雨，电闪雷鸣，我们四个人都喝醉了。我趁着酒意大哭着试图再次挽留你，而你只是面无表情地告诉我，你已经怀上了净空的孩子……"

阴影里的喻小丽寂然无声。

"那个孩子……"院长这时似乎感到了空虚，或是一股莫名的寒气。他仔细地端详着自己的双手，现在它们交叉在一起，蛇一般扭动着："他，或者她，怎么样了？"

"没有那个孩子。"

"什么？"

"如果我告诉你，其实那个孩子根本就不存在；如果我告诉你，当年我对你撒谎，只是为了让你彻底死心离开我……你会不会恨我？"喻小丽的声音像天空中的滑翔伞，一点一点低下来，再低下来。

"你骗我……"像闷雷一样的声音。

"是的，但不是……"

"你为什么要骗我？"院长把几乎变形的脸伸到喻小丽面前，一字一顿地问道。

"我——"

"为什么？！"院长的语调变得咬牙切齿起来。

"因为净空……他是……那么好，"喻小丽有些胆怯地躲开了院长，小心地选择着一种安全的语调，"你不知道，后来，那天晚上，他准备了一个字条，装在密封的袋子里，上面写了很多字。就在莺湖的岸边、水里，他举着那个字条给我看……虽然很不幸，那样的风雨交加中，他失足溺亡，最终没能从水里回到我的身边。但他是个痴情的人，从一开始我就知道。"

"哈哈！"院长这时突然出人意料地大笑了起来，"一个痴情的人……"他的脸上露出奇怪的光泽和红晕，恍若圣灵降临。他继续说："你们这些无可救药的浪漫主义者，你，喻小丽，你的妹妹，喻小红，还有那个会弹好听曲子的琴师净空……你们就像天使一样地相爱着。你爱净空，你的妹妹也爱净空。净空死了，你们一个跑了，一个疯了……"

"是的，"喻小丽眼眶微微有点泛红，"这样的事情谁遇到了都会受不了，我妹妹一到暴雨天就会发疯，我也再不想回到伤心之地——莺湖。溺亡……"

"但是，那不是溺亡！"院长的眼睛放射出雪亮的光芒，"溺亡？以那种方式？那样懦弱的一个人，怎么可能？你们为什么从来没想过那不是真正的溺亡？为什么没想过我会发疯？没想过为了你，我可以脑子里一片空白地去杀人？为什么你们从来没想过真正的疯子其实是我？是我！你听到没有？是我！"

院长慢慢地蹲下身子，如同一团倔强韧性的稀泥。他双手紧紧抱着自己的头，柔情抚摸，如此爱怜而又呵护，如此不舍而又悲悯："二十年了，我一直躲在这里。因为我才是真正的疯子。"

"你——走吧。"院长朝喻小丽的方向挥了挥手。

4

那天晚上,喻小丽坐船逃离小岛的时候,整个湖面出奇地平静。船至湖心,她突然听到四周响起了钟声。

"你听到什么了吗?"她问摇船的那位疲惫的船夫。

"什么?"他漠然地看向她。"什么也没有啊。"他说。

备注:

欧阳公《诗话》讥唐人"夜半钟声到客船"之句,云:"半夜非钟鸣时。或云人死鸣无常钟;疑诗人偶闻此耳。"予尝过姑苏,宿一寺,夜半闻钟。因问寺僧,皆曰:"分夜钟。何足怪乎?"寻闻他寺,皆然。始知"半夜钟",惟姑苏有之,诗人信不谬也。

——《类说》

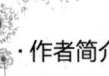

· 作者简介 ·

朱文颖,女,1970年生于上海。发表有长篇小说《莉莉姨妈的细小南方》《戴女士与蓝》《高跟鞋》《水姻缘》,中短篇作品《繁华》《浮生》《凝视玛丽娜》《金丝雀》《春风沉醉的夜晚》等二百余万字。曾获国内多种奖项,部分作品被译为英、法、日、俄、韩、德、意等文字。

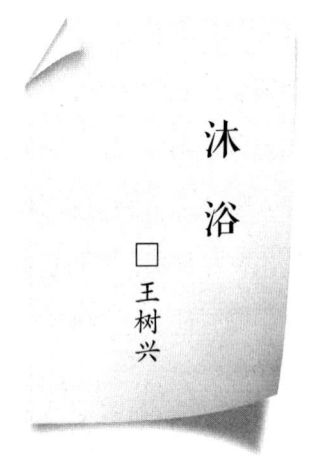

沐浴

□ 王树兴

  程放站在三星池浴室门前，洗澡出来的人脸红通通的，他能感到这些人身上发出的暖烘烘的热气。湿冷在自己身上更明显，嗖嗖地透过衣服往骨头缝里钻。

  屠洋拎着包急匆匆地过来，头顶上散着热气，脖子里系的围巾跑散了，他迎面对程放说了一句："又胖了！"程放打量他一下笑了笑说："大哥不要说二哥。"屠洋指指浴室问："真要到这里洗澡？"程放点点头，在屠洋肥实的后背上拍了拍："冷死了！"说完急着往浴室里走。屠洋嘟囔："洗老澡堂子……怀旧吧？"进浴室门里有一张朝外的服务台，胖乎乎长相白净的中年女子卖澡筹，她面无表情地接过钞票找零。七元一位的澡资，发一根竹片做的澡筹和一小袋洗发液。拿上这些，屠洋转身指了指门帘说："男左女右。"然后问程放什么时候从北京回来的。

程放对这个二十多年没进过的浴室还有印象，里面没有太大变化，只是分了普室和雅室。他站了进去，闻到浓烈的体味、洗发水、香皂在一起蒸腾混合出的味道，就像热水倒进下水道那一瞬间所挥发的。屠洋的感觉和程放差不多同步，说老澡堂子这种让人捂鼻子的味道居然有人喜欢，是熟水的味道，跟喜欢臭豆腐似的。他问程放，要不去不远的一家桑拿？程放也有些犹豫，不过还是下了决心："都来了，就这吧！"又回答屠洋先前的问题，他是上午回来的。雅室也就是两排一张挨一张的陈旧躺椅，两张躺椅之间隔着一个共用的小茶几。衣服脱在躺椅上面，身子可以将就着躺下。屠洋四下里张头探脑地找储物柜，服务员拿着根长长的叉篙跑到面前来，说值钱的衣服和包可以挂起来，再贵重的必须存柜。屠洋便将手机钱包手表什么的全装进他的公文包里，程放见状也跟着投进去贵重的东西。服务员的叉篙伸过来时，屠洋手挡了一下："稍缓……"他打开包，从里面拿出一块舒肤佳香皂，然后一挥手。包被叉篙举起来，晃晃悠悠地挂到躺椅上方，众目睽睽。

　　服务员很热情，浴客不时地跳给他们一根打赏的烟，说跳是传过去或者隔空投给他们。他们并不点上，说声谢谢，将烟放进台子属于自己的空档，或者干脆夹在耳朵上。

　　小浴室讲究气圆水熟，分头道池和二道池。头道池是淋浴和搓背的地方，二道池有一扇厚重的木头门，拉一下进去，扑面而来一股热气，身子一下子被包裹。程放的肩膀耸了一下，身子伛偻下来。屠洋动作很快，跨过池面台阶，一下子坐到浴池里，池子不大，两张半乒乓球桌大，水哗一声溢了一些出来。程放坐在池子的台面上，膝盖以下在水里。他盯着水里的屠洋，小时候他们一起来洗澡就这样，怕被他按进水里闷，那样鼻子会呛得酸溜溜的。在特定的环境里，人的习惯动作是受记忆指使的。

对面坐着一个慢吞吞用毛巾往身上撩水的老人，花差不多一分钟才能够把毛巾从水里捞出来举到肩膀上。程放将身子往屠洋那边移了移，避免视线对着老人。他问屠洋的父亲身体是不是还那么好？是不是还能够做很多个俯卧撑？一晃十多年都没见过他。屠洋没好气地说："老父亲身体好，好得很！"一会儿转过头来，皮笑肉不笑地问："你明知故问吧？老头子那件事你知道！"程放一头雾水，屠洋不吭气。进来一个浴客，木门嘭一声闷响。程放无意中问了一个不知趣的问题，而屠洋觉得有必要就此解释一下："我就一定做得不对头？这要看你有没有人性化的那种思想。老头子也是人，身体好，也有需要……"程放不明白，屠洋的情绪怎么突然激动起来，他把毛巾在水里捞来捞去，掩盖着自己的尴尬。屠洋一会儿和颜悦色地问程放要不要搓背？程放摇摇头。之前搓背是程放想做的一个项目，看到现在的搓背样子就断了念头。过去搓背是用一盆水猛冲一下高脚板凳，坐上去后将手上的毛巾交给搓背师傅，他拧干了毛巾绞在手上，尽可能响亮地拍一下，表示自己的气力，也表示搓背开始了。现在，是一张蒙着人造革的木头台子，人躺上去像一只要被刮毛的猪，搓背师傅用套在手上的化纤搓澡布搓，搓过的身子上一道道红杠。屠洋说："你要是约我去洗桑拿，我会给你安排一整套。"程放懂他的意思，笑了笑说没那种兴趣。屠洋看到程放身上的汗涌了出来，他不时地要用毛巾擦一下，汗出得很多，毛巾擦了好多下。程放搽了搽香皂，到头道池等到一个莲蓬头，潦草地冲淋一下，好几个人等在他面前。屠洋都没有冲淋就上去。进到雅室，服务员用两只热乎乎的毛巾攥子，一只擦他的后背，一只递给他擦脸。毛巾一股池子里的熟水味道，现在闻起来倒也不那么难闻。

回到座位上，晾了一会儿，又擦了两个毛巾攥子，程放穿上背心，这时候他可以像身边的浴客那样，在躺椅上仰下来伸展一下身子。他没有，就觉得身子会被椅子上的毛巾弄脏，又要下去洗一回。屠洋的肚子咕噜叫，发出一连串声响，他说饿了可以着服务员到对面店里叫两碗大饺子端过来。程放摇摇头，小时候有这种记忆，现在让他在一堆赤身露体的人面前吃东西，真的做不出来。

很快地，他们穿好衣服出了浴室，到对面的小吃店坐下，异口同声地说了声："两碗大饺子！"大饺子其实是馄饨，鲜肉加笋丁，很鲜美，程放每次回来不尝一下不甘心，在北京哪能吃到？三块半一碗的价格简直不可思议。好吃的大饺子堵不住屠洋的嘴，他问程放这次回来是今年的第七次还是第八次？程放没有统计过，随口说是第八次。他这两年出差很多，给自己要求，到离家五百公里的地方一定要争取回来。现在到高沙也比前几年要方便得多，从北京坐一夜的车到扬州，或者坐四个多小时的高铁到镇江转一趟车。程放说："父亲岁数大了，又不肯和我们一起生活，回来看他，看一次是一次。""也是，活一百岁也还只有几十次见面，有一次少一次……"屠洋说这句话时程放没在意，他看到一位年轻的父亲带着六七岁的儿子在吃大饺子，男孩将喂到嘴里的大饺子吐了出来。小时候出来洗澡，他会巴望父亲多带一毛钱，那样有大饺子吃，父亲用调羹挑一个放嘴边上吹半天，他没有烫得吐出来过，只恨不能将调羹夺到自己的手上。到八九岁的时候，父亲买一碗大饺子分成两碗，父亲吃得很快，吃完等他，他则细嚼慢咽，反正碗里都是他的。他现在也有和儿子一起在外面吃东西的时候，每次都是一人一份，哪怕明知道他吃不完会剩下，也不敢和孩子分食，怕孩子觉得寒酸，怕孩子心里有阴影。他当年怨过父亲，想自己长大了有钱买很多的大饺子吃，都放在面前，吃完一碗又一碗。到真正长大，他理解了父亲，家里那时候的经济条件不允许这个吃法，不是他们一家，家家都这样。吃完大饺子，屠洋问程放晚上有什么安排，程放说本来有安排，现在突然改变主意，想回去陪老爷子吃饭。屠洋笑了笑："你一回来，嘴忙！陪老爷子其实是第一位的，有所改变。"

老浴室离家很近，告别了屠洋，程放决定走回去，路上忽然又有那种很冷的感觉，那种澡堂子里的舒适感一点也没有。自打他当年单独到浴室洗澡，这种感觉就消失了。早上在扬州下火车，坐在冰冷的长途大巴上时，他把曾经的那种浴室里暖洋洋的感觉想了又想。在路边的熏烧摊上剁了半边盐水老鹅，等在那里时程放给同学赵立本打了电话，说家里有很重要的事不能参加聚会，也向人家道歉。赵立本说饭局可以迟一点开，约的一帮同学已经在饭店打牌，大家都说等他，不见不散。程放只得央求，真的不要等，一定去不成了。他也不知道为什么，从澡堂子出来就坚决不想晚上出去吃饭。

回到家一开门，父亲立马从堂屋里跑出来，说一听到声响就知道大少爷回来啦。家里的习惯，父亲叫程放大少爷，母亲在世的时候也这么称呼。而他早些年称父亲老头子。老头子也好，大少爷也好，都只在家里叫，是一种比名字比称呼更亲切的叫法。这个小县城里许多人家都这样。父亲看到程放手上透明的食品袋有些不满："家里菜多得是，不用花钱在外面买，钱糟蹋掉了。"程放说："就买了一点点，你平时又舍不得买。"父亲还不停止抱怨，说外面的东西贵，也不如家里卫生。

堂屋两扇顶檐口的门大敞四开，父亲待在屋里和出门穿得一样多，戴着棉帽，臃肿的羽绒服拉链拉到头，连围巾都系在脖子上。上午一进门，程放见到父亲很吃惊，父亲比三个月前回来时见到的模样又老了些，胡子更灰，脸更黑，精气神也减了很多。"我还是想把家里重新装修一下，起码得让冬天的家里保暖，夏天的空调不走气。"程放忍不住又要提这件事。因为家里冷，他订了宾馆，晚上不想在家里住。"你们都变修啦，我哪一年不是这样？都好好过来了。不要弄，要弄等我死，这房子到你手上随你怎么弄，那时候我反正也看不见。"见儿子的脸色不对，父亲的口气软下来，"我习惯了。你把家里搞得太暖和，我会不想动弹，坐半天不动不是好事，说不定哪一天坐着坐着就……"这些话，程放听了很不好受，父亲说起来竟然风轻云淡。"冷点不怕，运动才健康。"父亲说着拿过一只茶杯，用暖壶里的开水烫了又烫，他自己喝茶没这个动作，只有替客人倒茶时才会这样。程放将暖壶要到手上来，想自己动手，父亲抓了一大把茶叶放杯子里，嘴里念叨："你喜欢多放一些，我喝的叶子不到你的三分之一。"手上有一杯热茶，用热气蒸了一下脸，身子有温暖的感觉。程放端着茶杯在屋子里踱步。在北京的家里，一进门就可以脱去累赘的冬衣，舒舒服服地在沙发上或倚或坐或躺。而在这里，他的老家里，他坐下来便感到更冷。

父亲估计程放不出去吃饭了，说不出去吃饭好，吃人家的就欠人家的，口水债也是债："人家到北京，你能不回请人家？北京吃一桌饭贵死了，抵高沙好几桌。"程放不说什么，以往他会感到父亲的这种唠叨难以忍受，会为自己找两句理由。看见父亲开始忙活晚饭，程放说有什么吃什么，父亲说有准备，在家吃几天都不会有重样。父亲从冰箱里一样样往外搬菜，程放要动手，他用手推了推。看着父亲做菜，程放总觉得有什么地方不对劲。父亲把菜下锅，不停地用铲子翻，看起来在动作上和体力支配上都有点力不从心，三五年前他在厨房里从容得很，铲子一下下很给力。做了七八样菜，每样分量很小，父亲说他有时候一天就买五毛钱菜，一两个西红柿或者洋葱，荤菜做一些在冰箱里，像狮子头做一锅速冻，一天挖一个出来烩点蔬菜下饭。"一个人吃饭简单，有时候还不想吃，只是到夜里肚子会饿。"

父亲说。程放沉默了一下，说他把早餐不当回事，父亲说："都不好，对身体不好！"

父亲要找一瓶酒出来喝，酒放在一个柜子里，他把它们都翻出来，有十多瓶，都是名酒，是程放这些年送给他的。他说："家里一些事情慢慢都要对你交代，什么东西在什么地方，你要知道。"居然有两瓶二十多年前的茅台酒，程放说这种年份的茅台酒值六千多一瓶。父亲说："不管值多少钱，等孙子结婚，你拿出来和你亲家喝。"程放说早着呢，谈对象都等孩子读研后有工作再说。父亲说就怕不能等到那个时候。程放说不能找一个就结婚，要处一段时间才能够，彼此要了解。饭桌上父亲吃得很慢，不时地停下来看儿子的表情，似乎是要一个是不是好吃的答复。程放说菜太甜，糖放得不少。他其实知道这么说父亲会不高兴，小时候这么说父亲会拉下脸骂他爱吃不吃，不吃滚。现在，父亲只是笑笑，一点不满的表情都没有。就吃这么一顿饭，父亲辛辛苦苦地做出来巴结他，为什么要这么说呢？他也说不清楚自己是什么心态，太太每次回来都背地里抱怨公公的菜糖放得太多，她不让程放说，怕老人不高兴。说到底程放还是觉得母亲的饭做得最好，最投口。母亲为家里做了一辈子饭，她在世的时候，父亲什么家务活也不干，病重的时候让父亲学着做饭，是怕他以后没吃的。程放和父亲一起吃饭的时候总是想起母亲，不知道什么时候能不这样。

手机振动了好几次，程放看看都是约晚上一起吃饭的同学打的，德钦的未接来电最多，他回了过去。德钦也在饭局里面，说他已经撤了，问程放想不想出来聊聊，找一个能够舒服聊天的地方，最好去洗澡，洗桑拿。程放想了想，这么冷的晚上出去还真的数桑拿是最好的地方，于是由德钦定了地点。父亲听程放说要出去，只以为他是要去赶酒场子，关照他少喝点。程放不好说他又去洗澡。

德钦已经在巷口等着，开来一辆新的迈腾，程放钻进车里说："生意又做大啦！"德钦回他："够吃够用。"他问程放怎么找理由将答应的饭局推了，不相信他真的有重要的事。程放实话实说，在家陪老父亲吃饭。

洗桑拿的时候，程放说他现在回来的次数不少，这回好像目的最具体，看到德钦在微信朋友圈写老澡堂子的文章，回家的念头一下子就冒了出来。他说："下午想到一个问题，我每次回来究竟是干什么的？每次吃吃喝喝，连大过年的也只是除夕夜在家里吃一顿，还说是回来陪老头子的。"德钦说："你这是回家，父母在，你回的高沙是家乡，哪一天父母都不在了，你还想回来吗？回来的也只是你的故乡。家乡与故乡的区别就在这里。父母在，家是个大家，二老哪怕去了一位，大家就不存在了，儿女各自的小家和孩子们变成大家，家就是这么一茬一茬的。你心里大概还是原来的那个大家。我父母都去世了，我现在要是在外地工作，就怕都不想回来。"德钦说的话让程放陷入沉思，他知道自己现在回来已经不像以往，不像母亲在世的时候；因为父亲，他要尽做子女的责任，哪一天父亲不在了，姐弟们随他们在外地工作的孩子离开高沙，老宅子拆迁了，街坊邻居们散了，他回到这里会是一个什么样的情景？对新建街道和建筑感到陌生和茫然是免不了的。他需要靠手机导航才能找到原来的家所在的地点，到时候住在酒店里，饭点的时候自己出去吃一顿，或者被还保持联系的亲朋好友当宾客请到馆子里……他不敢再往下想。

德钦抱怨街上的人比十多年前多太多，都是生面孔，都是乡下进城的。他和朋友们经常在一起吃饭，也就是有那种在陌生环境里找亲和、找过去、找熟悉、找温暖的意思。德钦听说程放已经和屠洋一起在老澡堂子洗过一把澡,也就把屠洋带父亲去洗桑拿的事说了一下,难怪下午屠洋对于程放提到这件事有点感冒,原来有名堂。程放倒没有觉得屠洋做得过分,屠洋父亲起码还能够接受儿子对他的好,而他郁闷的是父亲一直强势,对他说一不二。程放想对父亲做的,譬如让他到北京一道生活,安排他出去旅游,家里添置什么东西,父亲都只两个字:不行!不要!弄来弄去的,程放都不知道怎么对他好才是。

聊到十点多钟,程放提出回家,德钦还意犹未尽。路上程放要德钦将车开快点,好趁着暖身子钻冰冷的被窝,德钦说他矫情,房间里放三个电暖器,看还冷不冷湿不湿?到家门口时,程放才想起来他是在宾馆开了房的,不想回头再去。进到院子,见父亲房间里的灯亮着,电视机的声音放得很大。从窗户里看到父亲已经睡着了,他不想进去关电视机,这一来父亲就醒了,然后会拉着他说话,或许又是那些少喝酒少吃人家饭的唠唠叨叨。他有一句不在理,却经常挂在嘴边的话——不花钱的东西,吃了不长肉!

卧室里居然放着暖水瓶、茶杯和一只茶叶罐,父亲像是知道程放会回来住。上床前他鼓足勇气,事先也计划了一下,像小时候那样,先脱了裤子坐到被窝里,待有些热气再脱上衣钻进去。可待他提起被头,却感到被子里热乎乎的,手伸进去摸到一只灌满热水的军用水壶。

躺到床上,用被子裹紧自己,便只有脸感到冷,小时候头埋在被窝里的情况不会有了,那是不卫生的习惯。熄了灯,程放有一阵子睡不着,在影影绰绰的夜色里忽然感到这个房间很陌生。

好多年没有过的这种情况,程放和父亲躺在各自的房间里睡觉。在这个老家里,曾经有过母亲、姐姐和弟弟。母亲去世了,姐弟们都有了自己的家庭成员,住在自己的家里,而只有他的那个小家不在这里,在远远的地方，所以才有机会和父亲住一起，有这么一个夜晚。过去回来，要是住在家里，因为和妻儿在一起，他不会在意这一切。在他的感受里，这个家里有过家人们在一起时的热闹、吵闹和家当碰撞的叮叮当当，却没有过现在这样的寂静，在嘈杂的电视伴音里它显得那么清冷。他开始注意父亲房间里电视机发出的声音，努力地辨别这是一档什么节目。可怎么也听不清，只有广告的声音是清晰的。后来，他特别希望有父亲调台或者关电视机的动静。那样他就穿衣服过去，听他啰唆几句。这时候他想和父亲说说话了。电视机的声音竟然有催眠作用，他昏沉沉地睡着，在后半夜被冻醒。脸上都有点麻木，身上的被子越发沉重，让他不自在。隔壁的电视机声音没有了，也不知道父亲是什么时候关掉的。

　　程放早晨醒来，是被父亲弄出的动静吵的。自来水池子靠着窗户，父亲买回来菜，收拾时一样样地数说："肉呱呱叫，前肋条，有肥有瘦，斩斩肉，冰箱里还有蟹黄；鱼买得巧，湖里野生的，现在人识货，价都不还，跟不要钱一样抢；这个小青子，开锅就烂，吃嘴里甜呢，北京那些大棚里的青菜，吃不出个味道……"程放本来想把头往被窝里缩缩再睡一会儿，听父亲一顿叽咕不想睡了，思量买这么多菜回来，是要他在家里吃饭。接下来在家里吃饭倒也不是不可以，找个借口回掉中午约的朋友就行，只是嘴里甜腻的味道又出来了，想怎么和父亲说一下让他少放糖。

　　父亲推开房门，带着一身冷气进来，说他特地买了水面，家里有荤油、虾子、黑胡椒粉和青蒜叶子，做出来的阳春面比街上的好吃。程放说不在家里吃，一起去饭店吃包子，皮包水。父亲说为什么不早说？早知道就不买水面回来。程放说早说出来，就怕天不亮就没有觉睡。每次和父亲说了吃包子，他会在六点钟还不到就不让人再睡。吃过苦头的妻子每次回家总要交代，千万不要一大早苦兮兮地起床去吃包子，儿子也举双手赞成，说要是受这个苦还不如不回老家。吃包子去那么早干什么？父亲说自己岁数大了，怕嘈杂，赶人少的时候清静，不慌不忙地喝茶吃包子才惬意。程放每次回家是必须要吃一顿包子的，高沙在扬州边上，在他看来高沙的包子比扬州大饭店的还要好吃。

父亲马上去准备茶叶和酱生姜，催程放赶紧起床。程放大声喊，要父亲将房门和堂屋的门都关上。这两道门都大敞四开，让他像睡在室外。与父亲说话不得不大声，他耳朵背，声音小了听不见。房门关上后，程放又磨蹭了一会儿，他要待室内温度回升。在父亲的再次催促下，他给自己喊一二三的口号，一个挺身，以最快的速度把衣服穿好。就这样，他到堂屋里时，冷得脖子缩了一下，身上的衣服和身体隔着一层冷空气。家里的卫生间小，洗漱在天井里的自来水池子，父亲给他放了三只暖水瓶，站在边上看着他，是等着他有什么需要，而在程放看来是变相的催促。他问父亲昨天晚上为什么在房间里放了暖水瓶和茶杯，是知道他一定不会在宾馆里住还是别的什么？"我怕你酒喝多了，找不到宾馆，家总是能够找回来的。"父亲搓着手，带点调侃地笑。

程放手泡进脸盆里，温水里的毛巾还是冷的，他又倒了些热水进去。他忽然想父亲在这种天气里做饭时洗菜会不会用冷水，要是那样的话很难受。问到他，他说用太阳能热水器里的水洗菜，个把月以前他还在家洗澡，一点也不冷。在家洗澡？程放吓一跳，这怎么行呢，即使两个月前也是秋天的气温。卫生间那么小，屁股转一下都不容易，洗热水器的淋浴真是难以想象。"天冷在家里洗澡不能玩的，要是冻出病来，你几年省下的钱都得贴进去，不划算吧？"父亲听程放这么说便笑一笑，点点头说是要注意。程放以经济账说服了父亲。

到饭店吃包子的时候，父亲突然一句："中午的饭你来做，随你做成什么样子。"程放愣了一下说也行。他发了个短信将中午的饭局推掉，然后关了手机。父亲吃得很少，说一壶三点是雅士的讲究，多也不好，少也不好，可对一个老人来说，嘴大喉咙小，三只大包子怎么能够吃得下？年轻时候一顿吃过两笼，十二只包子，那时候生活条件不好，想吃的时候、能吃的时候吃不到；现在有得吃，不能吃了。

吃完包子回到家已经是晌午，程放到厨房做饭，父亲一直在边上啰啰唆唆地说一件事，说他的菜做得还是很好的，得到程放母亲的真传："你说我做的菜甜到不能进嘴，你妈妈也这么做，你怎么吃了都夸好，我这么做就不行呢？你是还想你妈妈做饭给你吃，怎么可能呢？"程放做菜时投佐料被父亲挡了两回，他不让程放搁太多的辣椒，说辣椒不补，两头受苦；对每个菜里都放花椒也有意见，说等同他往每个菜里放糖。

吃饭的时候，程放心不在焉，想自己一而再地推掉人家约好的饭局是不是妥当，那帮微信朋友圈里会集的各路好友会不会对他有意见。德钦说现在大家伙的聚会就是找一个由头，借吃饭找聚会的欢乐，如他所说不去是对的，回家和父亲团聚，应该多和父亲在一起。这就又想到自己的过往，连春节回家最多也就在家吃上一两顿饭。交际需要是一方面，母亲在世的时候他不这样，再说回到老家不去饭店，不把他喜欢的高沙菜吃个尽兴，回到北京难受。他最怕有人在朋友圈发高沙的美食图片，那是勾魂的钩子。吃完饭，父亲没有给程放泡茶，洗碗也没有和他争，只是要他把太阳能热水器里的水使劲用。

大门被父亲打开来，走来走去的邻居都向里面打招呼，他们对父亲的称呼变了，不像过去那样叫老程、程大大、程爷子，统一成了程爹爹。巷子里的人喜欢依着这家最小辈的口吻称呼长辈。程放对每位熟和不熟悉的邻居笑，努力地表现热忱，努力地表达恭敬。他想感激邻居们平时对父亲的照顾，但不知道怎么回事，他就是开不了口，听由父亲向邻居们介绍他回来的情况。父亲说儿子这次是想家特地回来，不是出差，早上带他去红灯笼饭店吃了包子，中午要带他去饭店，他没有答应："儿子下厨做了一桌子菜，连碗也不要我洗，享福啦！"

待邻居们走开去，程放问父亲是不是想去饭店吃饭才这么说？父亲的手直摇："是顺嘴说说，夸张了一点，到饭店吃什么饭，送钱给人家？现在公款都不兴吃喝。"

洗碗时程放腾出手来接了一次妻子的电话，她不相信他几顿饭都是在家里吃的，他干脆说这次回来就不出去吃了。父亲尽管耳朵背，好像也听明白了，笑眯眯地问程放下午有什么安排，要去什么地方？程放说什么地方也不去，父亲便要和程放一起去洗桑拿。父亲解释："天太冷，洗把澡暖和。这样的天气，下午都想钻被窝。"洗桑拿，父亲也洗桑拿！居然点了要去的桑拿名字：夏威夷。这太让程放感到意外。夏威夷一定是一个简称，全称无外乎是夏威夷休闲中心或者夏威夷洗浴中心什么的。去吧，去就去。可在去的路上程放想法多了，他想父亲是经常去，还是偶尔去一次？他洗桑拿会点什么样的服务？屠洋带他父亲去洗桑拿，成为小县城传播的丑闻，昨天晚上德钦讲到这件事好几次叹气。程放心里七上八下的。

夏威夷休闲中心原来就在老街上，程放每次回家路过居然没在意。父亲到了夏威夷门前，让程放走到自己前面去。服务员引他们上二楼，父亲很奇怪："浴室居然能够在楼上，一大池子热水在头顶上啊？"他直咂嘴。程放问："你难道没有来过？"父亲说没有。他还真像是没来过，在吧台要掏钱买澡筹，服务员说出来结账，他有点不放心地将吧台上的价目表看了又看。服务员问他要不要擦皮鞋，他反问人家要不要钱。程放尴尬地冲服

149

务员笑了笑。到了就浴的地方，父亲见没有让他躺下来的椅子，衣服还要站着脱了放在衣柜里，他有些气恼："二十块钱的澡资居然是来找罪受，上当只一回。"程放告诉他有标志，洗完了有休息的包厢，也有各种服务。父亲的头直摇。这个浴室档次并不高，只有气蒸房，没有桑拿房。程放不敢对父亲说出这一点，那样的话他一定更是不高兴。

父亲到浴池里站在那里，看起来是不知道怎么洗，程放带着他先淋浴然后去气蒸。父亲在气蒸房里一出汗就跑出去，泡到大池子里面，又是抱怨，嫌大池子里的水不热。父子赤身裸体相见，能够记起的是三十多年前。那时候父亲的年龄和程放差不多，当工人的他体格健壮，浑身都是肌肉；现在身上的肉松弛了，原来的胸大肌垂下来，像是多出来的一块赘肉。父亲瞄儿子一眼说："你也胖了，要锻炼。北京的空气不好，不要在外面跑步，在家里也是可以跑的。"程放告诉父亲家里有跑步机，他有时候还去游泳。

父亲和程放聊开来，他说退休以后要有十年好日子和十年清静的日子，人生才算幸福，否则就是白苦一辈子。说好日子，就是看着儿孙们健康成长，好好学习，天天向上，儿女们事业有成，家庭和谐；说清净日子，就是不用再到学校门前去接孙儿孙女，不要再怕儿子和媳妇、女婿和女儿两口子吵架、家庭散了，能够无忧无虑地颐养天年。他说跟人家比他还是很幸福的，很满足。程放笑了笑，他对父亲有这种想法感到很欣慰。

接下来，父亲突然对程放说："人都要死！"程放不知道怎么搭他的腔，说这么一句话干什么？母亲七年前去世的时候，父亲也说过让子女们受不了的话，他说下面轮到他死了！

父亲看到程放的脸色变了，解释说："我说这话是知天命！知天命是什么？就是哪一天老天要你死，你要心顺口服，不要怨天尤人。"又说："人活到五十岁就应该满足了，我都七十多岁了。现在过每一天都是赚的，除了不放心你们……"程放大概也只能说这样顺嘴的话："嘿嘿，你有得过呢，身体这么好。"父亲说身体好是假的，工友李月祖那么好的身体，看电视时一声笑就没气了。他接着列举了好几个例子，看他这个话题喋喋不休，程放问他要不要搓背？父亲说钱不要给别人赚，要搓由程放来，说着把手上的毛巾递给了他。

程放将毛巾拧干，学搓背师傅那样缠在手上，拍了拍。搓背是个力气活，还没有搓遍父亲全身，才那么几下，程放就大汗淋漓气喘吁吁，只得歇了歇再来。父亲不让程放替他往身上打肥皂，说哪一天他胳膊抬不起来，连肥皂都不能自己打的时候，那就真是老了、不中用了。"那时候，我就住到敬老院去。"父亲像是下决心说出他早想好的计划。程放说："怎么可能呢，不会让你住到那里去的，不会不管你的。"他说这话是心虚的，果真有这么一天，他也不知道该怎么办。"你们不能因为我，就不努力工作，不过正常的日子。住敬老院也不是什么坏事，我已经去看过了，条件还不错，说话的人也多，不像家里那么冷清。就是卫生条件差一点，做饭做菜的，吃的东西经别人手我不放心，你妈妈知道的，你也知道。"程放无奈地嗯了一声，他把话岔开去，告诉父亲他参加工作第一次拿工资，就是到浴室来洗把澡，还专门让师傅搓了背。父亲说浪费钱，造纸厂有大锅炉，有很好的浴室。程放说也就是那么一次，以后就都在造纸厂的浴室里洗的。他在厂里洗澡最怕人家问他，小小年纪怎么不上学就来上班了？他想不起来怎么回答。父亲笑了笑，没有说什么。程放很失望，多少年来他似乎都想让父亲对他说一句不让他上学，让他那么早出来工作是错的。

洗完澡，程放说到三楼去休息一下，可以做个足疗或者按摩。父亲说："算了，不花那个钱，不做那个事。"程放盯着父亲的表情，看他是认真的，心放了下来。他说："去吧，我们做正规的保健，也让你感受一下。你不是说没有洗过桑拿吗？难得有这么一次，也不要舍不得钱了，也没有多少钱。刚才在下面，我也看了价目表。"父亲说："不能玩，洗完了就回家。这种享受会让人上瘾。"程放说："怎么可能上瘾？"父亲说："你那个同学屠洋，带父亲洗桑拿，让他上瘾的事情我是知道的。很多人也都知道，多丑啊。"程放要替屠洋解释。德钦说屠洋有过这样的想法："要是哪一天老爷子死了，我看到莲雾，看到北极贝，或者牛排这些他都没有吃过的东西，我会不会为他感到不值，会不会心里难受？所以……"父亲说："不能乱来的，哪怕过不到明天，也不能那样。"程放说："就这么洗一个枯澡？"父亲说："行了，好得很！"洗枯澡就是连搓背、捶腿这样的池子里的服务都没有。洗完澡到楼下吧台结账时，父亲眼睛眨都不眨地盯着儿子的钱包，想知道洗这次桑拿究竟花了多少钱。出门后父亲抱怨，又像是表白自己："我以后才不到桑拿来洗澡，洗一次花的钱可以在老澡堂子洗几把。"

　　回家的路上，父子俩走得很慢。这一场澡洗完了，让程放有罪恶感，知道自己心里面原来对父亲是不放心的，自己并不真正了解父亲，很多年里自己在心里面拒绝接近父亲，不愿意去深想他。在社会上他绝对不是这样，对于打交道的共事的人，都要尽可能去了解。对爱人，他甚至想走进她的内心。唯独父亲，像是一堵高墙立在他面前，他不敢碰，也没有能力攀爬过这堵墙。

　　父亲说："人要知道什么事情能够做，什么事情不能做。有些事情做得不对的要知道，也要认错。我在你小时候就有一件事情做得不对，一直想跟你说,又开不了口,很多年了。我现在想把对你的话都赶紧说出来,为什么这样呢?这两年你回来得越来越多了,我知道原因,不知道就木头了。"父亲说程放十二三岁那年辛辛苦苦地洗了一只矮缸,要在里面养花。父亲不喜欢男孩子弄花弄草的,摔了那只矮缸,还骂了程放一顿。父亲说:"那天你的表情让我知道你恨我,会因为这件事恨我一辈子。"程放哈哈一笑,笑是装的,想轻松一些。他说父亲说到的这件事,他真的一点印象也没有,要记恨父亲的倒是小学毕业以后不给他上学,这是荒唐的,影响他一辈子的事情。"不过,我连这个也没有在意,恨什么呢?路可以自己重新走。"程放说。他其实没有说真话,这些年最记恨父亲的就这件事,很多时候他会想,自己要不是辍学,哪怕读到初中,一定也不会是今天这种情况;要是读到高中或者大学,自己不知道会走多远呢。父亲几乎是接着他的话说:"不让你上学这件事,我是为你好。从来都没有想到你会恨我,我认为我做得不错。那时候有政策,小学毕业生不下放,再说那年头我们单位的大学生拖板车拉炭屎,社会上受尊重的是我这样的人,有手艺的。所以我希望你早点学好手艺,而不是去读无用的书,还要下放到农村去。再说,你那些读中学上大学的同学,现在还不如你呢,他们哪一个有你职称高、职务高?你工作以后自学,也没有耽搁什么……"程放心想:"父亲原来一直以为他做得是对的。要是一定对他强调他是错的,除了让他知道儿子的怨怼,让他在以后的日子里不高兴,还会带来什么呢?记住父亲的目的吧,他是为我好,为我好!"

程放把话岔开去:"小时候的冬天很冷,但每次您带我洗澡,我都高兴得不行。湿漉漉的冬天,洗澡能够让我浑身干爽暖和。这些年冬天,我在北方总是回味这种感觉。"父亲猛然站下来:"现在是你带我去洗澡,替我来搓背,整个倒过来了,这就是岁月……巴望你们长大的时候,我们不情愿地老了老了。老了也还担心你们，怕你有钱了去做不好的事情。你要是今天一定要在桑拿里那个……我就到死也不放心啊。"

程放笑了起来。程放哈哈大笑，身体开始暖融融的。

・作者简介・

　　王树兴，男，1963年生，江苏高邮人。中国作家协会会员，供职于高邮市文广新局剧目创作室，现居北京。作品散见于《雨花》《长江文艺》《北京文学》《芳草》等刊，并有《小说选刊》《中华文学选刊》《小说月报》《中篇小说选刊》等多家选刊选载，收入多种选本。曾获"四小名旦青年文学奖""汪曾祺文学奖"等奖项。

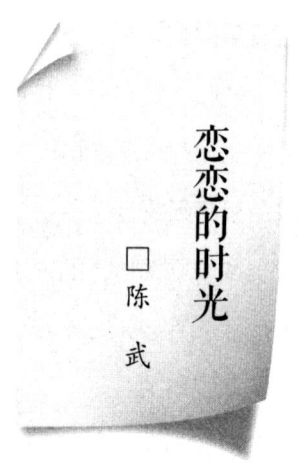

恋恋的时光

□ 陈 武

1

"老陈，帮个忙，邀请我去你家聊会儿，十点前打我手机，千万千万！"

老阳在电话里的口气很低，低到我只能勉强听到，而且有点急切和气喘吁吁。老阳就是夏阳。老阳并不老，可二十年前我们就叫他老阳了。朋友们都喜欢这么称呼他，他自己也喜欢这个称呼。他突然让我邀请他来我家聊会儿，我就知道，他遇到事了，需要搭救了。只有我们这些关系密切的朋友，才能懂他。

我看一眼墙上的电子钟，九点五十六了——这事干得，马上就得邀请啊。

我立即拨通了老阳的手机。

"喂——"老阳拖长声调，又装腔作势地惊讶道，"老陈？是你啊？刚还提到你呢。"

"哈，这样啊，忙啥呢？"我也煞有介事地说，"好久没见你啦，朋友从山上拿来二两好茶，还有慧心泉的水，第一个就想到你了，有空吗？过来品茶聊天啊！"

"改喝茶啦？你有好茶想到我，就像我有好酒就想到你一样——给你带瓶红酒啊。对了，多多也在家，听说你家书多，二楼书房像个图书馆，正好参观参观。"

多多是老阳的老婆，上海一所初级中学的优秀班主任，天天跟学生斗智斗勇，对付老阳这样的艺术家绰绰有余。她要随老阳一起上我家来，我估摸着，这就是老阳让我邀请他来我家的缘由了，或者呢，和他要送我的那瓶红酒有关。那瓶红酒肯定来路不明（或有特别的深意），只有说是送给我的，才能自圆其说。

这些年，我一直宅在家里，写一些我愿意写的文章，过一种清闲的好日子。老阳就曾羡慕过我，认为我的状态极佳，不像他，一心追求太多的钱，然后用这么多钱过烂日子。但朋友们都说，他的话过于矫情，他的日子不是什么烂日子。难道不是吗？老阳是那种在我们这个俗气的世界里难得见到的真正的雅人，他画油画，画具有莫奈风格的印象派油画；他收藏吉他，据说还有一把李宗盛的手工吉他，有一把罗大佑弹奏过《光阴的故事》的吉他；他写诗、作曲、填词，自弹自唱无所不能。关键是，他还有钱。他有钱得益于早期承包了一家五星级酒店的桑拿中心，因为酒店老板只是想靠桑拿中心招揽人气，几乎白菜价包给了他，一包就是六年。谁都没想到二十一世纪初的六年中国经济突飞猛进，六年里他赚得盆满钵盈，又恰到好处地抽身而退，紧接着在新开发的东部城区买了几间门面房，没想到又赶上房价猛涨,又翻手一连炒了几套,如此妙手经营几年之后,坐收门面房的租金,一年就是四五十万的收入,便潇洒转向,回归到艺术家的队列里了。四五年前吧,多多以特级教师的身份,被上海某区的一所初级中学引进,他也随多多成了新上海人。但他的朋友圈还在本市,在上海待不了多久就要回来玩几天。可能正是他不断回来,才引起多多对他行踪的怀疑吧,多多也会和他一起趁着双休日回来,反正开车也就三四个小时,周五晚些到家,周六周日住两天,周日晚上再回上海。多多说是陪他,实际上带有监督的意思。但有时候,他也会不随多多去上海,而是单独留下来,玩个一周半周的(那多多的监督还有意思吗?那就是警示吧)。我们在一起喝酒或参加某个读诗会时,常听他接到多多的电话,催促他回上海。他都会把手机给我,让我和多多说两句。说两句,意思是证明和我在一起,好让多多放心。

根据我对老阳的了解,他昨天回来,晚上肯定出去见朋友了,喝酒了,而且,出了点小状况,否则,不会出现这种局面——我家有什么好参观的?多多是老师,什么样的图书馆没见过?我觉得我的责任挺重大的。回味一下老阳的电话内容,有两个关键词:红酒、邀请。我邀请他,很自然就实现了。红酒是他带一瓶来,这是要证明红酒确实是为我买的,为了让这个理由充分,我也赶快把我储藏的红酒放几瓶在书房的酒柜里。

半小时之后,有人敲门了。

果然是老阳和多多。

这真是一对神仙夫妻,老阳瘦高、英俊、长发飘飘,多多微胖、白皙、神采奕奕。我简单欢迎他们到来之后,便领他们到楼上的书房坐下了。我尽量少说话(怕言多必失),只顾烧水泡茶,悄悄观察他俩的一举一动。我已经发现老阳的神情是尴尬的,多多的微笑也不太自然,更主要的是,一向讲究的多多，既没有化妆，也没有带包。多多是老师，平时虽然不是浓妆艳抹，但也都是要精心修饰的，脸部保养、手部护理，一样不差，这回太素了。太素了说明什么？心情不佳呗。心情不佳到什么程度呢？连包都懒得拿了。

老阳拿过随身带的背包，哗地拉开链子，取出一支盒装的葡萄酒。

不等老阳开口，我抢先说："你看，又给我带酒。知道我好这口啊？我这儿有法国波尔多 AOC，原瓶原装，来一杯？"

"不不不……"老阳连忙说，"我已经对红酒无所谓了，这是专门给你带的。"

我接过酒，一看包装，全是外国文字。生产日期我认得，1993。我一边假装拼读包装上的字母，一边思忖着刚才的话有没有漏洞，一边想着这瓶好酒是不是小猫送他的？我的话应该没有漏洞，至于红酒是不是老阳的初恋女友小猫所送，我也只能猜测到这儿了。而我话里的用词也是有含意的，我强调了"又"字，说明老阳给我带过酒，我要请他喝一杯，说明我平时确实好这一口。老阳的话呢，更是表明了他的态度。看来我们一唱一和配合得还算天衣无缝，因为我眼角的余光发现多多掠一下长发，还扶一扶眼镜，神情不那么绷着了。

我这才放松下来。我和老阳合演的这出戏成功了。

我开始烧水泡茶，讲了这个茶是山民采制的野生茶，水是有名的慧心泉的水，也是今天刚灌装的。我们又聊了些上海方面的话题——这也是我的一个小策略，因为我并不知道昨天晚上老阳干了什么，一瓶 1993 年的红酒又意味着什么，适时地把战场开拓到上海，岔开话题便于顺畅交流。我还尽量多问多多学校里的事。最后，是老阳忍不住把话题又引到自己身上的，他说他最近很勤奋，画了一批画，感觉不错，大约有三十幅。我便怂恿他，可以搞个画展嘛。老阳眼睛突然放亮,又瞬间暗淡,表示三十幅中,有不少是重复的风景画,要搞展览,还得再精练精练,淘汰几幅,再增加十来幅。

话说了不少,茶也喝淡了,我提出要请他俩吃饭。

多多听说要吃饭,赶紧说:"不了不了,老爸老妈准备半天了,全是好吃的……陈老师你这茶太高级了,现在才四月下旬,就有新茶,而且是野生的,真是奢侈。其实我更喜欢你的书房,这么多书,真馋人啊,下次来要好好参观参观。"

我把他们送到门口时,老阳趁多多不注意,跟我挤了下眼睛,表示我们配合不错。

2

半个月后,老阳从上海给我打来电话:"老陈,好久不见啦,想念兄弟们啊……再帮我个忙,今天晚上七点至八点之间,给我打个电话,邀请我到你那边搞个画展,拜托啦!"

画展的事,此前也说过。现在再说,也是水到渠成。

何况,老阳的事,我是不能不办的。当年他做桑拿的时候,我没少去他那里蹭澡、蹭饭、蹭茶、蹭酒。他早期的画,被他制作成精美的明信片,十二张一函,函套是绸缎封腰的,特精致,作为桑拿中心年票的赠品,很受朋友和客户的欢迎。那时候还没有文创产品一说,他的这套赠品,就是用现在的眼光来看,也是新潮的。如前所述,老阳不仅有多种爱好,还会时不时地组织一些很雅的小活动,比如在酒场开始前,他会把他带来的十二张一函的明信片每人分发一套,在大家的赞许声中,跟服务生一举手,就有身穿旗袍的高挑女生给他送上一把吉他,自弹自唱起来。老阳的很多歌都是忧郁的，或带有民谣色彩的。这些歌很好听，但又不知是谁写的（只有我们少数几个朋友知道是他自己的词曲），给听众带来不小的惊讶。他很享受这种惊讶。在这些活动中，更会吸引许多女文青（我们有不少交叉的朋友圈），其中就有小猫，她是一个画家兼诗人。一开始我们不知道她和老阳的关系，以为她和老阳不过是画友或诗友，或两者兼具，后来，才知道他们是曲友，更没想到的是，他们居然是师生兼初恋。老阳当过两年多的大学老师，这是大家都知道的——二十世纪九十年代初，老阳从北师大毕业后，分配到海州师范学院，主讲《思想品德》和《马克思主义哲学》，小猫就是他班上的好学生。这两门课，据说最难讲，却被老阳讲成了海师的名课，学生都爱听。小猫就是被他的课深深吸引的优秀学生。后来，他们之间便产生了令人唏嘘的爱情。但他们的师生恋，被比小猫高一级的一个女生扼杀了，这个女生就是老阳现在的老婆多多。多多小用手腕，邀请老阳利用五一小长假去苏州旅行一趟，就彻底把他捕获了。这个故事被老阳一个作家朋友写成小说，题目叫《夏阳和多多的假日旅行》，发表后引起了较大的反响。后来老阳从教师岗位上辞职，去承包大酒店的桑拿房，不知道和这场恋情有无关系。我知道的剧情是，小猫在这场恋情失败之后，埋头苦学，考取了南师大艺术类研究生，专攻美术教学，终于在学业上压过多多一头，这才心平气和地到一所学校任美术老师去了。小猫师承老阳，爱好多样，除了在教学之余画画山水小品外，也喜欢写诗和作曲。另外，她又把自己培养成葡萄酒发烧友了。小猫偶尔参加我们饭局的时候，都喝自带的葡萄酒，据说是外国的什么品牌。但饭局上不谈酒，不是谈诗就是谈画，也会唱一首歌，是她自己作曲的歌。开始我们不知道，后来才发现小猫使用的歌词，竟然是老阳的诗。小猫自己也写歌，不唱自己作词的歌，却唱老阳的诗，这让老阳感动的同时也让我们感动。小猫在酒桌上唱老阳的诗，不知怎么被多多听到了风声，便勒令老阳不许再和小猫来往了。老阳究竟执行得怎么样，我不是太知道，至少我们之后和老阳一起参加的公开活动（包括饭局）上，不再有小猫的身影了。接下来的几年，老阳成为一个不自由的自由艺术家，和我来往较少了，和朋友们也不像做桑拿时那么频繁相聚了。在这几年间，老阳完成了不少艺术作品，印象派油画、先锋汉诗、具有浓郁美国西部民谣风格的歌曲，还收藏了很多吉他。但女人的敏感和多疑永远是无穷大的，或许多多对老阳依旧不放心，这才有她应聘上海一所中学并把老阳也顺便带走的果敢决定。

老阳要回来搞画展，我自然再一次想到小猫了。关于小猫后来的故事，随着老阳一家到上海定居，我也所知甚少了。小猫从我的朋友圈里消失了。她还画画吗？还作曲吗？还写诗吗？还发烧葡萄酒吗？我就是想知道这些，也无从知晓了。

遵照老阳的指示，我按时打去了电话。我还给他找了个办画展的地方——久畹兰。老阳对我的"邀请"表示感谢，对能到久畹兰搞画展，也表示开心。久畹兰是个茶社，也兼做茶艺培训，除了几间茶室，还有一间很大的教室，把教室的桌椅茶器并一并（或临时搬走），就是个理想的展厅了，很适合搞尺幅较小和规模不大的油画展。我知道老阳的画是小画，五六十厘米见方，数量也不多，和久畹兰真的很匹配。何况久畹兰的女老板胡云不仅是我的朋友，也是个崇尚艺术的文化人呢。我便和胡老板联系。胡老板对我的创意非常欣赏，不仅愿意提供场地搞画展，开幕式那天的司仪和嘉宾的茶水都由她负责。更让我感动的是，她正在进行中的三个茶艺班的近四十名学员，也全体出动，捧个人场，烘托气氛。我听了之后，把胡老板的决定，结合我的创意，写成正式的邀请函和创意策划书，通过微信发给了老阳。邀请函上，连画展具体的时间都敲定了。老阳及时回复了"谢谢"。老阳的"谢谢"从字面上看虽然平淡，但我能感觉到他内心的激动。有了这个邀请函，我私底下认为，他可以名正言顺地多回来几次了，能名正言顺地多待几天了，更能够名正言顺地和朋友们喝喝酒谈谈艺术了。

接下来的几天里，通过微信和电话，我知道老阳都在紧张地画画，装画框，定制摆放油画的架子。在这些工作收尾之前，老阳又给我来电话了，大致还是请我在某个时间段，打电话请他提前两三天过来，因为虽然画展是在周六、周日两天，布展、请嘉宾等都要提前做准备。所以我又适时地把电话打过去了。我能猜到，他在接电话的时候，身边的（或隔壁某个房间里）多多一定是听到了。然后，他再和多多知会一声。多多就是有一千个一万个不情愿，也不会扼杀老阳对艺术的追求的。毕竟，一个画展，对一个艺术家来说，其意义是非同寻常的。

3

老阳从上海回来的第二天，他托运的油画也按时到达了。

还是在昨天，老阳自驾车来到久畹兰——因为事先约好，我在久畹兰喝茶等他。他一进来，我看他一点也不是风尘仆仆的样子，也没有刚刚经历舟车劳顿的辛苦，不像开了三四个小时的车，仿佛刚从外边散步回来，飘逸的长发，有破洞的牛仔裤，一双黑色休闲皮鞋和露出来的蓝灰色袜口，一件不知是时尚还是洗旧了的白色T恤，T恤上是一个正在演唱的吉他手——仅从装束和形态上看，老阳不像一个年近五十的中年人，倒像是个从本地某个艺术工作室出来的年轻的新派艺术家，旁若无人，目空一切，自命不凡。我跳起来招呼他。他迎着我狠狠给了我一拳，使了个只有我能会意的眼神。

胡老板正要征询他喝什么茶时，他竟然要喝葡萄酒，并说，反正不用开车了。我正担心胡老板为难，没想到茶社还真有。胡老板变戏法一样地拿出一瓶葡萄酒，优雅地给他倒了一杯。接下来，我们开始聊正题，又参观了已经腾空的大教室。整个过程，从布展、开幕式的流程说下来，也就几分钟，感觉他也没认真听，总是一副心事重重的样子。但他似乎很满意。可能是为了感谢胡老板和我吧，他晚上要请客。我看他心里有事，就婉言谢绝了。他说好，等开幕那天再聚。然后，把杯中的葡萄酒一饮而尽，匆匆告辞了。

但是，画到了的时候，老阳却迟迟不露面。胡老板打我电话，挺急的，因为明天就是周六了，周六上午十点，就是开幕式了，如果不及时布展，时间上怕是很紧张了。胡老板在电话里跟我说，在画刚一到时，就联系了老阳，可他就是不接电话，联系多次都不接，让我再联系一下。我正准备给老阳打电话时，手机就响了，是老阳！真是心有灵犀啊，我赶快接通。只听老阳说："喂，老陈，麻烦你个事……帮我布个展。另外，如果多多打你电话，你就说我刚和你在一起布展……反正你知道怎么好就怎么说，明白吧？先这样啊。"老阳果断地挂断了电话。

这家伙，这事做得，也太大条了吧？看来搞画展，也不过是他的一个借口。但是，什么事比画展更重要呢？什么事能让他丢下画展的布置而去忙别的呢？我来不及多想，赶快赶到久畹兰，我得替他救这个场子。

现在，我的感觉，不仅是在帮老阳的忙，也是在帮胡老板的忙了。对胡老板和久畹兰来说，画展是一件大事，因为她已经在自己的公众号上推送了一篇文采华丽的预告，她的朋友圈都知道了这场规模虽然不大、艺术水准却相当高的小众油画展了，点赞的人很多，而且很多朋友都转发了。我也转了，老阳和多多也点了赞。现在，在布展的节骨眼儿上，老阳却玩起了失踪。

我和胡老板及久畹兰的工作人员，把一个个画架组装起来，再把老阳的作品一件件摆放到架子上，又核实了卡片。在做完这些工作的时候，已经是下午七点多了，就是说，我们忙了整整一个下午。而在这个过程中，老阳一个电话都没有打来。但我还是松了口气，胡老板同样也像完成了一桩大事似的露出了笑容。我还拍了几张展厅的全景和两三幅代表作，发在了朋友圈，并且在文字说明上，让人感觉是老阳和我一起布的展。

在翻看朋友圈时，我发现很少露面的多多也发了篇微文。

多多在朋友圈的这篇微文引起了我的兴趣。多多只发了一张图片，我一眼就看出来是老阳的画，这幅画截取的是我转发胡老板公众号里的一幅。画面上是一个夸张的人脸。老阳喜欢画人脸，这是我们都知道的。好朋友他都画过，他画过我在吃早餐时的造型，虽然有点形似，但变异得太厉害，感觉并不好。老阳准备参展的这组画里，也有几幅人脸，我当然辨别不出是谁了。而多多发的这张，同样变异得厉害，不仅五官不清，连脸形也模糊，仅从色彩上能感觉到应该是位女性。再看多多的文字，我觉得有点意思了："某人邀请我周末回故园搞画展，被我无情拒绝。我冷漠地说：我得回家带猫撸猫。某人立刻受到一万点暴击：宁愿陪猫也不陪我！猫重要还是我的画展重要！天哪，问我这样一个显而易见的问题！亲爱的某人，你辛辛苦苦管理家产事业，挣钱养家，早起晚睡拼命写诗画画，还作词作曲弹吉他会朋友，而我的猫呢？它们只会吃了睡，睡了吃，偶尔打个呼噜卖个萌而已。所以，当然……猫更重要啊！因为你有你的三妻四妾狐朋狗友，而我的猫，只有我啊！拿自己和我的猫相提并论，是多么地不自量力啊！"

什么情况？多多的这段文字看似风趣幽默，云山雾罩无厘头，让人不明所以，实则又暗含多重意味，特别是这里的猫，和小猫有无关联？真不知道他们又在玩什么斗智斗勇的游戏了。

4

老阳还是露面了。老阳在周六画展开幕的凌晨,给我来了电话,要我在七点之前赶到久畹兰,他要换几幅画。

这家伙,不是添乱吗?!

这次老阳倒是守信,我赶到久畹兰时,他已经到了,他从车上卸下来的画就靠在久畹兰的电梯间。我们聊了几句,主要是我问他这两天怎么失踪了。他倒是轻描淡写,说没失踪,画画了。我知道他在本市还有一套住宅,也是他的工作室。但我不相信他这时候还能画画。可是他又确实带来了不少画,共十五幅呢,肯定不是这两三天里画的。

等胡老板开门后,我们赶在八点半工作人员上班前,把画换上去了。老阳一副胸有成竹的样子,换哪幅画,直接就把原画撤下,把新画摆上。对于他新换上去的画,老实讲,确实更好,不仅是画的色彩更为准确,构图也有穿透力,和他一贯的画风不太一样。老阳对新换上去的画很满意,一连拍了不少照片。

九点以后,陆续有观众来了,有不少是老阳和我共同的朋友。在画展简短的前言上,我和胡云的名字都出现在上面,是以策展人的身份出现的。所以,我们三人一起在门厅里迎接、招呼各路来宾,向他们寒暄问好。让我和老阳都非常吃惊和没有想到的是,在来宾行列里,居然有一张我们非常熟悉的面孔,穿一身考究裙装的、很出挑的——哈,这不是多多吗?

多多在没有任何预兆的情况下,来了个突然袭击。看她一脸狡黠的笑,我就知道她有多得意了。

但是,我和老阳的吃惊也是不一样的。我的吃惊里,更多的是伴着惊喜。而老阳的吃惊很快就被更大的吃惊取代了。当然,他更大的吃惊,别

165

人很难察觉——完全被他强装的喜悦掩盖了。只有我能看出他喜悦背后的惊慌和错乱。我觉得我要帮帮老阳，同时还要让多多感受到我的热情——在我的暗示下，多多被工作人员引导到贵宾室了，那里备有茶点、水果和各种饮料。

多多刚脱离我们的视线，或者说，我们刚脱离多多的视线，老阳就快速走到我身边，小声而急切地说："你去和多多聊会儿，稳住她，我要把早上换上去的画再换回来。"

这家伙，又在搞什么鬼？

我顾不得那么多了，因为老阳在我愣神的时候，猛地在我腰眼里抵了一下，示意我赶快去办。

我走进贵宾休息室，对多多哈哈笑道："老阳看到你来了，牙都喜掉了，怎么样，路上还顺利吧？"

"就你会说话——他的牙不是喜掉的吧，是吓掉的吧？路上有什么顺不顺的，到了就是顺的，要是不顺，就到不了了。"

我听得出来，多多的话是故意找碴儿，或者不大想跟我讨论这个事。我问她喝点什么。她说她车子里有水。我要给她来杯咖啡。她说不用。我要给她泡杯云雾茶。她说不喝。我要给她来杯果汁，她更是摇头。我就知道了，她不是不用，不是不喝，是不想用不想喝。我知道我不能再继续热情下去了，这会让她产生怀疑的。

"还没回家吧？"我还是没话找话地说。

"没有，我妈不知道我来。也不知道夏阳都回来几天了。"多多的后一句是对老阳的不满。

我替老阳遮掩说："这几天都忙布展了。"

"是啊，也辛苦你啦⋯⋯我看看画展去，咱家老阳不得了啊，闹这么大动静！"

"那是啊……为老阳骄傲吧。"我一边说一边想着，才几分钟，老阳不会还没有换好画吧？为了保险起见，我又劝她吃个点心，还推荐了一款桃花糕，说这是以一个月前的新鲜桃花为主要原料配制的。

"是吗，桃花糕？我等会儿再吃。"

多多还是到展厅来了。

还好，早上新换下去的画，又被老阳换回来了。现在，在展厅的三十八幅画，又都变成从上海托运来的那批了。而换下来的画，转眼不知存放到哪个房间了。

多多一幅一幅欣赏画去了。老阳也在准备接受电视台的采访了。我突然有种冲动，想知道那十五幅画，究竟是谁画的，其实，我已经猜到了，那应该是小猫的作品。老阳想在自己的画展上，在展出的作品中，掺杂十五幅小猫的画，这又是什么目的呢？如果真是这样，对于老阳这几天的失踪，我似乎找到了注脚。多多驱车几百里赶来出席开幕式，赶来看画，也就有了一个合理的解释了。

5

半年之后，已经是秋末冬初了，我还是有一搭没一搭地和老阳保持着见面和联系，一月一次或两次，不算频繁，不算密集，也不算疏淡，喝喝酒，品品茶，谈谈闲话——总有说不完的闲话，也会聊聊他新画的作品（微信朋友圈他经常发）。说到画，他依然是热情不减，兴致盎然。偶尔，我会故意提到小猫，说她的音乐和绘画，甚至她的诗，他会突然停顿一会儿，就像打了一个嗝，眼睛亮一下，神情跟着就暗淡了。然后，说："小猫是天才。"就转移话题了。

有一天，老阳来电话，请我给他作一首歌词。他是诗人，写了无数首诗，也写了无数首歌词。他的诗，有时候就是歌词。或者说，他是把诗当作歌词来写的，他在很多场合唱诗。如果谁有兴趣，到酷狗音乐、虾米音乐、网易云或QQ音乐搜一下，他的歌会跳出来几十首。这些歌，词、曲、唱都是他一个人。了解他的朋友们都知道，这只不过是他大量音乐作品的九牛一毛而已，就像我们并不知道他画了多少幅画一样，展览出来的，不过是冰山一角。一个专业人士，突然让我给他写词，有点说不过去啊。但是他的理由也充分，让我写一首来纪念我们二十多年的友情，名字都给我起好了，《我家住在新浦街》。一听这名字，我就知道什么调调了。我脑子里迅速出现二十多年来我们相处的点点滴滴，创作的冲动油然而生，一首三四十行的歌词一挥而就，我得意地通过微信发给了他。他的反应和我一样，觉得写得很到位，是他想要的东西。第二天，他就打我电话了，要我邀请他参加读诗会，以读我的诗为主的读诗会，还要在读诗会上唱诗，就唱《我家住在新浦街》。并且，和以往一样，让我在某个时段里电话邀请他从上海回来。

我照他的指示，电话打了，邀请函发了，时间就定在本周四。

老阳提前一天到了。照例，跟我们照个面，打几句哈哈，他又忙别的去了。

参加周末读诗会的诗人没有几个，就一桌（十二人），而且人选都是老阳确定的。我到得比较早。但，在比我到得更早的人当中，不仅有老阳，还有多年不见的小猫。

这也算是惊喜了，能在这种场合见到小猫，是我没有想到的。

老阳经常给我们带来惊喜，也偶尔给我们带来小麻烦。小猫今天能在，我首先想到的是小麻烦——老阳就不怕多多再像上次画展那样搞个突然袭击吗？看来老阳是考虑周全的。因为这个诗会不是放在公共场所，比如久畹兰这样的地方，而是一个私人的小型会所，比较隐秘，这是其一。其二，在时间的选定上，是在周四。周四不是周末，多多就是有心要搞突然袭击，也得专门请假。

小猫也看到我了。她跟我举了下手，幅度不大，只是个简单的示意。我却发现小猫的精神特别不好，脸色苍黄，眼神无光。还好，从她脸上露出的笑意（尽管是强装的），还能看出以前的风姿。我走到小猫身边，试图和她打个招呼，毕竟很多年不见了。但，距离越近，越让我从心里意识到小猫确实不是以前的小猫了，她憔悴多了，像一朵枯萎的花。

"你好！"她说。仰着脸看我，并没有站起来的意思。

"你也好啊，好久不见啦！"我说。

"是啊，好久了……"

老阳也过来了。老阳对小猫说："这是老陈。"

"知道的……"

老阳说："能请到小猫，不容易的，等会儿你主持，我拍拍照片，请小猫第一个读诗。"

"不呀，我是来听你唱诗的，听你唱老陈的诗。"小猫声音很低微。

待我们都坐下后，我收到老阳发的一条微信："小猫身体不好。不是一般的不好，可能活不过这个冬天了。你知道就行了。开始吧。气氛由你掌握。别提小猫的病，也别让她多说话。"

老阳的微信里，传达了许多重要的信息，我能感受得到。我悄悄看一眼小猫，看看她的神色。她很平静。即使岁月在她脸上留有痕迹，也在眼睛里和神态上做下记号，但此时，她很平静。

读诗会开始了。我简单介绍了来宾。在介绍小猫时，我特意强调了她不仅是诗人、作曲家,还是画家。我注意到在我介绍她还是画家时,她的眉毛跳动了一下。按照我和老阳设定好的程序,先由老阳唱一首歌。就是我写词的《我家住在新浦街》。老阳显然做了充分的准备,他在摆好的麦克风前坐好,抱起了吉他,没有别的辅助乐器。只见他酝酿一下情绪,开始弹奏,在并不复杂却异常忧郁和怀旧的一段前奏之后,老阳用带有磁性的、略有沙哑的男中音唱了起来:

那夜已近十点
我骑车在海连路上
经过当年的麻纺厂
只是早就看不见
那些雪白的姑娘

我家住在盐河东
华联后边的河南庄
那些年时常来喝酒的兄弟啊
你们如今在何方

谁还会在民主路上
静静地等待一场雪
谁还在曾经的大转盘
唱着轮回的歌
谁还会在陇海线上
聆听遥远的汽笛声

谁还在空旷的蔷薇河

仰望最初的星空

我家住在盐河东

华联后边的河南庄

那些年时常来喝酒的兄弟啊

你们如今在何方

  老阳深情地唱着,所有人都保持音乐响起时的姿势,托腮的,歪头的,耸肩的,一只手支着下巴的,端着茶杯做喝水状的,像雕塑一样,生怕动一下,产生一点点动静——哪怕是细微的风,也担心惊扰这好听的歌。是的,真是太好听了。我不止一次听过老阳唱歌,唱别人的歌,唱自己的歌,应该说,这一次,或这一首,最让我动情,不仅是因为我写的词,实在是音乐、声调和他的全情投入触动了我心底最柔弱的部分。我禁不住热泪盈眶了。我看到小猫也眼含泪水,鼻翼在微微抽搐。有一个女诗人,竟然两手掩面,饮泣起来。大家都沉浸在对遥远往事的回忆中,仿佛回到旧日的时光里,那骚动的青春,无序的情感,不可名状的忧伤,还有街头酷酷的哼唱,全部蜂拥而至。

  老阳演唱后,是读诗。我临时改变了计划,别读我的诗了,读小猫的诗。

  小猫推辞不过,要发表感谢的话,她用微弱的声音说了几句,主要是感谢生活,感谢朋友们,感谢父母把她带到这个温暖的人世上,还感谢老阳和我,能在一个特别的场合,展出她的画,虽然不是她的个人展,但能以这样的形式亮相,也弥补了她人生的遗憾……

6

当今年的第一场寒流光临小城的时候,老阳的电话不期而至,他声音低缓而沉痛地说:"老陈,小猫走了……我要回一趟新浦……明天就回,我要为她唱诗……请你……请你随便找个理由,邀请我回去一趟,晚上六点后都可以打我手机……"

我听到老阳哽咽着,没有说下去。但,我听明白了。挂断了电话,我看一眼时间,已经是下午五点十分了,想个什么理由呢?我脑子里突然出现了空白……难受吗?还真的很难受,邀请多年的好友回一趟故乡参加朋友的葬礼,居然要用这样的形式。

电话打完不久,我又想起一个事来,给老阳发了条微信:"那瓶红酒,我替你保存着了,那是 1993 年的酒,我知道,那一年对于你们一定有着特别的意义。"

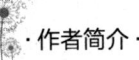
· 作者简介 ·

陈武,男,1963 年生。中国作家协会会员,一级作家。曾在《小说月报·原创版》《花城》《作家》《钟山》《人民文学》《十月》等杂志发表文学作品,多篇小说被《小说选刊》《小说月报》《中篇小说选刊》《中华文学选刊》《北京文学·中篇小说月报》等选载。

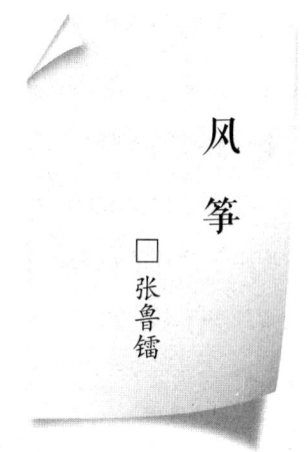

风筝

□ 张鲁镭

美美在给瘦老头擦身，旁边放着一个冒热气的白色水盆。美美擦得很仔细，一块湿毛巾从面部顺势往下移，在下巴腋窝之处还要拐个弯多转一圈。瘦老头实在太瘦了，浑身加起来没几斤肉，就这么干巴巴薄如一张纸片。倒让美美操作起来蛮轻松，她一双胖手上边下边前边后边在瘦老头身上游走，轻飘飘翻书似的就把瘦老头整个给擦一遍。一面擦着，美美开始想入非非，要是把瘦老头腰上系根绳从窗口放出去，他会不会像风筝那样在天上飘？在天空鸟瞰西洋景是一件美妙的事！不过自己手里那根绳可是关键，不然瘦老头啪叽一个狗啃泥……这么想着，美美就笑了。

瘦老头已经枯朽，肩膀以下的零件基本成了摆设，但脑袋上的五官还能正常运转。他嘴巴口吐莲花，眼睛能辨别是非，耳朵也灵通，连美美在心里的笑声都没错过。什么喜事？有人发红包了？正想着把你做成风筝从窗口放出去！你在天上飘来飘去多自在！那可不错，到时候我飞着周游世界去。干脆一会儿就给我拴上绳。美美转身，瘦老头不干，说后背痒再给多来几下。美美拿毛巾就势在他后背上划拉，瘦老头于是闭上眼睛咧着嘴——整个一他娘的闷骚！

此刻对面床的胖老头刚好睁一只眼闭一只眼，睁着那只就把这一切瞧在眼里。他几乎每天都能目睹这样的场景，起先他用抵触的姿态双目紧闭，后来总会不自觉睁开一只。美美去换水，现在轮到擦胖老头了。

胖老头实在太胖了。几百斤的肉几乎化成液体四处滚动，美美力不从心，洁面后其他部位横竖几下草草完活。胖老头后背也痒，不是骚情是真痒。美美曾努力想着不分薄厚一视同仁，可面对这么一堆庞然大肉她实在搞不定。胖老头不生气，美美热情大方，是松鹤养老中心的好员工，都怪自己这身肥肉碍事。胖老头望向对床，这老家伙瘦得连狼看见都想哭。可美美见他就乐，不光因为体积小操作便捷，关键瘦老头特能逗，嘚啵嘚啵露出一口焦黄的假牙，美美就笑了！还现出俩酒窝。

美美是个憨憨的姑娘，长相敦实但挺喜庆，手上的肉比脸上还多，小胖手在瘦老头身上一划拉，就算通上电了。美美身上带着一股闪亮的热气，她一进来，荒凉的房间就有了暖色。美美到现在还没对象，马上奔三了，怪愁人的！有时候她挑人家，有时候人家挑她，反正相那么多亲都没结果。

美美来了，瘦老头眼睛亮了，粉面桃花气色这么好，找到心上人了？哪有，就涂点腮红。谁娶了美美都好福气！不是我那两个小子已经成家，非让你成我家儿媳妇……要是我再小几岁你再老几岁……胖老头用鼻子哼一声，熊样，皮包骨头快咽气的主儿想法还不少。

其实胖老头挺羡慕瘦老头。两人虽都卧床，但瘦老头明显不一样，他见缝插针讲笑话拍马屁，还央求美美给他加餐——就是在后背多划拉几下。瘦老头比胖老头先来几日，和美美的感情也比胖老头厚几日。她也和瘦老头开玩笑，老二夫妻不是总吵架吗？什么时候离了我嫁给老二！彩礼钱你可不能抠门。美美说着自己先笑弯了腰，胖老头也跟着呵呵，他多么希望和美美加深感情，彼此相处如瘦老头一样。

  胖瘦老头同居一室，两床间距不足半米，却也相处得坑坑洼洼，还因为看电视吵过架！瘦老头愿意看足球，国际国内一并兼收；胖老头喜欢好味道大擂台，他当了一辈子厨子，当然愿意看和专业相关的节目。美美站在中间犯难，有些东西就是没办法平均，蛋糕能从中间来一刀，电视不行啊！怎么办？想想也只能在时间上找齐！每人一小时一小时轮流看，遥控器握在美美手里。电视有体育频道却没办美食台，这让胖老头很不开心，节目没档期他也不会瞎掉属于自己那一小时，于是就看抗日神剧，音量很大，屋子里厮杀呐喊炮火连天。瘦老头怒视着墙上的挂钟骂，哪是日本鬼子，简直一帮日本傻子，这智商还他娘的八年抗战，八天就给打回姥姥家了。美美呼哧带喘跑进来，时间刚好踩在点儿上。

  美美的工作加量不加价，鞋底磨薄了衬衫湿透了，整个楼道都回荡着她的喘息和奔跑声！美美就想到职工保护权益上面的章程，她决定去找主任，额外的工作需要额外的回报。主任讲，一楼俩老头下象棋，不知为啥翻了脸，其中一个飞起炮来把另一个头上砸出个紫包，又去医院又做CT。胖瘦老头也就嘴上热闹，比起他们不知要省多少心。主任搓着两只手，这样，告诉俩儿子分别买平板来。

  儿子们到场后都很客气，彼此还礼节性地握握手，比他们脸红脖子粗的倔爹乖好多！胖瘦老头坚决不同意，其一，平板屏幕小看着太憋屈；其二，两个人用上平板，电视省着干什么？他们来这里可是交了一笔不小的费用。论起费用，胖瘦老头站成一队。如果是养老中心给解决平板他们倒没意见，让儿子破费坚决不行。美美气，土埋半截的人还计较这些！错，瘦老头纠正，不是半截，是土埋五分之四截，就剩个脑袋瓜了。不过人活着总该有气节，有存在感，不然留着最后这口气干什么？

瘦老头家那个老二从澳大利亚公干回来，刚巧赶上这么一出。他说澳洲那边养老制度极其完善，老人一切吃喝拉撒都由政府和义工处理，从来不麻烦儿女。这一点胖老头儿子也认同，他目前居住的上海正在大肆兴建养老机构。老人为社会服务了一辈子，临了社会理应对他们负责。两人又谈到各自城市的房价，胖老头儿子很自豪，说上海亭子间都比澳洲那边洋房贵！他们还就当前的经济展开一系列分析。后来竟说到高速收费口小姑娘们的微笑服务，那种笑甜美笃定就像烙在脸上，以后会不会落下面部肌肉坏死的毛病？

美美看看表，太阳落山了，该吃晚饭了！两个儿子很明事理，他们一起请主任吃了饭，又分别送礼物给美美。美美一手托着澳大利亚绵羊油，一手托着上海大白兔奶糖，分量差不多。

电视坏了，不出人只会哗哗啦啦飘雪花，后勤说是电路的毛病，电工说是电视机老化，屋里一片消停。胖瘦老头史无前例地和谐，一枚果子放在那儿两人公鸡斗架样争个没完，有一天果子忽然烂掉臭掉，谁都得不到它，大家反而心平气和了。

松鹤养老中心分布的格局颇有趣，一层是胳膊腿和脑瓜都能正常运转的，二层是腿脚好用但脑瓜缺根筋的，三层属于两浑水半傻不彪的，最顶层就是胖瘦老头这样。也属顶层的费用高，光护理费就好几千！养老中心环境优雅设施齐全服务到位，娱乐活动一波又一波，歌咏比赛、下棋比赛、智力竞赛、成语接龙……还定期为老人洗澡理发检查身体。据说有不少人在排队等床位，抬出去一个进来一个，再抬出去一个再进来一个。

所有的娱乐活动，胖瘦老头均忽略不计，检查身体对他们也没啥意义，他们的身体已经这副德行。如果把生命比作一本书，他们的故事基本完结，没几篇可翻了。也不常理发，俩人头发长得比铁树开花都慢！要是人的衰老也这么缓慢该多好。但俩老头都热衷洗澡。上年纪的人皮肤干燥，一翻身就哗哗掉皮屑。瘦老头洗澡容易，来一个男工和美美一起把他架到卫生间冲淋浴就好。

胖老头就没那么轻松，甚至非常艰难。瘦老头出主意，说从卫生间接个长水管出来，在床上铺好塑料布，对着胖老头一顿冲，这馊主意不能采纳。胖老头洗澡一事拖了又拖，最后主任派来四名壮汉男工，他们齐心协力喊着号子把胖老头从床上抬起来。可惜门的宽窄不够，几个人在美美指挥下不断调整角度，胖老头闭着眼睛被人挪来挪去，他很享受这个复杂过程，笑眯眯一副死猪不怕开水烫的模样，好个折腾。瘦老头听见卫生间里噼啪作响，那隆重程度不亚于宰猪。把胖老头从卫生间弄出来也颇费周折，四名男工挥汗而去。胖老头告诉一旁的美美，他下周还洗！

没有电视，瘦胖老头躺在床上很孤单很寂寞，虽然老了瘫了不能动了，可他们大脑清醒心思活络，他们还有快乐的权利！眼下美美就是俩人唯一的乐。美美一进门，瘦老头插科打诨，胖老头听风赏景。当然胖老头对洗澡也很期待，不过这要等中心统一调度。美美说楼下九十岁的爷爷和八十岁的奶奶恋爱了，俩人悄悄跑出去买烤地瓜吃，还在楼前的水池里捞鱼，捞完放，放完捞，把好几条锦鲤都给折腾死了。瘦老头认为这事不能干涉，爱情就该到处流传！胖老头说锦鲤炖汤好喝，出锅前需多加胡椒粉。

美美说她又相亲了，在银行大堂见的，大堂里有空调有免费咖啡和沙发椅。两人没话找话说，对面窗口里点钞机正啪啪啪清点钞票，男的说我要有这么多钱就好了……其间美美又换了条热毛巾。瘦老头龇着牙滔滔不绝，要么不嫁，要么找个好样的！

遥想当年他在保卫科就调教出不少棒小伙，人都是他亲自从各车间选的，他训练他们出操跑步飞标枪撇手榴弹，整个一军事化管理。厂里遇到任何危险都能第一时间冲上去。胖老头问，你，干吗的？本人，保卫科科长！你是保卫科科长？当然，有什么问题吗？

一次仓库失火，瘦老头率领全体保卫科奔赴现场，他一桶水浇身上冲进火海，把那个吓晕的仓库保管员背出来。女工感激涕零，说就算做牛做马也要报答他的救命之恩。他当场表示心意领了，可家里空间有限实在没地方安置牛马。厂里的表达比女工更实际，开表彰会戴大红花还颁发奖金两百元。星期天他请保卫科在湖边吃自助餐，烧鸡香肠啤酒摆满地。大家正喝得热闹，咕咚一声有孩子掉湖里了，还是他奋勇跳下去把人捞上来的。一个在湖边玩水的小姑娘，八九岁的模样，他把孩子倒背在肩上足足跑了半个多小时，那孩子才从嘴里喷出一口水，他又被市里评上见义勇为奖。他总能撞上奋不顾身舍己为人的好事！当然这也是整个保卫科的荣耀，有几个小伙子还为此找到心爱的姑娘，人家说，知道大名鼎鼎的保卫科，危难时刻救人救火，个个好样的！

本来是说美美，说着说着瘦老头就往自己身上薅，像做英模报告！说到关键时刻竟忘记自己是个瘫子都想一屁股坐起来！胖老头白他一眼，好汉不提当年勇，提那些旧账干什么？胖老头问，和银行那人可有戏？能有什么戏？美美摇头，约个会都在银行蹭咖啡！将来的日子怎么过？瘦老头问她择偶标准，也没什么高要求，人本分对我好，点灯做伴，闭灯说话，牵手出门，执手如梦，一辈子到永远，像童话！这一刻美美眼仁儿晶莹，似有液体渗出。瘦老头打个喷嚏，美美递过纸巾，不过我妈说哪怕是二手房也不能背贷款！我妈说背债的日子不好过！

胖老头觉得男人踏实顾家才重要。他那几个徒弟后厨里勤勤恳恳炒菜，下班回家洗衣服看孩子拖地板，有时候做了好菜还偷偷拿塑料袋往家顺……一次他拿萝卜皮做了道糖醋萝卜花，那萝卜皮被他打理得娇艳欲滴清脆可口，大家都说一个扔的玩意儿被捯饬成这样，简直化腐朽为神奇！满满一盆糖醋萝卜花被徒弟们私分掉……

大米发霉长绿毛，经理让扔掉，他悄悄把大米洗净泡在缸里发酵做成醪糟酒，又是一次废物利用的成功，连经理都过来讨酒喝。醪糟为酒店赚了不少钱，年底他当上劳模还破格涨一级工资。他们那儿谁不知道酒店后厨有个胖师傅好手艺！瘦老头不屑，难道让美美找个厨子？有什么不好，跟着厨子一辈子嘴不亏。两个老头鸡嘴鸭舌，他们哪是关心美美，分明在讲各自的光荣史！

美美再来话题依旧，不过这次给提升了格调，是关于爱情。瘦老头说爱情这东西可遇不可求，一旦遇见就不能错过，必要时上手抢都没关系。他那终身大事就是在公交车上搞定的，当时她站在他对面，粗粗的辫子上缠着对儿红铃铛，红铃铛晃晃悠悠响了一路，他那颗心也小鹿撞钟蹦了一路！他跟着人家一直坐到终点双龙台，又尾随着走到清泥湾，当时的清泥湾还没开发，周边空空落落少人烟。她在路边仅有的那座小楼前停下。让这么一个娇弱女子独自出入清泥湾岂不太危险？做人就该有担当，他觉得自己有义务保护她，老天让我遇见你，就是派我来保护你！当然这话后来被他写在情书上。他的身影时常出没在清泥湾，姑娘倒直接，我有男朋友了。这话怎么说的！可他偏偏一副拗脾气，不见棺材不掉泪，不到黄河不死心。

他的攻势不落俗套别出心裁，歌词是用彩笔抄的，情诗是用毛笔写的，还花费心思做了个大风筝，一只锦鸡飘着长长的尾巴。那个时候清泥湾天空灿烂天宇深邃真适合放风筝，他一个人拉着风筝线在旷野里跑，当时的天气真给力,他风筝放得也真争气,一次都没栽到树上。她躲在窗帘后面偷窥,好多天后才参与进来,他们一个牵一个引配合默契。当锦鸡在天空中与彩云并行时,她笑了。她说那个人是家里给介绍的,见过几次,对方殷勤厚道都有围巾和皮手套相送。现在风筝打败了围巾皮手套,他建议把东西还回去。可是,可是已经戴过,那围巾还在车上被刮了条口子。他慷慨地拿出钱包,算算得多少?后来呢?美美问。后来成了孩子他妈了。要记住机不可失时不再来啊!美美把头扭向胖老头,你呢?

　　胖老头望着天花板不说话,他腮帮子的肉流到枕头上,美美拎起来给他耳根子擦一擦,你没有好玩的故事吗?大街上看好就去追去抢,和强盗有什么分别?都该判个抢劫罪。胖老头手抓床单嗓子眼儿轰鸣像一头愤怒的猪,美美问这是干什么?胖老头喘了一会儿平静下来,说他看见不正之风就有气,自己还是看重日久生情,知根知底彼此熟悉,伸手去攘人家锅里的菜缺德。

　　他老婆是酒店服务员,人勤快话也不多,没事就到后厨帮忙择菜,两人搭伴脸对脸择,有天一捆韭菜整整择了一下午,他师父说这顿饺子怕是要等到猴年吃。后来还是师父捅破窗户纸让俩人大大方方好起来。

　　美美觉得俩老头记忆力真好,自己晃晃悠悠三个饱一个倒哪天都没落下,认真总结却是混沌一片的糨糊,都比不上老头们。胖瘦老头讲述着彼此的恋爱史,偶尔还会歇一会儿,或许说累了,或许是回想到当初某个温柔的画面。或许感叹时间过得太快,怎么一下子就老到这般光景,他们那些个当初,既像昨天又像上辈子。美美打着哈欠给俩人倒杯水,这样的故事对于美美太遥远,甚至比唐宋元明清还远,唐宋元明清可以装进电视剧里,老头们的絮叨更像一股孱弱的耳边风!

　　美美想,人老了不再往前走而是往后退,蹒跚地追忆自己那些个从前，想把值得提一提所谓的露脸事都重温一遍。你们对婚姻一直都忠诚吗？后来有没有去外面偷嘴？瘦老头苦笑，还没来得及偷她就走了。后来找的都不行，一个让我儿子把她儿子也弄到澳大利亚，一个总惦记我兜里那俩钱。心里都藏着自己的小九九，根本不和你踏实过。我就去足疗店，宁可把钱给小姐也不便宜她们。

胖老头说他和那个勤快女人整整过了一辈子，退休后俩人还开了家风味馆，赚到钱就去旅游。他们像燕子那样半年南方半年北方，直到老伴去世才来养老中心……

次日他们继续围绕美美说车辘轳话，美美只是话题的一个中心轴，一个引子一个楔子，转来转去最终会落到一个基本点上。今天的基本点是关于子女。瘦老头两个儿子均技术移民澳大利亚，当初老婆身体不好，哪有工夫去管他们，天生念书的材料，重点中学重点大学，那哥俩一路绿灯，从来也没进过补习班！倒是给家里省下不少钱。胖老头也不示弱，他一双儿女都在东方明珠上海。他们在那里读大学找工作，还都风风光光买上房子。

说来说去就聊到隔辈人，那是他们的孙子孙女。孩子们还都是成长中的苗苗，彼此分不出个尺长寸短。不过这些苗苗将来一准能长成粗壮的好树，俩老头目光迷离仿佛看到祖坟上冉冉冒起的青烟。提起孙儿他们轻声慢语，是那种深入骨髓的疼爱，不知道孩子们是否偶尔会想起住在养老中心的爷爷，他们的爷爷老得不能动了，连吃饭穿衣这样的事都要麻烦别人。但他们会把孙儿安置到心尖上，每每想起都心头一热！

之前美美加了儿子们的微信，也分别视频过几回。但大多时间不凑巧，这里面有时差问题也有繁忙问题，父子轻易接不上火。他们都很孝顺，不然当爹的怎么会来这样规格的养老中心？孝心归孝心，但对于时间，他们真没办法！这一点当爹的最清楚，如果儿子把时间花费到自己身上，那当

181

下的衣食住行一系列问题势必大打折扣！有些事情永远无法完美，一根甘蔗哪会两头都甜？下午的阳光红彤彤铺到床上，俩老头闭上眼睛睡了……

美美是连人带盆摔倒的。前几天中心搞智力竞赛，九十岁那老头一口气得了两个大西瓜，他准备一个等儿子来拿，一个送隔壁奶奶。结果敲门时西瓜从手里滚出去摔个稀巴烂，美美刚好经过踩上去……伤筋动骨一百天，不过你们放心，所有医疗费用都由中心来承担。主任边说边把身边的阿强推上前，近期你们的日常由他来料理，阿强可是养老中心的骨干，相信你们也会喜欢他。瘦老头问，智力竞赛什么题？翻倍数学，九加十九，九加二十九，九加三十九……就这？我能得四个大西瓜。

美美什么时候来？这个说不准，三个月五个月谁知道？胖老头说，美美工作认真态度和蔼。我俩，我俩还是喜欢美美。地上有脏东西，阿强进卫生间取了拖把擦，主任指着他，看看我们阿强埋头苦干一句废话都没有。瘦老头说我怎么看他一锥子扎不出个屁来！您老猜得对，别说一锥子，一百锥子也扎不出来！打小就没开过口。哑巴？您也猜对了胖大爷。阿强在认真擦抹椅角旮旯的灰，还不知道主任正根据他的特征展开智力竞猜。

阿强不说话但脑子活泛，他拿块毛巾对着胖老头思量，这么一摊子肉后背怎么对付呢？凭他的力气肯定翻不过去！阿强转转眼珠找来一块木板塞床上，然后运用杠杆原理一屁股骑上去，生生把胖老头给撬起来，哦，擦背问题解决了。因为哈腰幅度太大，阿强又进行了新一轮的技术改良，他将拖把头换上毛巾，骑在木板上拖胖老头。对面瘦老头都看傻了。

胖老头示意阿强帮他挠挠背，这么久不翻身痒死了，不行，还是不行，胖老头晃着大脑袋。阿强又找来马莲根刷子，这个好！舒服，太舒服了！瘦老头示意阿强也帮他刷刷，哎哟，这个一般人真享受不了！阿强手脚麻利，又是拖把又是马莲根刷子，噌噌噌很快把俩老头秃噜一遍，然后抖抖毛巾闪了。

屋子里出奇地安静，空气中飘散着一股酸腐的浊气，那是一股通向鬼门关的味道，阴森可怖一派寒凉。这样的房间和儿童房间截然不同，儿童房即便小家伙蒙头大睡，里面也充斥着热乎乎的朝气。墙上的挂钟滴滴答答往前跑，跑一圈少一圈。没有美美的日子，胖瘦老头空空落落，恨不能一头撞死，可撞死也需要力气，他们无能为力。

他们多么想念美美，都开始为美美担心了，果真给摔瘸了跛了这丫头找对象更困难了。瘦老头认为都是胖给耽误的，自古窈窕淑女君子好逑！这话胖老头不爱听，胖姑娘有什么不好？有力气能干活还能生儿子！果真摔坏了，那抱西瓜老头也脱不得干系。说来说去又觉得是替古人担忧，年纪轻轻摔个跟头哪儿至于！

太阳一跳一跳从窗口钻进来，把两个晦暗的老头镀上明晃晃一层金，有两只麻雀站在窗台上叽叽喳喳聊个没完，淘气的风儿吹进来掀窗帘，瘦老头示意阿强把床摇起来。

外面好热闹，瘦老头向对面床描述着外面的世界。窗外是个不大的广场，广场中央镶着两个花坛，花儿红黄白蓝开得林林总总纷纷扬扬。南面并排矗立着几个小店，分别是发廊、快餐店和中药房。小店前面是一条斜马路，上面画着清晰的斑马线，对面有眨着眼睛的红绿灯。马路上有来往的行人和机动车，广场北面是一个人工湖，上面游着鸭子还有鹅，人工湖旁边是一片小树林……

天，瘦老头喊，从这里望下去，广场就是一朵璀璨的大花。你看那花坛是花心，斜马路是花茎，小树林是花叶，人工湖和那些小店是花瓣。一个女孩从发廊走出来，手里托着个风筝，风筝大得竖起来都有女孩高，女孩托着它在广场上跑。这孩子有点笨,风筝不是这么放的!瘦老头跟着急,你得一手拿线轮,一手提风筝,等有风来乘势把它撒出去。女孩怎么弄都不行,瘦老头唠唠叨叨,也难怪,这么大个风筝有个帮手才好!

看看从发廊里又出来个小伙子,小伙子有经验,他让女孩拿线轮,自己托着风筝跑出去好几十米,两人配合得不错,风筝总算飞上天。原来是一只扇着翅膀的鹰,瘦老头松口气。胖老头在对面鼓着腮帮瞪着眼珠呼噜呼噜喘,瘦老头吓得要按电铃,怎么了?可别一口气上不来挂掉。你才挂掉!嗬,能骂人就没事。瘦老头盯着窗外说,有人进发廊了,小伙子赶紧跑回去,女孩也草草收了线,俩人应该是经营发廊的,现在来活了。

瘦老头介绍,广场上还有个女人卖小孩玩具,横七竖八地摆在一块塑料布上,女人拿起一个小瓶子对着天空吹泡泡,有几个小孩围过来用手抓。旁边还有个卖山楂糕的,那男人扛着个扫把模样的杆子,杆子上插满山楂糕。胖老头说他也会做山楂糕,先把去了核的山楂在盐水里泡二十分钟,然后把山楂和冰糖放进锅里煮,待山楂变软将其搅碎,然后继续搅拌熬至黏稠,最后倒入抹了油的器皿里,在冰箱里冷藏一天即可食用。你之前卖过山楂糕?卖什么?做着玩,给老婆孩子吃。

湖边有个白胡子老头打太极,一招一式还挺带劲。瘦老头感慨,他应该不比我们小!自己曾经也练过几天太极,如果坚持下来也不至于现在这模样。胖老头觉得命这东西自己做不了主,老天叫你怎样就怎样!你看看那个卖山楂糕的来生意没?哎哟,他好像和卖玩具的女人打起来了……

每天瘦老头都让阿强把床摇起来,然后看着窗外向胖老头现场直播,那女孩和小伙子只要没生意就跑出来放风筝,两个人的关系也在发生微妙的变化。最初小伙子很含蓄,一双手只对着风筝使劲,渐渐那双手就有了递进式的变化，开始一只手探索样地扶到女孩肩上，后来两只手都搭上去，一副保护弱小的姿态，再后来那手就进到女孩臂弯里，现在已经手拉手啦。瘦老头乐，小伙子有出息！

胖老头又鼓着腮帮子呼噜呼噜喘，老了老了净添毛病，他一面喘一面蠕动自己那身肥肉，呼哧从身下挤出个屁，瘦老头急忙转头避开。胖老头笑了，畅通后他面带愉悦，不知那个快餐店经营些什么？一个快餐店，无非包子饺子稀粥面条，瘦老头嘟囔着。店无论大小都要有自家特色，他之前开的风味馆就有好几道拿手菜。他曾计划着开分店……

那风筝一头栽到树上，瘦老头怪俩人只顾聊天。小伙子回发廊取来竹竿往下挑，三挑两挑也不行。他发现有人在推发廊门，就把竹竿交给女孩跑回去。女孩仰着脖子挑几下，在旁边买了一根山楂糕，她边吃边拿竹竿敲树干。卖山楂糕的要过竹竿帮她挑，一下一下地白费力气，卖玩具的女人走过来说了句什么。女孩转身跑进发廊。

女孩取来一个扫帚接到竹竿上，有人围观，卖山楂糕的拿竹竿蹦着挑，扫帚掉下来差一点砸到他头。那个练太极的白胡子老头要过竹竿脚踩树干噌噌往上蹿，轻轻一掀风筝落地。掌声响起来，老头拿着竹竿当场来个白鹤亮翅的造型，女孩捡起风筝同老头自拍合影。这时候小伙子从发廊出来看见外面万事大吉，就揽着女孩往回走，女孩嘴里说着什么。肯定是说，那白胡子老头真厉害。

胖老头说，广场上怎么跟演电影似的？那卖山楂糕的和卖玩具的和解了？和解了，看那女人正帮忙把山楂糕插成一支大火炬。快餐店客流量如何？吃饭的人多吗？不多，但饭口总有人进去。胖老头讲，干餐馆一是味道二是卫生。干净舒服的环境很重要，他那个风味馆全部的浅色座椅浅色杯盘，当时他们的招牌菜是牛蛙小炒，红红的辣椒油，绿绿的青蒜苗，白嫩嫩的牛蛙腿，放在亮晶晶的盘子里，光看着就流口水。有个男人进门别的菜不要直接两份牛蛙小炒，嘴都吃肿了。

普普通通一扇窗，居然像从天而降的天神，带着配乐身披霞光，哈利路亚——哈利路亚，还撞什么墙？俩老头风景都看不够呢！风筝大半天没出现，瘦老头急，女孩病了还是发廊里活太多？胖老头问，那个白胡子老头还练太极吗？当然练，刚刚一个老太太赶鸭子似的把两个小男孩领到湖边，一个男孩拿石头往湖里扔，另一个拿石头往老头身上扔。老头怒斥轰赶，小孩子逃跑中摔倒大哭，老头抱着孩子和老太太走进中药房，白胡子老头应该是那里的坐堂大夫。胖老头说难怪他身体那么棒。

晚霞落到湖里，水面上红一半黑一半，几只鸭子在红与黑之间游荡，马路上行人和车辆你来我往，所有的行程都有他们的目的地。有人偷鸽子，瘦老头叫，戴鸭舌帽那个，你看他一边装模作样喂，一边迅速扭了脖子塞兜里。抓住他抓住他，可除了对床的胖老头谁能听见？胖老头说这家伙准是回去熬鸽子汤了，鸽子汤补肝壮肾活血化瘀……不过要说口感还是牛尾汤好，牛尾要在清水里泡半天，加上葱姜在锅里煮至奶白色，怎么也得煮两个多小时，然后放入山药和胡萝卜小火煮，牛尾汤也曾是他们风味馆里的招牌。瘦老头讲他那位做牛尾汤最拿手，刚结婚那阵几乎天天喝，好像少了这口觉都睡不踏实。

根据瘦老头要求，阿强和另一个护理员端来两份牛尾汤，瘦老头说，都赶上我那口子的手艺了，你也趁热喝！他催对床。护理员刚把碗端过去，胖老头便开始泄洪，哇啦哇啦各种污秽从嘴里喷薄而出，床上顿时一片汪洋。瘦老头皱着眉头骂，好好一顿牛尾汤全让老东西给恶心了……

看，女孩又出来放风筝了，她今天穿了一件淡粉色连衣裙，裙摆上还挂着不少穗子,她拉着线绳在广场上跑,裙摆就在风里飘呀飘!对面飘来一股臭气,该死的胖老头!真他妈煞风景!老东西这一阵嚷着吃豆,牙床硌破他就天天喝豆粉,噗噗的,让瘦老头挨了不少熏。

瘦老头说快餐店门前支起一口黑锅,这是要在外面炒菜?快餐店肯定是炸油条,生意冷清增添新项目,胖老头判断。炸油条也讲技巧……一说吃你就来劲,瘦老头没好气!

斑马线那儿有人老老实实等着,有人则不要命似的往前冲,一个送外卖的小子骑电动车差一点就和对面的出租来个顶头碰,司机下车朝着背影追了几步返回去……胖老头说出租车净挣黑心钱,他和老伴在海南曾被宰了一百多。

该吃晚饭了,广场上很安静,那白胡子老头挑着扁担在湖里打了两桶水,然后用瓢往花坛里泼,瘦老头说这家伙能活到两百岁,胖老头说他是怕花渴。这么说着胖瘦老头就觉得嗓子紧紧的,便按电铃要水喝……

阿强来关窗子,下雨了,他指指天又指指外面。瘦老头脑袋放在窗台上誓死捍卫,连续下了几天雨瘦老头都不让关。他病了,感冒发烧还咳嗽!医生给打了针吃了药,他仍旧坚持让把床摇上去。胖老头问,下雨天外面有啥看头?瘦老头不语。有人进快餐店吗?胖老头说,我那风味馆,别说下雨,下刀子都挡不住人。瘦老头始终不讲话,连眼神都懒得拐弯。胖老头开始后悔自己晚来几日,不然外面的广场现在属于他……

夜里胖老头让对面排山倒海的咳嗽惊醒,他一只手伸向电铃,听见瘦老头断断续续说,风筝,那风筝挂树上了。瘦老头胸口一团恶气往上冲,呼噜呼噜……来势凶猛……呼噜呼噜……他在黑暗中瞪大眼睛……

天晴了,太阳出来了,瘦老头被抬出去了。胖老头要求换到靠窗的位置上。窗外是一堵残墙,灰暗且破败,墙角那儿一棵老槐树上挂着个破风筝，拖着一条肮脏的尾巴。胖老头还看见远处有个梳大辫子的姑娘，一手托着风筝，一手托着围巾，那围巾下面有条口子，他感觉哪儿像刀割一样往外滴着血……

·作者简介·

　　张鲁镭，女，1969年生，中国作家协会会员，辽宁省作家协会主席团成员。鲁迅文学院第二十届高研班学员。大连戏剧创作室二级作家，辽宁文学院签约作家。曾在《人民文学》《北京文学》《青年文学》等杂志发表作品。小说集《小日子》入选中国作协"21世纪文学之星丛书"2008年卷，另出版小说集《美丽鞋匠铺》《清凉歌》。多篇作品被《小说选刊》《中华文学选刊》《作品与争鸣》等刊转载。

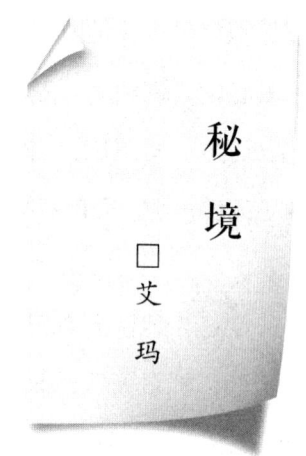

秘境

□ 艾玛

1

事情处理完,又过了一段时间,她的生活终于安静下来。自打福利工厂的一位工会干部登门过后——他替她申领了她丈夫的丧葬费和抚恤金,并送上门来,真是仁至义尽——再没什么人来过她家。刚刚过去的一周,一家户外商店的老板打来电话,嗫嚅着说她丈夫从他店里拿过一双价格昂贵的防滑手套,还没有付钱。她什么也没说,加了那人的微信,付了钱后迅速将他删除了。

在她丈夫留给她的一套不足四十平方米的旧公寓里,她开始了一个人的生活。一个人过日子不是一件容易的事,她很快就体会到了这一点。时间变得异常缓慢,屋子里总是静得出奇,半夜听到海上传来的轮船汽笛声,都比以往大了好些。她躺着,或是起来在屋子里走动,周围是无边无际的空，那种感觉，绝非简单的难受二字可以形容——其实先前也不能说是难受，她只是奇怪地没有饥饿感，可以好几天不吃一点东西——也曾有不少人安慰她，说什么"逝者已矣，生者如斯"之类的话，都说老经不容易念错，可她心里清楚，这哪里就如斯了呢？二人对弈，一人中途起身离去，剩下的那一个，面前只有一盘无法继续的残局。

　　她是在地铁上得到消息的，最后一班地铁。在商场的化妆品柜台站了一天后，她累极了，很想睡觉，但车厢里的灯光亮得刺眼。她丈夫的朋友拐子打来电话，说她丈夫从鳌山湾的一栋高楼上摔了下来。

　　"警察和120刚刚都来过了……"拐子说。

　　她竟然没有哭，也许是怕弄花了脸。她在百货商场推销一种韩国产的彩妆，每天都带妆上班。挂了电话，她把头后仰，将后脑勺抵在车厢壁上，涂着蓝色眼影和厚厚睫毛膏的眼睛木然地瞪着前方。临近午夜，车厢里没什么人，到处都是活灵活现的海洋生物——这是一条以海洋为主题的地铁线，满眼的海蓝色，车厢四壁绘着各种各样的鱼，还有漂亮的海藻，偶尔一束光扫过车厢，模拟出波浪，一切都在努力使人生出置身海底世界的感觉。可她从未有过那种感觉。也许是生活使她失去了想象力，她很清楚自己只是在最后一班地铁上，海藻啊，鱼啊，只鳞片爪的真实，呈现的不过是一个虚假的海洋。她对面的车厢上就有一条龇着尖牙利齿的鲨鱼，看上去像是在微笑。"鲨鱼从不睡觉。"她丈夫是个哑巴，他曾挥着双手告诉她。她想起来这个，就一直盯着那条鲨鱼看，地铁到站后，车门打开，鲨鱼的脑袋就不见了，车门关上，鲨鱼的脑袋又露了出来，如此反反复复——这是她后来能想起来的关于那个夜晚的记忆。

她花许多时间整理丈夫的遗物，一把已经不太好使的电动剃须刀和一些洗漱用品，她清走了。一套非常不错的电工工具，卷在专用腰包里，塞在门口鞋柜边的一只小桶里，和两把雨伞待在一起。她打算过段时间打个电话问问拐子，如果他想要的话，那就再好不过了。不多的四季衣服，她一件件从衣架上取下来，叠好，她暂且收到了抽屉里。有一本薄薄的家庭相册，记录了她丈夫一生中的许多重要时刻，百日留影、周岁生日照之类。有一张全家福，他坐在他母亲的膝头，大约三周岁的样子，那时他应该还没有哑，满脸童稚的笑，露着圆滚滚的胳膊和腿，看上去机灵可爱。他那做海员的父亲两手撑在膝盖上，愣愣地看着前方，拘谨得像个外人。相册里大部分是他和他母亲的合影，他日渐长大，戴着红领巾，被他那在市国宾馆做服务员的母亲揽在臂弯里，神情严肃，看上去有些难为情。后来，他抽条了，他母亲总是坐着，他站在她身边，下巴微微上仰，有些冷峻地看向镜头，眉宇间竟渐渐有了他父亲的木然味道。她看着照片时，着实有些担心这个神情倨傲的少年最终会长成他父亲的样子，当然，她清楚他最终只是成了他自己，可看照片时她还是忍不住要担心。把相册装进一个密封的塑料袋之前，她加了几张照片进去，她和他的，他们的婚纱照，海边拍的，以及他们爬泰山时的合影——他们站在一块叫"风月无边"的石头边，两人都把手插在上衣口袋里，看上去都傻傻的。有一张照片，海上日出，是很久以前他通过微信发给她的，她拿去照相馆洗印了出来。拍这张照片时他应该是在海边某栋高楼楼顶，她被那壮丽的景象震惊，但当时她却没做任何回应。有些东西，比如一台一体式电脑，他偶尔会用它来玩玩电游，她实在不知该怎么处理才好，后来她拔下电源线，用一块旧毛巾将它盖上了……做着这些事情时，她忍不住会想一想，当她离开这世界的时候，谁来为她善后呢？在这世界上她没什么亲人了。丈夫的去世让她成了一个孤儿，意识到这一点，她才感到了，一种类似茫然的悲伤。

2

她瘦了好些。

先前她也不胖，严格说来，她一直就是个瘦子，像她父亲。父亲直到去世都是个精瘦的人，怎么也吃不胖。"喂不肥的白城老犟狗！"母亲曾背地里这样戏谑地称呼她父亲。很小的时候，她就从母亲那知道，爷爷是吉林白城人，母亲嫁给父亲的时候，爷爷已经年高，行动不便，但很不好伺候，脾气很大，尖鼻深目，面色阴沉，看上去如一只老鹰，母亲很怕他。父亲人到中年后，比先前更瘦，嘴角八字纹深陷，看上去越发像爷爷，母亲于是花样翻新地琢磨饮食，只想把父亲喂胖，可直到父亲去世，母亲都未能如愿。

她给拐子打电话，问他是否需要那套电工工具的那天，她去卫生间洗漱，在洗漱台上方的镜子里，她惊讶地看到自己的眼睛凹陷得像两口深井了，嘴角八字纹初现。她心惊肉跳地端详了自己一阵后，决定去买点菜，好好给自己做一顿饭。

"一个人，饭还是要吃的。"拐子在电话里对她说。

她丈夫的朋友，她认识的也就是拐子了，她一共见过拐子两三面，她家对面那栋楼里的一个老太太去世后，拐子过来帮忙料理后事，披麻戴孝，像个儿子一样。老太太有个写诗的儿子，是拐子的朋友，人在国外，一时回不来，拐子就替诗人尽了孝。她丈夫的后事，也是拐子帮着料理的。最后也是他帮她把她丈夫的骨灰撒到了海里。岛城海葬都在八大峡那边举行，而她只想把丈夫葬在家门口的这片海里。虽然在海边长大，但她却不会游泳，她甚至还有点怕水，多亏了拐子。她选了个有月亮的晚上，夜深无人时，海浪"哗哗"地向岸边涌来，前赴后继地撞碎在礁石上。拐子在岸边的松树林里脱掉衣服，只穿了条内裤下海，他一手划水，一手托着那罐骨灰，游出老远，远得她看不到他，开始担心起来。

"这阵子咋样？"拐子在电话里问她。

她说，还好。

拐子沉默了一会后，又说，"你好好吃饭，以前他老担心你一个人时不好好吃饭。"

她默默听着。现在好了，他不用担心她了，她也不用为他担心，她知道他去了哪儿，在干什么，前所未有地确定。一个人时，她确实吃得凑合，在街边买个油酥火烧也算一顿。仔细想来，这辈子她好像还没专为自己做过一顿饭。她丈夫生前喜欢吃她做的菜，她自己却谈不上爱吃不爱吃，对自己的手艺，她其实没什么把握，对吃她也没什么研究。不过，像她那在小吃店工作了一辈子的妈妈一样，做菜她喜欢用时令蔬菜，四月初海边礁石上长出的紫菜最好，四月底紫菜就老了，五月山上的山菜最好，六月槐花，七月木槿，十一月底的一段时间，荠菜、苦菜会嫩过春天。冬至前她会在阳台上晒点鱼干，总是鳗鱼和鲅鱼，剖开后用海水洗干净，挂在阳台上晒至半干时取下来，或蒸，或煎，或烤。这是她知道的。去菜市场，她通常只买她认识的时令蔬菜，她认识的蔬菜不多，她的厨房里也没什么调味料，只有油和盐，偶尔她也会用点糖。但她丈夫常常吃着饭抬头对她笑，每次都把菜吃得光光的。她很欣慰。她明白日常饮食对于生活的意义，是从她爸那儿。她爸就是馋上了她妈妈的一手好茶饭，于是怀抱一个仗剑走天涯的梦想终老在家。

"吃了还想吃，就这么稀里糊涂地过了下来。"她爸曾笑着对她说。

丈夫的去世不是她第一次经历亲人的死亡。

父亲离世时,她十六岁,上高中二年级。二十九岁那年,是她妈。令整个国家日渐焦虑的独生子女政策带来的养老问题,她还没有开始想,就像一个浪头,"哗"一下从她头顶拍过去了。母亲去世时她已年近而立,有丈夫在侧,多年平常安稳的生活让她气定神闲,她平静地送走了母亲。父亲的离世,曾一度让她像条慌不择路的小狗,后来回想起来,常令她心下凄然。

她发现她爸吐血,是在一个早晨。从她记事时开始,她就跟着她爸去小区后面的山上晨练,她爸业余爱好螳螂拳。在她很小的时候,他就编了一套拳给她,旨在强身防身。小区后山上的树,不是松树,就是槐树,所以他们戏称这套拳为槐花十二式。很难说他到底是死于疾病,还是死于一个上门挑战的拳师造成的内伤。"食道癌细胞溃破是没错,但这样严重的情况实在少见。"医生的话在她心里留下的阴影很多年后都没有消除。来挑战的年轻拳师来自阳谷县。"一盏茶的工夫就扑倒了他。"母亲事后说。

那天她晨练完,急着回家梳洗后去上学,下山时她走得很快,把她爸远远落在了后面。她从不跑步,跑步会放大她的缺陷——她的左腿要比右腿短一点儿——但她加快步伐走起路来,缺陷却并不因此放大,所以当她着急赶时间时,她总是快步走。她快走了一段路后,突然想起来那天她妈上的是早班,她没有钥匙。于是她又回过头去找她爸拿钥匙。她爸竟然没有跟来,而是坐在湛山寺院墙外的一棵松树下歇息。她拍了拍手,喊道,老爸,钥匙!她爸四下里看看,站起来,像以往那样掏出钥匙往她身后的一棵松树上扔过去。"小丽,钥匙!"她爸喊。有那么一瞬,她觉得她爸的声音有些发飘,不似从前。但她来不及多想就应声跃起,她伸手抓住一根树枝,借力往空中一跃,树如风吹,整棵都摇晃起来。她跃到树梢,抓住那把钥匙后，双臂抱膝，一个后翻稳稳地落到树后去，完成这些动作时她的两条腿没有分别，双脚同时落地，并不能看出一条腿比另一条短。她站定后，看看手中的钥匙，再回头看，树已弹回去，安静伫立。她转过身去对她爸挥手，却惊讶地看见她爸扶着那棵树，正往身旁的草丛里狂呕，毫无预兆，像有一道洪水临时借道，从他的身体里呼啸穿过，喷薄而出。她回过神来，疾步赶到她爸身边，看见她爸大口大口吐出的，是暗黑色的血。

她爸临终的那段日子，也是她在陪护，医院病床边的小钢丝床对她妈来说太小了。她妈是一个体态丰满的妇人。再说，她妈还要上班，家里一个人倒下了，另一个人的工作就显得尤为重要。有很长一段时间，她不懂她爸和她妈是怎么回事，她不知道他们之间是否曾有过爱情。她爸不开夜车的时候，一家人坐在餐桌边吃晚餐，从窗外飘进来湛山寺的香火味，桌上摆着她妈从餐饮店里带回来的没卖完的花卷、饺子，或是馄饨，偶尔还有凉拌海带、海蜇之类的小菜，他们的话题无非也是关于这些食物的，筋道不筋道，咸了淡了，小菜每碟又涨了两毛之类。他们倒不当面谈论她。除此以外，他们不怎么交流，但也绝无争吵，像两个沉默而不乏默契的同路人，而她中途加入了他们。在他们的婚姻生活里浸淫久了，她对男女间的感情，似乎也失去了向往，没有爱，也没关系，也坏不到哪里去的吧？爱是一件奢侈品，简朴的生活不需要它——如果非要说点童年阴影什么的，那么这或许是一种。她和她丈夫刚开始约会那阵，有一次，她丈夫看着她，一下一下地打着手势，对她说，我爱你。后来想起来让她难过的是，她竟然没有回应他，出于羞涩，还有一种说不清道不明的难为情，她装作没有看到她丈夫的问话，把目光投向了别处……一个哑巴倾诉衷情有诸多不便，只要对方装作没看到，就可以成功装作没听到。

她对父母婚姻生活最深刻的领悟，是在一个晚上。那晚，她爸开夜班车不在家，她和她妈看电视，武侠剧里的人打着打着，飞了起来。她妈织着毛衣，突然笑起来："嘻，骗人的骗人的！功夫什么的，都是骗人的！"她意识到，这是一个妻子基于对丈夫无比私密的了解才能发出的笑，倘使问她为什么，她大约也只肯笑着答，"我就是知道。"所以她也没有问她妈为什么。还有，她想，她妈之所以说那是骗人的，应该是因为她爸想让她妈相信那是骗人的，就正如她爸让她相信那不是骗人的一样。于是她也只是笑笑。她知道那不是骗人的，有的人就能做到，飞上屋顶，飞上树梢，十步夺一命，飒沓如流星。她第一次跃上树梢，就知道那样的事情并没有多难，那样的事情这世上会有。

　　她爸临终前的那几天，大部分时间他都在昏睡。有一次，她小睡醒来，看见她爸正看着她，他虚弱地躺在那儿，眼神复杂，她看到不舍、担忧，也许还有不甘心——那年他才五十出头，无论是作为公交车司机还是作为拳师，阎王爷光顾得都太早了些。她走过去将病床摇起来，让他躺得舒服些。她问他喝水不，她爸喘息了一阵后，说："小丽，以后，好好过日子，就好。"她知道他在说什么。她端起水杯送到她爸嘴边，她爸摇了摇头。她把水杯放下，拧了一个温热的毛巾把子，为他擦拭脸、脖子，还有手。十六岁的她，笑着问他，那你，当初为什么要教我那些呢？

　　"你不知道，你多有天分！"她爸的眼睛奇怪地亮起来。她爸看着她，说："天分，是个危险的东西，假如……"

　　未等他说完，她就使劲点头，表示她都明白，都懂。

3

在菜市场,她碰到了几位老邻居,大家对她特别和气,目光里有怜悯。她对他们点点头,买了菜就赶紧往回走。她生性如此,不喜跟人亲昵,不爱跟人唠嗑,现在这情况,就更没什么好说的了。说起来他们都算是她丈夫的老邻居,她也知道他们都是好人。"看着他长大的。"以往他们曾这样跟她说。她和她丈夫一直没有孩子这件事,他们也曾表示过关心,她和气地微笑,一声不吭,不回应他们。"哑巴的妻子。"如果他们这么想,应该就能理解,就不会把她的沉默视作冷淡。

摆脱了那几位老邻居后,她拎着菜慢慢往回走。天气晴好,有许多人在海边喂海鸥,海鸥在空中争抢食物,发出"嘎嘎"的欢快叫声。街上还是车啊人啊的,有小贩开了小汽车过来,掀开后备厢在路边卖女人的袜子、内衣。大学路的红墙那儿,依然有年轻情侣倚墙拍照。阳光透过梧桐树洒下来,在路面上留下活泼而斑驳的阴影。一切都是老样子,只有她的丈夫没了。想到这点,她变得虚弱起来,仿佛有什么东西正从她身体里抽离出去。她深深地吸气,缓缓地吐气,稳住了自己。她一边走,一边四处瞧,在路边一块消防宣传牌上,她看到一个手机号码,十一个数字,个个写得歪歪扭扭的,显得幼稚可笑,像是孩子的恶作剧,孤零零地写在广告牌的下边,没有一个字来说明这是一个什么样的电话。她心里的那阵空突然间就消失了,她立住脚,盯着这个电话号码看。以前这路边常能看到许多电话号码,一般都是写在白色胶纸上。电话号码边上,一般也都会留下几个字,比如"办证""礼品回收"什么的。仅凭电话号码很难找到它的主人,但如果你拨打,却总会有人接听。尽管这些小广告到处都是,但平时大家匆忙来去,很少有人注意它们。遇到上级检查,或是创卫生城什么的,街道居委会就会忙不迭花钱请人清理。可风头一过，又到处都是了。有人说它们是城市的牛皮癣，没错的。她拎着菜，在那块宣传牌下停留了一会儿后，继续往前走，她决定装作没看到它。她往前走了不到五十米，在另一块环保宣传牌上，她又看到了几个字，"清欠复仇"，中间没有标点符号，一笔一画，写得甚是端正工整，仿佛在说，"我是认真的。"她的心按捺不住地猛跳了几下，她猜再往前走，应该还能看到什么。果然，在前方的另一块宣传牌上，她又看到了那个电话号码，同样歪歪扭扭的数字，同样孤零零写在宣传牌下边。她走到她家所在的那栋楼后，忍不住又往前走了一段路，没多久又看到了"清欠复仇"，这回端正工整地写在一堵石墙上……

这天，她三次看到那个电话号码，三次看到"清欠复仇"。

她回到家，把菜放到餐桌上后，坐到餐桌边发起呆来。没有风，屋子里闷闷的，有点叫人透不过气来。她起身走到厨房外的阳台上去抽烟。随着她丈夫的去世，好像那些原本沉在水底的东西，挣脱束缚，又浮出了水面。

她父亲曾告诉过她，人全身有两百零四块骨头，但有的人会比别人多两块，有的人天生就与众不同，天生就比别人多点什么，这是没有办法的事。

也许自己就是那种天生比别人多点什么的人。她抽着烟，想。

目光越过几排红屋顶的房子、一条拥挤的马路和一片松树林后，她看到的海，蓝得像块瓷片，很漂亮。可是，她怕它，怕这漂亮的海，怕它的深不可测和不可捉摸。与海一样，这世界也有不为人知、令人惧怕的另一面，她很小就知道这一点。

她爸曾告诉她，他们祖籍吉林白城，本姓王，并不姓万，她爷爷曾是白城一家当铺的掌柜，平日里一身长袍马褂，深居简出，一手祖传螳螂扒拢手从不外露。彼时时局动荡，人人过着有今天没明天的日子。遇到缺钱，或是别的什么说不清道不明的缘由，王掌柜就脱下长袍，换上短装，在深夜潜去光明街一道暗巷里领单零活干干。一九四四年春，他从光明街领了三百块大洋，去追杀一个得了赎金后撕票的绑匪。原以为在抚顺就可以了事，没承想却又从抚顺追去天津，从天津追去济南，后又从济南一路追到青岛。一九四九年春，他终于在青岛仰口渔码头找到了那个绑匪，此时那人已成为码头上势力最大的渔霸，经营着当地最大的一家渔行，出入有一众兄弟尾随。王掌柜经过一番打探观察，好不容易找准时机准备动手的时候，青岛解放了，渔霸因为只认袁大头，拒绝使用人民币被人民政府就地镇压。此时那三百块大洋已花得所剩无几，回去无法交差，她爷爷就此将前半生了断，改姓万，在青岛拉起了黄包车，娶妻生子，安定下来。她知道这件事后，再回想她母亲提到的爷爷，就再不是那个不好伺候、如老鹰一样阴沉的人，而是一个将自己半生活埋、终生郁郁的可怜老头。

她父亲则是另外一种情形。他以公交车司机示人，跑的就是门前这条沿海一线的路线，每天从城市的东边开到西边，从西边开到东边。每逢旅游大巴堵塞了道路，他也会像其他司机一样，焦躁地按喇叭，把头伸出驾驶室骂人，一切都是再平常不过了。小时候，周末，如果她妈妈正好也轮班，她就伪装成乘客，跟着爸爸跑公交，她背着书包，坐在她爸身后的一个座位上看漫画书，有时候她爸会回头跟她说两句玩笑话，"小同学，哪站下？"她低头看书，不理他。她七岁那年的一个傍晚，她发现她爸一直盯着一个刚下车的背影看，她爸发觉她在看他后，赶紧回头看前面，过了一会，她爸扭过头来低声对她说："喂，晓得吧？那个人……"她爸冲窗外努了努嘴。她连忙扭头去看，看到一个普通女人的背影，有点瘦，灰色及膝裙子下露出来的两条小腿白得像瓷。她大约五十岁，左边胳膊下夹着一把很大的三角尺——她的数学老师也有一把那样的尺子。女人低头顺着路边往前走，两手抓着胸前的坤包带，像是防备着什么。她一直盯着她看，好像真的发现了什么不一样的东西，后来公交车超过了她，她消失在她的视野里了。过了一段时间，她又认出了她，是那点不一样的东西让她瞬间认出了她。她还是在栈桥下车，这一次她穿着一条长裤，后背在单薄的黑色毛衫里绷得紧紧的。她没有背包，胳膊下也没夹三角尺，但她手里拎着一个布兜，布兜没有拉链，露出一把翠绿的芹菜和圆溜溜擀面杖粗细的一小截木头来。她仔细看了看布袋上凸起的痕迹，猜测那应该是一根双节棍，不，那就是一根双节棍！枣木的，有年头了，木头泛着暗红的油光。她和她爸一直盯着那个女人看，当公共汽车越过她，她消失在他们的视野里后，她爸回头，他们相视一笑。她爸就这样为她掀开了生活中那些隐秘低垂的帷幕，帷幕后遍布迷津，她得用一生辨认。

她记得后来问过她父亲，那个腋下夹一把三角尺的女人，怎么样了？她父亲笑着，摇了摇头。

小时候，她去小区后面的山上，偶尔她会随身携带一个小篮子，看到枯树枝什么的，顺手捡到篮子里，回家生炉子时就能用上。就是这样。她父亲出门也是带着一个小篮子的，随手捡拾，捡拾那些不一样的人、不一样的事，只是，捡到篮子里的，有些，他能用上，有些，他用不上。

她回到屋内，找了个小本子，将电话号码记了下来。她盯着那组数字看，发现将它们稍稍调整下顺序后，它们就像一句儿歌的简谱——两只老虎，两只老虎，跑得快。

4

"好好过日子,就好。"

她一直记得父亲的这句话,她把这句话当成他的临终嘱咐。在医院病房里陪同父亲度过的那些日子,每一天都让她有失去领路人的感觉,那个神秘的世界垂下帷幕,正在随父亲远去,没有父亲的庇护,她也绝无勇气一人前往。父亲去世后,她回家过只有母亲的生活,像个平常的孩子一样上学,放学回家写作业,成绩不好不坏。她开始学习织毛衣,做饭……她在织毛衣这件事上没什么天赋,但她烧的饭菜,却出乎意料地好吃。于是周末的时候,她跟着妈妈跑菜市场,去海边采紫菜,上山摘槐花,去小吃店帮工……后来是她的丈夫,他像锚,让她安稳。而她也曾用尽全力。

她和她丈夫是通过相亲认识的。他们都在岛城出生、长大,两家其实挨得很近,不过三站路,但分属不同的学区。她很确定相亲前没见过他。她是个瘸子,而他在五岁时一场高烧过后失了声,但不聋。他有一双好看又好用的耳朵,薄,柔软,耳蜗内是兔子耳朵那样肉肉的粉色。他自己大约也是清楚这一点的,无所事事时,他喜欢揉摸自己的耳朵。

在他们见面之前,她已接受过数不清的相亲,她不忍让她妈伤心,很顺从地去跟许多陌生的男人见面。她妈认为,她腿脚不好,所以必得有一个伴侣。她丈夫不是她相过的唯一一个哑巴,她十九岁从职校毕业那年开始,她妈和她那些小吃店的同事就把各种有小小不便的男人陆续领到她面前来,先是切过六指、缝过嘴唇的,后来是少一只胳膊或是一条腿的。有一个什么都好,开豆腐店,能用一斤黄豆做出五斤老豆腐,能卤非常好吃的香干,就是脑子不好,不会算账,卖豆腐的钱都扔在一只竹筐里,顾客得自己找零。她唯一没有相过的是盲人。"那会拖累你。"她妈说。在她丈夫之前,她妈最中意的是那个脑子不好的人,"有手艺,多好。"她妈妈的语气里满是怂恿的意味。她知道她妈实际上是在说,"有手艺,还笨,多好。"又能赚钱,又不会欺负她。她爸还活着的时候,她妈对她什么事都不操心,仿佛她只是为她爸生了她。她爸去世后,那种脆弱、茫然的感觉她也有过,所以她能理解她妈。她丈夫帮她终结了没完没了的相亲。他是福利工厂的电工,长相端正,一副好脾气的样子。而且,这么年轻他就没了父母,像她一样,没有兄弟姐妹。他还有套小房子!在金口一路,站在阳台上,能看到海。

很难说她和她丈夫在一起后的生活符合她从前对婚姻生活的向往,但也不能说与她所设想的完全两样。她爸生前对她找什么样的"丈夫"没什么建议,也许是因为那时她还小的缘故,但他跟她强调过另一件事,"将来你一定要有份工作,平常的工作。"尽管那时她还小,但她完全理解了她爸在说什么。她也一直都有份工作,职校毕业后,她去了一家外贸公司工作,外贸公司破产后,在找到商场彩妆推销的工作之前,她甚至去少年宫做过一段时间的武术教师,教孩子们打打五步拳什么的。她爸就有份工作,公交车司机。如果他不开公交,单只是一个螳螂拳手,她会无法想象他的生活,不,是他们一家的生活。你得让自己看起来跟周围的人没什么不一样。这是她很早以前就领悟到的。"他是一个电工。"她和她丈夫见面之前,她妈这样跟她提到她丈夫。"外贸公司的职员。"想必她妈的同事也这样跟她丈夫介绍她,那时她还在那家外贸公司工作。职业是一条捷径,让他们从一无所知的茫然中,一下勾勒出对方大概的模样。

在她丈夫之前,她相过一个口音复杂、名叫阿金的理发师,他们面对面坐了不到两分钟,就都清楚对方不是自己想要的生活伴侣。他们都在寻找一个普通的伴侣，来引领自己入人情、世故，在柴米油盐的庸常生活里安稳度过一生。她和阿金几眼就看透了彼此，一杯茶后礼貌道别。隔了一段日子后，她还特意冒充顾客，打电话到阿金工作的那家理发店，得知阿金已辞职去了别的城市，她松了一口气。这是真的，她不希望在自己生活的城市里有像阿金这样的人，他知道她是怎么回事，他略带哂笑的有些玩世不恭的眼睛里暗藏着野兽似的光。还有，他指间转动打火机的样子令她胆寒。

"这样的人，不多，但也会有的。"有一次，她爸用非常低沉的语气对她说。

那是个周六的晚上，当时他们刚看完一场电影，一个梳着蘑菇头的家伙，从电影开始到结束，一直都在杀人，无人能挡，枪、刀，甚至灭火器，什么都能成为他的杀人武器，假如周围什么都没有，他就徒手。拥有很强能力的坏人作起恶来，叫人对世界绝望。走出电影院时，片尾曲环绕在她耳旁：

　　请从圣火中走出，盘旋于空
　　来吧，来教我的灵魂如何颂咏
　　…………

歌声温柔，悦耳动听，但她心头积聚的恐惧却无法消散。走在回家的路上，她问她爸，世上真有蘑菇头这样的人吗？她爸用了很低沉的声音回答她，不多，但，有的。那个夜晚应该还发生了一件事，虽然后来她爸没跟她提起过，她也没问过他，但她确定，那一定是个发生了什么坏事情的夜晚。那年她十二岁，她开始试着用自己的方式来处理一些事情。看完电影回家的路上，他们走到一棵樱花树的浓荫下时，看到一个人拖着一个很大的拉杆箱，从距他们五棵樱花树之远的路边小巷里出来，他很费力地把那个箱子拖到了一棵树的暗影里。然后，这个人急匆匆冲出浓荫，站到灯光下招手叫出租。她和她爸都停下脚步，一直看着那个人，看着他费力地把那个箱子抱起来，抬起一只膝盖将箱子顶进后备厢。出租车驶出很远后，她爸还站着不动。她牵了牵他的衣袖，她爸回过神来，他们一路无语往家走去，再没提起那个人和那个拉杆箱。但接下来的两天，她放弃了每天的晨练，天天一大早跑去她妈上班的饮食店吃早餐，那里有份供客人翻阅的早报，她每天都在吃馄饨前去翻翻那份报纸。第三天，报纸上说，根据市民举报，市公安局成功破获一起杀人抛尸案，凶犯用拉杆箱转移尸体的过程中，被警觉的市民发现异常，警方根据市民提供的信息，在开发区一城中村成功抓获了嫌疑人，经过突审，嫌疑人竟是一名罪大恶极、背负多条命案的凶犯。她看到这条消息后，内心格外平静，好像许多事情得到印证，反而叫人安心了。她匿名给警方提供了出租车车牌号。她相信她爸做了同一件事，而且，有可能做得更多，因为他可能比她看到更多，比如，他可能还知道那个城中村。

那年夏天，她家添置了一台新的立式空调机。当她妈问她爸哪来的钱时，她埋头写作业，没有看她爸。但她至今仍记得她爸那轻松愉快的回答：大马路上捡的呀！

5

拐子给她打电话，说他还有别的事要办，就不上去了，要她把那套工具送到楼下去。他们站在路边抽烟说话。拐子接过工具包，甩在肩上，抽着烟不时抬眼望她家前面的那栋楼,他那个诗人朋友的家就在那栋楼的二楼。不过,自诗人的老母亲去世后,那个家也就不复存在了。拐子的诗人朋友后来回来过一次,祭拜母亲,也处理了房子,但没联系拐子。她和她丈夫都没跟拐子说过这个,他们都认为还是不让拐子知道为好。她也是后来才知道的,其实诗人和拐子根本就不认识,拐子崇拜诗人,但诗人不认识拐子,也不知是拐子替他尽了孝。但自这件事后,她就很敬重拐子,认为她丈夫交到了一个值得珍惜的朋友,现在这世上很难遇到这样的人了。

拐子问她接下来怎么打算,她想了想,说,没想好,反正饿不死。

她丈夫出事后她再没去上班,商场也没什么人来问询她。在这之前,因为销售额持续下滑商场已开始裁员,不过,还没裁到她。雇用她时,他们说她上完妆以后很特别,还有,"这是件两全其美的事"。有她,商场就不用交残保金了。"特别"是一件不好确定的事,夜晚在阳台上抽烟时,她偶尔会想一想的是残保金,她有点好奇,有点想知道自己到底给商场省了多少钱。不过,现在这事跟她没什么关系了,应该是别人在给商场省钱了,再招一个残疾员工对那家商场来说应该不是什么太难的事。她的这份工作就这样结束了。说实话,她不喜欢这份工作,她不喜欢把自己的脸抹成那样,像戴着面具。她不需要面具。她有两条长短不一的腿,一行动就会被人认出,面具对她来说没有什么用。

拐子抽着烟,说,不拘什么活,找个干干,把医保、社保续上。

她点头。两天前,有个市民在闽江路捡到一把玩具手枪,他捡起来把玩,又对着自己比画,然后"嘭"的一声,他的脑袋就开了花。关于那把枪,警方没一点头绪,但死者家属开出了一笔不小的悬赏金。她也还没什么头绪,不过,她已经拎着小篮子上山了,"两只老虎,两只老虎,跑得快"。像她爷爷当年去光明街那样,她还在闽江路一家 24 小时营业的茶馆找了份工作,已经上了两个夜班,夜深人静时的茶馆,就像一个通往秘密世界的暗道……不过她不觉得这跟拐子能有什么好说的,无论如何,生活已经改弦易辙,她要只身前往的世界,他人最好一无所知。

有邻居从楼上的窗户后打量他们。她以前没在外面抽过烟,现在她没了丈夫,倒和一个男人站在路边抽起烟来,越来越多的人躲到窗户后偷看。她发现了,拐子也发现了。说了没几句话,拐子受不住了,说,我走了,有什么事说一声。她谎称要买点菜,陪着拐子一起往地铁站走去。突然,她有些舍不得就这样跟拐子说再见,不是出于什么特别的对拐子的感情,而是在他身上看到的那一点她自己都无从知晓的,她和往日世界的联系。她陪着拐子往地铁站走去,每一步都像在送别往昔。她也还想问问拐子,她丈夫是什么时候开始爬高楼的?他们结婚的时候他还没这癖好。她有些怀疑是自己有段时间忽略了他,那年她一声不吭跑去阳谷县……她这么问拐子的时候正好路过那块写着"清欠复仇"的环保宣传牌,说着话她不由得往上瞟了两眼。

拐子也说不清她丈夫是从什么时候开始迷上爬楼的。但拐子说,你千万别这么想,这跟你没关系。

他仔细给她分析了下过往,"蜘蛛,"——拐子一直这么称呼她丈夫,"蜘蛛以前就爱爬高儿。"拐子说。拐子说他认识蜘蛛是在崂山,说到这拐子问她,他跟你说过吗?她摇了摇头。拐子就接着往下说,蜘蛛的妈妈是市国宾馆的服务员嘛,所以,蜘蛛打小知道一些普通百姓不知道的山珍海味,那时崂山里有一种树,如今已经见不到,绝种了,这种树长得很高,春天里树上长出的新芽形似荷花,用它包饺子,炒肉,烧汤或是凉拌,口感似蕨菜,但吃过后齿颊留香,哈气如兰。拐子说他第一次见蜘蛛,蜘蛛就在爬树摘荷花菜，腰间扎一布兜，上树轻快如猴。蜘蛛将采摘的荷花菜都卖到他妈妈单位，赚过不少零花钱。

听到这她很惊讶，说他告诉过我，说是下海摸海参赚零花钱。

拐子笑着说，后来荷花菜没有了嘛！

说着话他们到了地铁站，拐子把手里的烟蒂扔到地上，用脚尖踩灭。拐子对她说，有什么事打电话。她再次点头。拐子转身向地铁口走去，他踏上电动扶梯，即将消失在地面的那一刻，她追了过去，扶梯下行，她看着拐子犹如往水底沉去，连带着那个她曾经眷恋、曾努力去爱的世界，一并消失在她的眼前。

· 作者简介 ·

艾玛，女，1970 年生，湖南澧县人，法学博士，曾做过军校教师、兼职律师，现为青岛文学创作研究院作家。2007 年开始小说创作，发表小说近七十万字，出版中短篇小说集《白日梦》《浮生记》《白耳夜鹭》，长篇小说《四季录》。曾获首届茅台杯《小说选刊》年度大奖、第三届蒲松龄短篇小说奖、第六届《中国作家》鄂尔多斯文学奖、山东省第二届泰山文艺奖（文学创作奖）。

费丽尔

□ 董夏青青

有些人想说什么,就能说出他想说的。但他自己的痛苦和诉求说不出来。钱不够还要找好大夫、给孩子用好药,就等于在没路的地方走,没手还要抓东西。从穆哈吉尔家新上漆的窗户望出去,山峦在雾气蒙蒙的天光中冒烟。震耳欲聋的山风箍住这片低矮的土房子,将碎石头碾裂成砂。

他在靠炕沿一侧的墙边坐着,点开手机备忘录里的"借款"项。他想了两天列出来的三个名字,都有充足的理由向他们开口。先说龙虾。二〇一三年上边境架品字形的铁丝网,六十四公里的路段包给他们连队四十个人。那三个月,吃住都在紧挨着铁丝网的帐篷。分区司令拉了一车西瓜去看他们,说我把兵带成乞丐了啊。架网的地方在坡脊上,45°的斜坡车开不上去。一个二百四十多斤的水泥柱支架得俩人从车上搬下来,抬着走二百多米上山。铁丝网成捆拉过来,一大捆两吨,剪开按小捆推下车,再戴上帆布手套推着往山里走。

小捆的铁丝网直径有一米二，要是没扶住，滚到坡底还不一定能收住，跑下去再推上来更费劲，所以开大车的师傅会嘱咐一声，要是快滚下去了就拿他带过来的铁杆子往里插，插住就滚不动了。但是龙虾刚二条，做事有点虎。那天走在前头的家伙脚底一滑没扶住，眼看那捆铁丝要往下滚，龙虾冲上去就用肩膀顶。他在旁边看见了，一把拽开龙虾，另一只手本能地挡了一把擦着胸口过去的铁丝网。就那一下，左手掌心的肉全翻出来。龙虾跳起来去帐篷里找三角巾。人都围过来，刚有人用橡皮筋扎住他的胳膊，他就晕过去了。

送铁丝网的司机抄平日巡逻走的小路回连队，那边连队接到电话，军医赶紧准备针线。过了一个多小时，他被抬进医务室。针刚穿进肉里，就没了知觉。排长拿热毛巾敷在他冰凉的额头上。借着麻药的劲，军医给他把零零碎碎的烂肉剪掉了，缝了十八针。

龙虾说，到死也不会忘记这个恩情。

再说海比尔。海比尔是团里的驾驶员，跟他同年兵。去年海比尔开着陕汽2190大牵引车去连队送物资，他正好参加炊事比武拿了二等奖回团，爬上副驾驶座就跟着上山了。从团里出发一路都是晴天，一进沟里就开始起雾。从进沟到连队一共四百八十六道弯，二百九十个大弯。在夹着雪籽的雨雾里走了四十八公里，车子在拐一道弯时突然侧滑，左前胎滑出路面悬在那里。山岩下的冰层很硬，周围略薄一些的地方则是雪和泥混在一起。海比尔伸头看了一眼，坡度往下有七八十度。海比尔把档一把挂上六驱，俩人脑袋都扎到挡风玻璃上去了，左前轮也只是打滑空转，根本倒不上去。

海比尔问他，能给这车弄上去吗？他摆手，示意俩人先下车，他小跑绕到主驾驶这一侧，海比尔搬来两块大石头给他垫脚，推着他往驾驶室里爬。他刚关上主驾驶座车门,就看海比尔小跑冲下土坡。他摇下窗玻璃叫海比尔,哎你不上来吗?海比尔挥臂喊道,我在这指挥你。他骂了一句摇上玻璃,寻思干脆把右前轮也放下去,先调正车头。他把左前轮一点一点放下去,再把右前轮蹭下去。等车头都下去了,六驱一挂,强加力加上,轮胎的抓地力一下恢复,才慢慢倒上来。他有荨麻疹,不敢热,衣服一穿厚了出点汗,身上就像针扎。无论刮风下雪,他的体能作训服里头都是短袖短裤。开这把车还是叫他冒了点虚汗。后背和腋下刺挠难忍。

海比尔的爸爸在喀什老城里开牙医诊所,他的大老婆给小孩补虫牙,小老婆帮老人镶金牙。有红本的大老婆是家里指派的,和海比尔的爸爸生了海比尔。小老婆是他早年去土耳其学牙医带回来的,和海比尔的爸爸生了两个女孩。

他是海比尔的兄弟,还帮海比尔避免了一场车辆事故,开个口也没什么。

那个准备靠一带一路发点小财的浙江老哥,是第三个人选。去年十月,他和团里的军需助理上玉其塔什接老兵下山,在离连队二百六十多公里的地方,一辆红色皮卡正翻过达坂往下飙。他一看有点毛,就在路边宽敞点的地方停下车等它通过。但那辆车在下达坂的最后一道弯时突然溜冰侧翻,滚下河坝,车轮四脚朝天插进河里。

助理掏出手机给克鲁提乡派出所打电话,他就往翻车的地方跑。从路上下河坝约莫八十米,他滑了四五跤才蹚进河里。眼看水往驾驶室里灌,他从水里摸出块石头就往挡风玻璃上砸,砸开了看见驾驶员在往外挣扎,但是右腿被卡住了。他冲往下跑的助理喊,叫他回车里找撬胎杠。助理找杠子的这会儿工夫,他趴近驾驶员跟他说话。不要张着嘴往里喝水,坚持一会儿,肯定能把你救出来。助理跑下水时,身后跟来两个老乡,四个人用快一个小时才把这人从车里拖出来。

大概是在河坝水里泡时间长了,加上脑门和右腿又在流血,刚抬到马路上这个人就陷入昏迷。助理把棉袄脱下给这人盖住,他又把大衣脱下给助理披上。等了十来分钟,派出所的车过来把这人抬上车拉走,送地方医院了。俩月过后,这位老哥拖来连队两盆一帆风顺的盆景。还是他自己开的车。老哥说那天他赶天黑之前上泉华那边拜神,保佑他在附近新建的矿泉水厂诸事顺利。不指望水厂挣钱,主要靠它争取政府政策倾斜。老哥打算去吉尔吉斯斯坦做电动车贸易。好比平度产葡萄,浙江就是出老板。他想跟老哥说说孩子的情况。

而第四个借钱的人选,是他刚才胡乱想的。舒莱姆,舒莱姆。他嘟囔了两声舒莱姆的名字。眼神落在铺着红色花纹毛毡的桌子上,瞥见一只蛾子停在一块奶疙瘩上。他坐起来,松开拳头,屋外头的声音和油烟这才缓慢地涌进屋子。舒莱姆和他婆子在外屋烧火炖肉。隔着屋门口的帘子,他能看见舒莱姆在灶前弓下腰看火,他婆子拿着锅铲上下使劲。

人人都说舒莱姆是迈阿丹最有钱的克族人。连队一个老班长说,那年来了个武警部队的政委进山散心,团长安排他住在连队,吃饭在舒莱姆家。舒莱姆收了连队给的伙食费,当政委提出想吃烤羊排,舒莱姆却把他带到了穆哈吉尔家。舒莱姆对穆哈吉尔讲,这是位大人物,如果招待得好,儿子以后上大学就可以找他念个好学校。穆哈吉尔说我的孩子才九岁,离上大学还早得很。舒莱姆就骂他没有见识,说了一番交际的道理。穆哈吉尔的老婆在旁听见他们说话,乐呵呵地宰了羊娃子。政委那几天吃得很高兴,把这笔快乐账记在了舒莱姆头上,承诺以后有事找他。政委回去之后,舒莱姆给他写信。信中讲最近山里气候如何无常,他和家人又是如何生病缺药。另一边舒莱姆找到连队,和连长说为了招待政委,他和家人是如何拿出最好的粮食酒和羊羔。政委寄了一大纸箱药给舒莱姆，连队搬了几袋米面到舒莱姆家。往后那一个月，舒莱姆把讨来的药和粮食卖给邻里老乡，挣到的钱买了两头牦牛。他们说舒莱姆挑的牦牛不是一般聪明，连队用望远镜看到它们会自己逛到山里泡野温泉。

但问题是谁规定了，有钱就得把钱借给别人？

肉汤上桌，穆哈吉尔和龙虾也端着面盆进屋了。他俩刚才在北面的柴房里拉面、炒盖菜。

老穆，今天吃的又是你家羊吧？他问。

穆哈吉尔笑吟吟地盘腿坐下，看了一眼舒莱姆。

你告诉郭班长，谁拿来的羊。舒莱姆说着也坐下来。他不着急动肉，先捏了玻璃碗里的几粒巴旦木掰开吃。

反正这一顿不是我的羊。穆哈吉尔笑开了，放下手里的核桃皮擦了把嘴。

那是。他说。估计是舒莱姆的羊，不然特意等你媳妇回娘家，少了一张嘴他才拿过来。

几个人都笑了。

寿星，想好了许个咋样的生日愿望？舒莱姆问他。

丫头的病早点好吧。他说。最近就在准备钱做手术。

你们连队没募捐吗？舒莱姆问。

他不让搞。龙虾替他答了。

赶在一块儿了。他说。

他伸出手在近前的碗里瞎摸，抓起块糖剥开往嘴里放。

连队一个义务兵。他哑着嗓子说。他妈妈出车祸了，上上个月连队刚发动给他捐款，团里也组织，微信里边也号召捐钱。我这个事连长主动提了两回，但实在是不好。刚捐完一个又来一个，兄弟们咋想我……

一个是娃娃，一个是老人呀。舒莱姆说。

是啊。他说。

那咋办？舒莱姆问。

也不是没钱。他说。去年刚装修了县上的房子，我爸妈现在住着。要是把房子卖了，能有个二十来万，看病也够了。

那卖不卖？舒莱姆问。

不想卖。他说。爸妈刚接过来。

他们说话的工夫，穆哈吉尔拿小刀剔了些肉放进他们脸前的盘子。面也分好了。几个人悄无声息地吃起来。

哎。他拿筷子点了点龙虾的盘子。

龙虾停下嘴抬头看他。

生孩子之前一定要做详细检查。他说。我和我媳妇不是八字不合，是基因不合，当时没查明白。

嗯。龙虾说。生孩子是大事。

我对我的小孩有三点期望。龙虾说。第一，孩子必须像我，不能像隔壁的。第二，机灵一点，哪怕提着开水浇花也证明有他自己的想法。第三，一定要有一点讨人喜欢的地方，不能看着就不让人高兴。

你媳妇在哪儿呢？穆哈吉尔笑起来。

我等着娶克州首富的丫头。龙虾冲舒莱姆弹了声响舌。

啥时候下山？舒莱姆放下筷子问他。

医院约上手术了就下。他说。

你应该给你的小孩做一个事。舒莱姆望着他说。找一块狼髀石，小狼崽子的。

我有一颗狼牙。他说。

我知道,我给你的。舒莱姆说。但是男孩戴狼牙,女孩只能戴狼髀石。

你有吗?他问。

我可以帮你找人要一块,但是戴过的就不太灵了。舒莱姆说。你小孩的病有点厉害,你应该自己去打一头小狼,弄它的髀骨给你孩子戴上。

你试过吗?骨头能治病?龙虾问。

我的话你只管听,没有根据的话我不会说。舒莱姆回答。

肉和面都吃完了。他靠在墙上,两只大手摩挲身边靠垫上的纹饰。

有年连队到靶场考核,上去几个人都打得很差,连长觉得怪事,就叫连队枪法最好的战士去打,还是有两发弹偏靶了。舒莱姆一直在旁边看,过会儿把排长叫过去,让他带人去放靶子的旁边那条沟里前后看看。排长带了两个战士跑过去,看到离靶场一二百米的地方有一个男人和一个女人在动。排长叫战士先回去,他过去把人撵走了。以后连队再出来打靶都先清沟。还有一次,连队抽水泵上一根螺丝钉松了,怎么都拧不紧。舒莱姆拿起子试了几下,就叫他抓只小公鸡过来。舒莱姆用小刀割开公鸡的喉咙,放出来的血滴在螺丝钉上。过会儿他再拿过起子,几下就拧紧了。舒莱姆送他狼牙的时候说过,苏约克这一带是古战场,放牧转场的时候,经过山中几道沟里都能看到被狗刨出来的白骨。

小娃娃不是老人,不应该有病。舒莱姆说。

是啊。他说。不应该。

现在正是小狼下生的时候。舒莱姆说。

不行。龙虾说。过去就会留下衣服气味。去年老巴掏狼窝,狼就从一大堆羊里头找,把老巴家的羊全咬死了。

下雪的时候去，脚印和气味一场雪就盖住了。舒莱姆说。我给老巴教了，他不听。

那我去掏，一只卖给你多少钱？龙虾说。

你是不是要我去掏小狼崽，少一只狼吃你们家的羊？他笑着反问舒莱姆。

是不是，舒莱姆？他说。没好处的话你不会说。

你的脚是谁治好的？舒莱姆说。那年你巡逻踩到冰窝子，脚拔出来了鞋子没出来，一瘸一拐走了两公里，被连长留在我家。我去宰了一只最漂亮的羊羔，放出来羊血让你把脚伸进去泡，不然冻烂的地方以后你年年要犯。

是你治好的。他说。可是你这几年的胶鞋、防寒靴穿得谁的你咋不说？

你也相信这个狼牙跟狼髀石吗？龙虾扭过头问穆哈吉尔。

这些都是我的爸爸，爸爸的爸爸说过的话。穆哈吉尔瞪着亮闪闪的眼睛说。

就算是真的。他说。狼那个东西不能结仇，这个事不行。

早几年玉其塔什那个事就差点没过去。他说。

舒莱姆闷了口茶。穆哈吉尔也点点头。

那年他在玉其塔什刚套一期，连长原先是组干股里的一个干事，也刚上任。连长到连队不久，和当地老乡来往热络。指导员是个埋头干不爱说话的人，有老士官旁敲侧击地说连长在工作里夹带私货，指导员也只是听，不发表看法。有天下午，连长从老乡家抱回来一只死了的小狼崽。连长把小狼扔在马厩旁边的铁笼子里，嘱咐他晚上过来把这个小狼的狼牙和髀骨取出来。

那天夜里，全连组织在二楼学习，突然听到哨兵冲进楼里的喊声。

是狼来了。

他跑到窗前,一眼看见那匹灰褐色的母狼。它站立在楼前空地,向楼上亮灯处发出一声缓慢而起伏的啸声。那是一种不现实的声音。叫声中包含的讯息绝不仅仅是对幼崽的呼唤。指导员把哨兵揪过来,问怎么发现有狼的。哨兵说刚才听到马厩里有马受惊的声音,走过去时看见围墙上有一道黑影,一双蓝色的眼睛在盯着他。

那时住在老营房,一楼没有大门。指导员让他们分散到二楼各个宿舍锁上门,自己和连长带着两个枪法好的去了枪械室。他回屋锁上门,把小桌子也顶到门上之后快跑到窗台边,趴在玻璃上往下看。连队里悄无声息,围墙后边的军犬和十几条土狗此刻毫无响动。就在整个玉其塔什沉寂下来之时,吉尔吉斯斯坦在会晤时送给连队的一条当地犬从楼后面冲上了空地。那条吉尔吉斯的狗嘴又短又方、身形高大,但是近两年得了血栓,总是脑袋摇晃,走路、吃东西、睡觉,脑袋都摇得停不下来,他们以前叫它狮子,后来就叫它摇摆。

狮子冲向那匹狼时,那匹狼正失明一般地站在原地,只在狮子扑上来的一刻,它才弯背跃起。它想一口咬住狮子的喉管,被狮子坚硬的爪子挡住,但狮子仍然受到这匹狼的猛烈撞击摔到地上。几乎同时,狼全身的肌肉瞬间鼓胀,在下颚前伸的一瞬间,像飞溅的铁屑弹向狮子。狮子发出刺耳的尖叫,而这匹狼的四肢就像刀子一样利索。几分钟后,狮子石块般的脑袋砸在地上,已经停止晃动。那匹狼注视着狮子,前肢和前胸沾着血,尾巴像铁棒向下斜插。紧接着放慢了速度却毫不迟疑地再度跃起,就在它爪子要穿透狮子肋骨的一刹那,狮子猛地翻身,用两只前爪划开那匹狼的肚腹同时,它的脖颈被狼牙穿透。

狮子躺在灯光下。那匹狼绕过狮子,迈着迟缓的步子向楼里走来。他看见它的脚掌踏着血,肚子下垂。在它进楼后不久,整栋楼里的人都听见撞击造成的闷响。起初是一声，接着两声，随后撞击伴随玻璃碎裂的响声愈发密集，像他某次巡逻，听见山顶的雪裹挟巨石翻滚。

撞击声停止十几分钟后，有人带枪开门出去看。一楼门前墙上的军容镜碎裂在地，残留的镜片和墙壁上沾满血渍。那匹狼倒毙在镜前。它认定镜中还有一头狼想要它的命。第二天清晨，指导员带着他和另外三个班长开车往边境铁丝网的方向走。到了铁丝网附近，他们拿着镐头跳下车，挖了两个大坑。

雪被大风吹得失去了黏性，沙土似的迸发撒落，发出簌簌声响。山谷里，扎堆的十几间土房子像草棵里褐色的冰块等着消融。空中，熟悉归家之路的受了潮的燕子，从远处返回陡峭的斜坡。

当看到土屋里渗透出的光亮，他收回目光。和龙虾一起继续挥动镐头和铁铲。狮子是他埋的，他在那堆土块上拿些石头垒了一座三角形小塔。而旁边埋两只狼的地方，仅存凹陷的坑洞。狼的尸体就像它们的粪便难以寻见，不管埋在哪儿，狼群都会找到，刨出来带走。

龙虾挖到了狮子的骨骸。

他探下身，拿起一块细长的石头在泥土里拨弄。

狗的髀骨能有用吗？龙虾扔了镐头问他。

这是狮子。他说。

连队里有些土狗会因为人的靠近而凑上前吠叫，用嘴去蹭拿着半块馒头一个鸡蛋的人，狮子从不这么做。它只在哨楼旁吃值班员送过去的餐食。他看它有时啃咬野草，细得几乎尝不出味道的草茎。有年八一节，连队和牧民摔跤比赛，眼看他被一个老乡摔倒，狮子从后面匍匐过来，偷袭了这个老乡。听说几天后那个老乡在连队门外的路边放了一块有毒的肉等狮子来吃，但它没有近前。

狮子比那头狼晚好几个小时断气，晚上他们把它抬进一楼避风的地方，它舔了舔端到脸前的火腿。它还想找回点力气，好活着回味刚才那一幕。

下山那天，山脉之间的巨型峭岩已被雪封裹。路上的积雪随风翻飞，将窄小的河流填得快跟河岸一样平。影影绰绰的即将隐没的太阳，像一颗果冻落入炉灰。

他骑着一匹老乡家的马，抄近路翻过达坂。那座山被风化了，土松，平时上一步滑下来半步。现在盖上雪，反而好走不少。雪碴子飘落下来，微微发亮地在空中颤动。他盯着那些闪光银屑。要是山顶的一角雪塌下来，就会像运沙船上卸沙子似的泻下来把他活埋。那他只能连带着马倒下，在雪窟窿里又挖又刨，扒出一条堑壕。如果他还有意识的话。他前倾趴在马上，紧抓着马鞍，不时勒紧缰绳避开某处塌陷发灰的积雪。

出山坳刚拐上往艾尔热曼乡走的路，他就听见在白茫茫寂静里，有一种轻微的、奇异的声响。一开始他以为是马蹄踩破了冰，继而又在心里产生了恐惧的念头，会不会是一头狼跟在后面？他在阴沉沉的天光下扭过头去看了一眼，发现不远处有一个灰点，正在雪堆上弹跳。那个灰点的体积，让他胆子稍大了些。等那个小东西一蹦一跳地近前了。他心里颤动了一下。那是连队养的一只叫费丽尔的小哈巴狗。

他爬下马，从雪堆里抱起费丽尔。费丽尔扁平内陷的脸上和全身结满冰霜，只有一双小黑眼睛闪耀出亲昵和信任的目光。它从连队跟出来这么长时间护送他，竟然走到伊阿梁村时他才发现。费丽尔在马鞍上缩成一团，耳朵在一阵阵袭来的风中哆嗦着。刚才几个小时的雪路让它精疲力竭，出汗的毛发结冰后封存了体内的热气，以它目前的体力，融化结冰的身体已经不可能。

走到舒莱姆家时，费丽尔的眼睛已睁不开了。

去年费丽尔怀着孕跟他们进山巡逻。帮老乡搭马草棚时，一个士官扛了根木头，突然一个转身把他打晕了。醒来时，费丽尔趴在一旁舔他的鼻子和脸颊。一下山，费丽尔一口气生了十一只小崽，他掏出一床自己的褥子给小崽子们垫窝，被龙虾他们称作英雄父亲。

英雄父亲。那时他还不知道丫头的病要动手术。

他把费丽尔抱到舒莱姆家的炉子旁边放下。舒莱姆的妻子过去蹲下碰了碰费丽尔的鼻头。

他没有太多时间停留。他让这个胖乎乎的妇人转告舒莱姆，抽时间把费丽尔就近埋掉，但埋它的地方要做上记号，不要忘了。

离开舒莱姆家时，雪落得更密了。他想到等龙虾这一批复员的战士下山时，乡里的推雪车就该开上来了。他下山之前，龙虾他们已经在收拾行囊。平日里跟龙虾关系好的几个大头兵，那几天老缠着龙虾叽歪。

走。龙虾说。哥带你们干大事去。

干啥去？有人问。

去小店买辣条。龙虾说。昨天去了趟小店感觉啥都想买，要是钱再多点哥能给它包下来。

过会儿龙虾他们回来，兜里揣得鼓鼓囊囊跑去地下室了。他过去的时候，他们正在传一瓶饮料，一人一口。手里拿着老婆饼、鸡爪子。

班长，你回去干吗？有人问龙虾。

回去捡蚊子屎卖。龙虾说。

他摸出一包烟散给他们。

当新兵太馋烟了。龙虾说。烟被没收以后,老低头看地上有没有长一点的烟头,妈的头快插到腚沟子了。

屁吧。他说。你没少捡。

捡个毛。龙虾伸长脖子喊。你抽完了烟都往缸子里头泼水、吐痰,日吧欻得很。

龙虾跳起来模仿他带兵时说话的语气。想抽烟?走……来!带你俩去厕所开个包间抽。

他想到这里笑了起来。

一辆车从他身旁慢速驶过,车后头放着两只羊,几根交叠的细腿从后厢盖下头硬邦邦地撅出来。车灯像飘忽的蜃气远去,他的马还在迟缓而有力地迈动前蹄。

坐在手术室门前的下午,他的妻子和娘家人三五结伴,站在楼道拐角低声交谈。他卖掉了县上那套房子,把父母送回乡下的老屋。父母把攒着应急看病的钱取出来给了他。

医院的气味叫他想起三十岁生日那天,一瘸一拐去十二医院皮肤科看病。大夫说他脚上长了一个鸡眼,让他去隔壁诊室用激光烧掉。那时他第一次见到妻子,戴口罩的妻子。他们在一股肉煳味中交谈。当第三次去找妻子烧鸡眼时,他还记得她揭掉纱布,看见他伤口时的神情。她向科室请了假,陪他去总医院看诊。大夫对她说,你老公这不是鸡眼,是掌跖疣和烧伤,要冷冻治疗。

在准备孩子入院手续那天,连队来电话,说龙虾在几个赌博的地方分别欠了债。龙虾以为复员费足够还账,还能剩下一点回去对付家里,但对方记账的方式和龙虾想得不同,债越滚越多,龙虾把复员费全还上还差对方三万块钱。龙虾在艾尔热曼乡招待所里喝了几口农药,跑去卫生所吐了一夜。他二姐从老家赶来,清了账,把他接走了。

之前龙虾向他发誓,再赌球就不得好死。微信签名也从"晴天崴脚雨天跛行"改成了"再赌球就剁手剁脚",怎么还是出事了?他不知道文书来电话有没有怪罪他的意思,连队主官是不是认为他失职了?仅仅作为朋友来说,他也感到难过和自责。通电话之前,他还反感龙虾频繁提钱和娶老婆。直到龙虾喝药才明白过来,这两件事对龙虾来说,就像这场手术对他和妻子而言一样。他怪自己只想孩子的事,忽略了对龙虾动向的观察。难道龙虾没有三天两头地和他说,自己想尽快多弄些钱回家讨个老婆?

龙虾常常对他抱怨,他们县在九〇年到九八年那会儿,老有人家生了女孩不是卖掉就是扔到公厕茅房的粪池子里。结果现在村里县里的男人娶不到媳妇,媒人一进家门就先问,你家房子分期还是咋买的?嫁过来一起还房贷还是男方父母帮着还?在当地,两套房是父母必须给孩子备的,好比义务兵必须当两年一样。

他回忆起龙虾刚下连不久的某天,山口里刮大风。连队楼前空地上的工梯、篮球架都刮跑了。连队门口有一棵矮小的松树,是他们巡逻路上捡回来栽上的,也被风刮跑了。龙虾一个人跑出去撵了三公里,才把树拖回来。

你撵回来栽上也活不了。他说。

就算今天栽了明天就死,还是想撵回来。龙虾说。指导员不说了,谁在苏约克种活一棵树,就给立个三等功,立了功我好讨老婆。

龙虾从山下带了营养液上山,在他的指点下给那棵松树缠上输液器,按天为它打点滴。龙虾在松树旁又挖了个树坑,等哪天巡逻再碰到一棵树带回来栽上。过了些天,树坑里面存了点雨水。那天他和龙虾从山里的训练场回来,俩人脱了鞋袜,把脚往坑里一伸。当时他认为,龙虾想做的事,就一定能做成，他也一样。

舒莱姆讲过一个克族人都知道的笑话。说以前老鹰很怕猫头鹰，就讨好地问猫头鹰，猫头鹰大哥，您这么魁梧的身材是怎么练的？猫头鹰说，我不是壮，是毛多。老鹰不信，从天上俯冲下来抓了一把猫头鹰，发现确实毛茸茸的。以后老鹰再见到猫头鹰，就直接把它吃掉了。

他站起身，看手术室前的人来回走动时想，要是他也给猫头鹰一块狮子的髀骨，会不会结局不同？

他预备上山的那天是小年，团里的送菜保障车也在那天下午上山，送元宵节前的最后一次补给物资给连队。

他帮司机给车胎安上防滑链，跟车上了山。他估摸连队接菜的人这时也出发了，只有这时出发才能赶在夜里十点左右回去。快过年了，也讲个十全十美。乡里开的路只到离连队七八公里的地方，大车把菜卸在老乡转场走了没人住的房子里就要下山。他从车上往下搬罐头箱时，连队的人也牵着马到了。在其中一匹马背上，他看见了费丽尔。

有人告诉他，他把费丽尔放在舒莱姆家的火炉边走了以后，舒莱姆的婆子就去外面做酸奶子。等回屋时，发现费丽尔不见了。舒莱姆第二天给连队打电话，说费丽尔可能被什么东西进来叼走了，连长这才告诉他费丽尔已经回到连队。

他过去摸了摸费丽尔，感觉它比那天他从雪里抱起来时看着要大，也要沉一些。

几个年轻的兵嚷着这一趟过来给走饿了，从尼龙袋里摸出一个西红柿就啃。西红柿纹丝不动，皮上留下两个白印。他们不死心，又拆开奶箱子要喝包牛奶，拿出来一看已冻成了冰。老班长们笑起来，说这个事早就上过新闻。边防连队的牛奶不是喝的，是撕开塑料袋当冰棍舔的，蒙牛看到报道还派人送来十几箱子酸奶慰问连队。有个兵撕开一包牛奶嚼着吃起来，其他几个人也一人一包拿着用牙咬。他有点渴，但不敢吃。上山之前刚找海比尔的爸爸给他清了后牙槽上的肿包。几个月的火气好赖随着一口血水吐出来。

他们先挑容易被冻裂的菜，像鸡蛋、咸菜罐头之类的往背囊里装。装满了就用背包绳捆起来绑在马背上。连队的十三匹马都牵出来了，要给它们装二十几个背囊。每回马都不想驮，来回打转。他的那匹马兜了两圈，不肯让他放物资，他扛起背囊往马背上放了两回都不行。他放下背囊，上前去抱住马脑袋想稳住它，结果一使手劲把马放翻了。马倒在雪里甩着蹄子发出嘶鸣，他趔趄上前，就着旁人搭了把手把马拽起来。马刚站稳，他就把背囊压上马背。正在用铁丝扎紧时，这匹马打了个响鼻，往站在前面的一匹马屁股上喷了一股热气，惊得前面的马一下尥起蹶子，猛地来个后踢把它又踹倒在雪里。背囊从马背上滑下来。他有点担心给舒莱姆和穆哈吉尔带的两套气压拔罐器摔坏了。

苏约克这个地方，冬天上午一丝风都没有，到了下午就狂风暴雪。连队的推雪车在前面推，铲斗车在后面铲，刚整完的路十分钟后扭头一看路又刮没了。从老乡房子出发时，他还骑在马上，走了近四公里，马累得一下跪倒在雪里。他的脚刚离开马镫，就半条腿进了雪里。雪把他的裤裆卡住了，脚底下没根使不上劲。但这回和舒莱姆笑话他的那次巡逻不同。现在他知道不能着急扒拉，要是把四周的雪摁紧了，又没有人给架出来，那脚一拔，鞋子就又进去了。整个胳膊伸进去还够不着，得半个人钻进雪里去掏鞋子。这会儿他弯下腰，把上身放在旁边一块夯实点的雪堆上，重心前倾，游泳似的慢慢把腿拉了出来。

最后不到一公里的地方，大伙都下了马。卸掉了一个人的重量，又看到连队的灯光，十几匹马都跑了起来。马蹄扬起雪尘，像独木舟闯入一排摇曳的巨浪。

他们进连队时，连长迎上来拍拍他，问他家里的情况。

好着呢。他告诉连长。

他还想给连长说，他找了开矿泉水厂的浙江老哥。老哥在阿图什市里联系了一家物流公司让龙虾先送着件，等水厂建起来，叫龙虾上山负责取水管道的维护。

这时一个人在前头大声叫起来。这个小伙子把两箱鸡蛋用背包绳捆好放在马背上，走了一路箱子湿了，底座的垫子掉了他也不知道。刚才发现鸡蛋都漏光了，剩两个空箱子。

几个人跟着连长跑进楼里，过会儿拿着笤帚、扫把又冲进了雪夜。他跟在费丽尔后面，第一个捡到鸡蛋。那个鸡蛋摔破了，蛋清和雪冻在一起，拿在手里像个馒头。世界真大。他掂住鸡蛋时想。还有苏约克这么个地方。无论走到哪里，总还有更多地方可去，所以一直走是没多大的意思的。

第二天一早，舒莱姆和穆哈吉尔骑马来连队，交给炊事班长两个大口袋，一个装取暖烧的木炭，另一个装米面和青菜。

他摘了围裙，脱下橡胶袖套从后厨走进前厅，跟舒莱姆和穆哈吉尔打招呼。

昨晚上驮菜的时候想起来个事。他说着冲舒莱姆走过去。

啥事？舒莱姆问。

上回你骑小电驴摔了。他说。胳膊上那么深这么长的一道口子，是谁给你缝上的？

你咋样缝的？舒莱姆说。你在一块猪皮上练了三次就来给我治。

你咋知道我拿猪皮练的？他问。

舒莱姆笑起来，走上前揽过他的肩膀。

我什么都知道。舒莱姆说。昨晚上你想我呢，我们也想你。

舒莱姆和穆哈吉尔昨夜进山寻马时发现一处狼窝，里面有三只新下生的小狼崽。穆哈吉尔想掏一只带走，舒莱姆不同意。离开时，俩人合力推过来一块石头把洞口堵上了。

给你留的。舒莱姆对他说。

你不知道。他说。有比那个东西更厉害的。

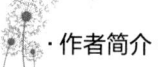

· 作者简介 ·

董夏青青，女，1987年生于北京，山东安丘人，在湖南长沙长大。毕业于解放军艺术学院文学系，中央戏剧学院戏文系硕士。供职于新疆军区。小说、散文见于《人民文学》《收获》《十月》《当代》《解放军文艺》《小说界》《解放军报》《南方周末》等报刊。曾获2018年度"紫金·人民文学之星"短篇小说奖。

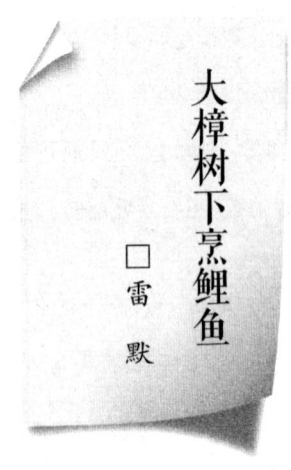

大樟树下烹鲤鱼

□ 雷 默

　　从电台录完节目出来，暮色四起，县城浸泡在浓浓的水汽中。我没想到自己这么能说，本来说好一个小时的节目，录了整整三个小时，这让制片人蛋哥有点为难，他喜欢严格地按照流程走，之前他怕后期太难剪，给我弄了一份一万字左右的流程稿，但我还是发挥了一下，不觉就讲多了。

　　蛋哥是我的发小，他在县城的电台做一档访谈节目，嘉宾都是些文化人，我有些困惑，做这样的节目几乎没有经济效益，他们还孜孜不倦地做着，究竟图什么？走进他们办公室，一个栏目三个人，除了他，还有一个女编导，一个女主持人，感觉他们就是一个乌托邦。

　　从大楼里出来，蛋哥还在犯难，他的节目一直都是一期一个嘉宾，我录的时长足够他剪出两期节目来，要不要做上下集？这似乎让他很纠结。

我能理解他，被一个节目长时间训练得循规蹈矩，做出调整和改变，就意味着自找麻烦。其实一个小县城能有多少文化人？这个节目他做了将近两年，该请的嘉宾也都请了，接下去就面临资源枯竭的窘境，所以他千方百计把我从外地叫了回来。

他说："老同学，谢谢你回来帮我救急，不然年关都不好过了。"我说："没人了，你们可以不做啊，这种节目现在还有人听吗？"他笑了一下，纠正了我的看法："别小看我的节目，这也算我们台的一个王牌节目了。"我还是不相信，别看街头人山人海，几乎没人对诗歌感兴趣。

我们斗着嘴从大楼的台阶上下来，走着走着，蛋哥又暗自乐了起来，他说："不瞒你，主要我们台领导是个诗人。"我有点同情我的发小，他看上去太疲惫了，录节目的间隙，去过道尽头的阳台上抽了一支烟，抽烟本来是一个悠闲的事儿，被他搞得像打仗，来去都是跑的，一支烟吸四五口就烧到了烟屁股。他跟我说，这几天都熬到凌晨两点才睡，每天记事本上记着十几件事，每一件都迫切需要完成。年底了，各种总结和会议材料，节目还是如期进行。我说："你把自己想得太重要了，少了你，地球就不转了吗？"他说："我知道自己微不足道，主要是心肠太软，上头吩咐事情就乖乖去完成。有时候就跟自己说，事情一件一件来，我只有一双手，只要一直忙着，总没话可说吧。"

本来录完节目我就打算回老家，但节目结束的时间很尴尬，快到饭点了。蛋哥问我想吃什么，我说："你这么忙，不吃了。"这加剧了他一定要吃饭的念头，硬把我拖上了他的车。从电台的大院里出来，车子在街上漫无目的地转悠，他打电话给我另外的发小老刀，说我被他捉到了，一起去吃饭。然后他问老刀，是吃羊肉还是狗肉？老刀在电话里说，吃个卵肉，去大樟树。挂了电话，蛋哥一下有了方向感，车子径直往郊外开去。

我发现蛋哥只要一离开县城，离开他那个忙乱的电台，他整个人就松弛下来。本来双手紧抓着方向盘，改为一只手搭着，另一只手在车载广播上调来调去，搜了一圈，他又调回到自己的台。广播里是个女声，他说这是个拜金女，家里很有钱，一年换三辆豪车，传达室门口每天都有她成堆的快递，每天下了节目就是上淘宝，没完没了地下单，没完没了地拆包裹，楼道里的垃圾桶都不够她一个人用。

我笑了笑，这才注意广播里的女声，她在介绍平克·弗洛伊德的摇滚音乐，听上去还挺像那么回事。蛋哥问："这声音，你能听出来生活有这么腐败吗？"我说："不清楚，只有你们做电台的人才在意声音。"蛋哥笑笑，自言自语地说："声音是真好听，一点杂质都没有。"

他悠闲地抖着左腿，车窗外烟雨朦胧，车子开着开着，来到了一条乡间公路上，两边都是如镜的水塘，还有几块枯黄的稻田，一派肃杀的景象，路上也不见别的车，蛋哥时不时地晃一个蛇形路线。我以为吃饭的地方很近，没想到开了半个多小时还没到，我有些不耐烦起来，说："吃个饭要这么复杂吗，哪里不能吃？"蛋哥笑着说："什么都可以随便，就吃饭不能随便，这个地方你去了，以后还会惦记。"我说："那更不好，以后想吃了没得吃，不是折磨人吗？"蛋哥笑起来："所以你要多回来，你现在回来是客人了。"

这是我尴尬的地方，长年在外，见人就说我是这里人，但回到这里，又被当成了客人。蛋哥说，看一个人是不是本地人，就看他能不能找到像大樟树这样吃饭的地方，这地方最早是老刀带他去的，去了以后就戒不掉了。这种味道就像印章敲在你脑袋深处，饥饿的时候，它就清晰起来，会提醒你过去。

我说:"不会放了乌烟壳吧?会成瘾的。"

蛋哥笑着说:"那不至于,我从头到尾看他烧过,该放油放油,该放酱放酱,都是稀松材料,也奇怪,被他的手一捣鼓,味道就美得不行。那地方只有真正的吃货才去,一般人不知道。"

我靠在座椅上,感到肚子确实饿了,蛋哥还在一旁喋喋不休,我说:"行了,还要多久能到?"他指了指前面一棵巨大的樟树说:"就那里了。"

我发现路边多了一条溪流,傍着马路蜿蜒而下,我们沿着这条溪流往上走,视野中那棵樟树越来越大,几乎遮蔽了半个村庄。蛋哥说,我们吃饭的馆子叫大樟树,其实也是这里的地名,这一带都是这样的名字,大樟树往上一点是鸦雀窝,再往里是榆树凉亭。

车子开上了一座拱桥,进入大樟树内部,樟树底下是一片开阔的平坦地,虽然是阴雨天,但树底下的泥地却干燥洁净,恍若凌空支开一把大伞。蛋哥说,这棵樟树被当地人视为神灵,有一年,环卫工人自作主张来修剪树枝,被当地人打得灰头土脸,扔了工具就逃,这以后,树枝越来越茂密,也没人敢动它了。

停好车出来,我注意到这棵樟树确实不同凡响,它的树冠已经直插云霄,地面上到处都是匍匐的虬枝,一直向四周延伸,有的裸露根系像吸管,一头扎进了路边的溪流中。蛋哥说,天气热的时候,樟树底下都是光着膀子吃饭的人,捧着一口大饭碗,饭上盖满了菜,有的蹲着,有的站着,看得出来,吃饭是次要的,主要是聊天,聊的内容以国家大事居多,还带着自己的想象。蛋哥指着两张收起来的小方桌说:"夏天,大樟树的老板也会在这里摆两张小桌,不放凳子,客人们都站着吃,可能全中国都找不出第二家这样的饭馆。他一般只招待熟人,陌生人去,得看他心情,心情不好,给再多的钱都没用。"

对这种做生意的态度，我很惊诧，问："他凭什么这么牛？"蛋哥笑笑说："这可能是他做生意的观念，不是你出了钱就是大爷，他也要选择顾客，不顺眼的生意，他宁愿不做。"

一阵风吹过，头顶上乱响，蛋哥缩着脖子说："这么冷的天，别耗在这里了，快进屋。"我才发现边上有一户人家，门口亮着路灯，路灯下是一块木牌，上面用毛笔写着"大樟树"三个大字。

这种感觉很奇妙，蛋哥喊我去吃饭，总以为是个正经的饭馆，没想到是户人家，也不认识，推门进去，有种上陌生人家里蹭饭的感觉。我也不说话，默默地跟着蛋哥往里走。

店主一男一女站在屋里，看到蛋哥进来，打了招呼。老板娘团着双手，手心手背来回不停地搓，老板双手插在裤袋中，我发现他们衣服穿得都有点少，耸着肩膀，缩着脖子。老板头发有点秃，乱糟糟的，好像好久没洗了。他的眼窝特别深，感觉像眼球外面包了一层薄皮，嵌了进去，看人的眼神有点怪异，他问蛋哥："两个人？"

"三个人，还有一个马上过来。"

"是那个骨科医生吗？"他显然对老刀很熟。

蛋哥点点头，他又问："老样子吗？"蛋哥说："老样子。"

进了里屋，发现桌子还空着，饭桌其实是一张棋牌桌，摊着一堆凌乱的扑克牌。桌角上有烟灰缸，烟头倒了，但没洗。老板娘进来给我们开好空调，关上门又出去了。

蛋哥说："今天来得正是时候，再晚点就没位置了，又得看他脸色了。"

"怎么，吃个饭还得求着他吗？"

蛋哥压低了嗓门说："他干的是高兴活，两桌人满了就不接待了。别看他店小，每天都有人来吃。"蛋哥弹了弹烟灰，笑着说："你别看他一副落魄相，以前也是公子哥，据说他家以前是苏工世家，他爷爷曾经是很有名的雕刻大师。听当地人说，他还留过洋，回来后，吃饭都用刀叉，一个荷包蛋割成小小方块，能吃上半小时。"

我"扑哧"一声笑了起来，蛋哥继续压低嗓门说："年轻时他仗着老家的财势，日子过得鲜亮风光，纨绔子弟嘛，凡事不知轻重，不分尊卑，因为有的是时间和铜钿，干的都是招摇事儿，琴棋书画、跳舞桥牌、麻将梭哈，都会一点，又因为天性懒散，大多是三脚猫。这样的人，你也知道，免不了家道中落，大概后来他也弄明白了生活的道理，踏踏实实开起了饭馆。"

"这么说，他还是个没落的贵族，这顿饭有点高级啊。"

话说着，老板娘又进来了，手上拎了一壶米酒，蛋哥掀开壶盖，一股热气冒了出来，满屋子的酒香，里面冲了鸡蛋，米酒看上去有点浑浊。老板娘是典型的和蔼脸，两团苹果红，她看了我一眼说："第一次来吧？没看到过你。"

我连声称是，蛋哥在旁边瞎哄："省城的大诗人，请了好多次才请来，我们从小一起玩泥巴的。"老板娘脸上的笑容更加殷切，她多看了我两眼说："这倒是难得的，让我们也沾了光。你们先喝起来，我去切两盘羊肉来。"她说着又退了出去。

蛋哥压低嗓门说："她不是老板的老婆，起初我们也以为他们是一对，他们生意太好了，名声大了，后来老板真的老婆就来了，两个女人还吵了一架，这事才败露了。"我一惊，蛋哥说，"那次吵架有点像赤壁之战，一场架下来，天下三分，鼎足而立。老板答应每个月上缴三分之一收入，真老婆不再到店里闹，他们继续搭伙做生意。"

蛋哥的眼神快，及时地住了嘴，门又被推开，老板娘笑吟吟地进来，手上的冷盘"噼噼啪啪"往桌子上搁，一盘羊肉，一盘狗肉，一盘卤鸡爪，还有一盘花生米，分量都很足。老板娘说："热菜稍等一下，马上就来。"

蛋哥目送她出门，又说："那个真老婆我看到过，邋遢、凶悍，如果天天来这里闹，客人会被她赶跑的。"蛋哥说着，给我倒上了米酒："我们先动起来，老刀这个人没准点的，说不定临出门又要做手术，边吃边等他。"

两杯热米酒下肚，我的身上暖和起来，把外衣脱了下来。蛋哥说："其实这里的老板就烧一个菜——红烧鲤鱼，别的菜在他眼里不叫菜，都是搭配送的，也不自己烧。你等下可以去看看，红烧鲤鱼烧完就摘了围揽，一个人在抽烟了，灶头交给老板娘，剩下都是她的事。"

"哦，这么有个性？"

"没办法，客人都冲着他那条鱼来的。他从来不记细账，一顿饭多少钱，都由他张口决定，他也看人头，可能一模一样的菜，两个人来是两百块，三个人来就变成了三百块。所以碰上计较的人，要跟他理论，问这个菜多少钱，那个菜多少钱，他嫌烦，这可能也是他不愿意接待陌生人的原因。"

我笑起来："这买卖做得原始啊，不过挺有古风。"

蛋哥说："你别说，就这么毛估估，也忙不过来。"话说着，门外果然来了一拨人，他们隔着玻璃窗朝我们的房间张望了一下，去了隔壁房间。蛋哥说，"这两间包厢数我们这间好，隔壁没有空调，只生两个煤球炉，暖和没问题，就是一屋子煤气味，得时不时地开一下门，不然有煤气中毒的可能。"

我笑起来："这是冒死吃鲤鱼吗？被你讲得这么神，我得去看看。"

出了门，发现老板娘正在水池里捞鲤鱼，她戴着一副红色塑料手套，一只手提着菜刀，一只手拎着网兜，看准了鲤鱼，一抄就捞上来了。她看到我说："很多像你这样第一次来的客人都好奇，非得出来看。我们这里主要水好，挨家挨户都有水塘，养珍珠蚌，珍珠蚌的水塘里不能养草鱼，只能养养鲤鱼，这鲤鱼特别肥。"

我注意到了她手上的鲤鱼，果然漂亮，通体呈现金黄色，尾巴红得像鸡冠，身上的鳞片非常整齐，饱满而带着光泽，侧面的线条像画上去的，鲤鱼嘴上的触须肥厚而卷曲，感觉像从年画上跳出来的。

老板娘把鲤鱼往地下一掼，说："杀鱼有点血腥的，你看着不会不舒服吧？"

我摇摇头，用方言说："我农村出来的，杀猪杀牛看多了，眼睛都不眨一下。"

老板娘笑笑说："我们也不是所有鲤鱼都买，对个头有要求，一般两斤半左右的，鲤鱼超过三斤，肉质就粗，不好吃，个头太小也不行，都是细骨头。"老板娘杀鱼的手法极其娴熟，刨鳞片、剖膛开肚、挖下水，转眼间，洗好的鲤鱼就放在了砧板上。

这时候轮到老板披挂上阵了，他慢悠悠地抽了一口烟，把烟屁股弹出了门。在水龙头上洗了手，一手取过菜刀，另一只手拊在鲤鱼身上，那动作看上去极其温柔，仿佛在抚慰即将下锅的鲤鱼。再看那把菜刀，刀头已经磨圆，刀锋有了弧度，他的刀放在鱼背上，仿佛在辨认鱼骨，感觉就轻轻抹了三下，鱼背上的肉就顺着纹理裂开了，三条漂亮的斜纹，似乎每一条都贴着鱼骨走。

炉灶响起来，热油在锅里打着转，鲤鱼下了锅，被热烈的声音包裹住，鱼身随即被热油拱了起来。老板漫不经心地抖着脚，片刻过后，他颠起了锅，只见那条鲤鱼在空中不停地跃起，仿佛活了一般。几下之后，老板用勺子撒了料酒、酱油，盖上锅盖，煮至八九分熟，起锅。转而开始勾芡，那双手仿佛粘上了勺子，在空中转圈舞动，只剩重重叠影，转眼间，琥珀色的芡糊离开锅底，淋到了鲤鱼身上，薄薄一层，却异常均匀。香味从鲤鱼身上升腾起来，在厨房里四处游走。蛋哥仿佛掐着时间，一把拉开了门，对我说："还愣着干什么，过来吃了。"

我回到房间里，蛋哥说："他对你算客气的，一般陌生人站在旁边看，他会赶人。"我说："这也对，绝活最怕被偷学。"蛋哥笑着说："你这样子，一看就知道不是厨师，你以为人家傻？"

说着，红烧鲤鱼被端上来了。我暗暗惊叹，这老板果然有一手，煮熟的鲤鱼纹丝不乱，还是活着的模样，背脊朝上，身段自然弯曲，拗成一个S形，仿佛在盘中戏水。蛋哥早已按捺不住，举起筷子说："尝尝！趁热吃。"

我一直怀疑过于完美的东西，总想把它拆解开看个究竟，这种想法有点像那个朝蒙娜丽莎开枪的疯子。我把筷子伸了过去，刺入鱼身时，蛋哥在一旁大叫起来："你动作温柔点，吃相不能太难看。"我说："好看不顶用，早晚要进肚子的。"筷子的一端传来了鱼肉的弹性，一夹，那肉就一瓣瓣碎开来，确实是新鲜到了极致。我把鱼肉放入嘴里，它带了一点微微的辣，却盖掉了鲤鱼的腥味，再嚼，发现除了鱼的鲜美，还有一股淡淡的甜味。

第二筷伸过去，我的节奏慢了下来，因为我看到鲤鱼一侧的眼珠子没了，像被人剜去了。我看了一眼蛋哥，他正吃得津津有味，没想到他还有这童心，喜欢吃鱼的眼珠。我把鱼肉夹进嘴里，闭上眼睛，回味了很久。

老板娘看着我们，问："怎么样？"

我和蛋哥频频点头，我说："确实是我吃过的鲤鱼里烧得最好的，让我想起了小时候在水塘边玩耍的情景，纯粹，又有点淡淡的忧伤。"我这么一说，蛋哥在旁边咯咯直笑，老板娘也跟着笑，不过表情并没那么夸张，显然她挺受用的，紧缩的身形开始松弛下来，仿佛过了一场大考。

老板娘一走，我跟蛋哥说："你跟我儿子差不多，他也喜欢吃鱼的眼珠子。"

蛋哥愣了一下说："我没吃啊，谁吃鱼眼珠了？不过说来也奇怪，每次端上来的鱼都缺一颗眼珠，回回都这样，我怀疑是他吃的，厨师嘛，都好第一口。"蛋哥说着，朝门外努嘴。

我笑了笑说："吃鱼眼珠，这爱好倒挺独特的。"

我们正吃得欢，老刀赶到了，他看着只剩半边的鲤鱼，一把抢过盘子，放到自己跟前，不许我们再吃。我们不禁大笑，多年过去了，他还是读书时的模样。读书时，我们一起吃饭，他也是这个样子，碰到中意的菜就霸占，别人要跟他抢，他就往菜里吐口水。我们提起这茬，老刀就端起盘子，做出要吐口水的样子，我知道这是表演，年少时总有各种各样的恶作剧会停留在记忆里，一部分就凝固成了永久的友谊。

这顿饭吃得热火朝天，中途，蛋哥上了一趟洗手间，洗手间在外面的野地里，开门的时候，蛋哥还算淡定，回来时已经缩成了一团，他说："外面冷，比城里低好几度，好像要下雪了。"他的声音带着哆嗦，这让我们也跟着哆嗦起来。想想下雪天，为了吃一条鱼，受困于大樟树下，这顿饭忽然间就有了意思。

临近结束的时候，门被推开了一条缝，老板的头探了进来，他似乎很少主动跟客人打招呼，这让他看上去有些腼腆。蛋哥和老刀看到他，也愣了一下，连忙招呼他进来坐。气氛有点怪异，仿佛我们成了主人。他进来了，也不坐，看了一眼只剩一条骨架的鲤鱼嘀咕道："吃得倒挺干净。"蛋哥说："今天我好朋友来，能不能破例再烧一条？"老板说："吃得不够是最好的，吃多了会倒胃口。"我们纷纷说，不会啊。老板却不松口，他说："今天不烧了，下次想吃了，还可以来。"我感受到了他的固执，打了圆场："老板说得对，吃成饕餮，图了个爽，其实未必真爽。"

老板看着我，突然很正式地说："我想跟你谈谈。"

我有些愕然，问："谈什么？"

他的神情一下子变得有些窘迫，支支吾吾了一阵，冒出一句："你是文化人，应该对吃的比较了解……"

我笑起来，说："别听他们胡说，其实我也是个俗人，为了一口吃的，专门寻过来，开了半个多小时的车。"

老板的脸上恢复了神采，他说："这里的好多人都是从城里特意赶过来的，那个房间里的也是，每次都讨添头，遇上好吃的，就想一次过足瘾，我给他们掐着量。"

"您做得对，其实任何东西，过头了就是不及。"我说。

老板点点头说："食物最早……是为了填饱肚子，往后才是为了吃好，吃好分好多种……你们大概吃的是情怀。"说着他自己先乐了起来，那颗像鸟窝一样凌乱的头缩在棉衣领子里抖动了半天。

屋子里的气氛欢乐了起来，老刀剔着鱼骨架上的肉屑说："被你这么一说，这鱼的味道好像又好了一些。"他说着把鱼汤倒进了空碗里，盛了一勺子饭，拌起来说："不能浪费，把每一滴精华都榨干净。"老板轻描淡写地说："骨科医生动手术经常用锤子榔头，费体力，你多吃点，我不会说你。"

我看了看窗外乌黑的天，窗沿上传来簌簌声，好像真的下雪了。我问他："为什么这么好的手艺要藏在偏僻的地方，而且定了规矩，只烧两桌？"老板笑了笑说："不光你们吃的应该节制，我对烧鱼也是这个要求，烧多了难免失手，丢了门面，就违背了初衷。"我说："懂了。"

蛋哥嬉皮笑脸地问："听说你以前生活非常讲究？"

"听谁说的？"老板很警惕，他仿佛觉察到了这话背后不怀好意。

"据说你吃小笼包，一定要有一碟浸着姜丝的醋，炖鸡汤必须有几片火腿盖在上面，有这回事吗？"蛋哥笑嘻嘻地问。

"你跟我说是谁告诉你的，我就回答你，不然你得问说这话的人去。"

蛋哥笑笑，没有了下文。老板抹抹嘴巴，反击道："记者这行当在以前也有，就是包打听，官方语言叫消息灵通人士。"我们都哈哈大笑起来。

本以为老板会拉开架势聊上半天，他却很快地离开了。我们又坐了一会儿，大概本来想聊一聊这个古怪的老板，可是终究谁也没说。仿佛在人家眼鼻底下，谈论人家，是件极冒险的事。

出来结账的时候，外面果然飘起了雪花，老板蹲在地上抽烟，安静得像个闲人。他看到我们出来，站了起来，蛋哥问他多少钱，他说："老样子，付三百块算了。"我们会心一笑，老板接过钱，突然又从抽屉里抽出一张二十元，递给蛋哥说："算了，看在你们这么远过来的分上，给你们打个折。"

一旁的老板娘正在清理水池，我看着她小心翼翼地把鲤鱼捞上来，养在旁边的水缸里，突然想起了我们那里的风俗，我说："这鲤鱼我们那里叫元宝鱼，大多祭祀用，祭祀完了，就放生了，好像我们那里的人不吃这个鱼。"

老板愣了一下，蛋哥和老刀奇怪地看着我，那一刻很安静，我立马意识到自己讲错话了，装作没事地往外晃。老板尾随了出来，我注意到他的表情有点恍惚，仿佛怀了一桩重重的心事，他一直把我们送上了车。离开大樟树，车子在荒凉孤寂的乡村公路上行驶，车灯前的雪花恍如精灵，迎面扑来，又惊慌失措地躲开了，我突然之间感到狼狈起来。

过完年，天气略微转暖的时候，蛋哥给我打电话，他说节目已经做好了，最后还是做成了一期，工作量可想而知，他说我录节目的时候大概没有对着话筒说，单是调音就把他累垮了。他问我要不要先听一听节目效果，我说不听了，这本来就是个任务，完成就好了。我的不屑让蛋哥有点生气，他说我不尊重他的劳动成果，这可是他的心血。我说那就听一下吧。他说，那么勉强就算了。你来我往地相互数落之后，我们又慢慢地客气起来。

我说，下次再去大樟树，我请客，作为赔礼道歉。蛋哥说，得换个地方了，大樟树已经不灵光了。我一惊，问他怎么了。他说他前几天又约了几个朋友去那里，老板竟然不烧鲤鱼了，搞得大家都很惊讶。老板娘悄悄地跟他们抱怨，说不知道他哪根筋搭错了，突然决定就不烧鲤鱼了，怎么劝都没用。大家都图他那条鱼去，不烧鲤鱼了，很有可能生意都逃走了。老板娘说，不烧鲤鱼了，总得烧点别的鱼，味道在他心里，逃不走的，只要他肯烧，失去的客人们还会回来的。他说，那就烧花鲢吧。

鲤鱼自此在他饭馆里绝迹了。一个厨师，放着绝活不用，去搞研发，这多少有点冒险。不过他那个手艺，烧花鲢问题也不大，蛋哥他们也吃了，确实也比外面的馆子好，但蛋哥他们几个都是吃货，一般的菜不入他们口，而且他们也不喜欢跟外面的比，就跟他原来的红烧鲤鱼比，首先相貌上就逊了一大截，鲤鱼多漂亮啊！那花鲢就一段，身上还都是叮满了蚊子似的花斑，吃着吃着，就越来越觉得不及他原来的红烧鲤鱼。还有，老板娘原先的一团和气也消失了，那天厨房里两个人拌上了嘴，锅碗瓢盆拍得火星四溅，这吵吵闹闹的氛围让蛋哥觉得有点扫兴。

蛋哥说，原来开车半个多小时去吃鲤鱼，还兴冲冲地，现在要先在心里衡量一下了，跑这么远的路，值不值得？我心里一颤，想到了我之前说漏的话，会不会是我引起的呢？让一个厨师发慈悲，这不是要人家命吗？他烧菜是要谋生计的呀。

我跟蛋哥说，不管怎么样，有时间了还得去光顾人家的生意，至少我觉得在大樟树下吃饭，这种体验不是哪里都有的。蛋哥说，要去没问题呀，你多回来几趟，回来了就带你一起去。

这之后，我也回过几趟老家，和蛋哥、老刀联系，也常把"大樟树下吃鱼去"挂在嘴边，可仅仅限于过过嘴瘾，并不付诸行动。每次，他们两个都很忙，尤其是老刀，手机得二十四小时待机，经常有紧急的手术把他临时召唤回去。

到了五月的时候，我跟蛋哥说："再忙也得去一趟了，夏天要来了。"当决定把一件事情搁在夏天去办了，我就觉得夏天会过得特别快，夏天一过，又得拖到下一年，而很有可能这之后都不会再发心去完成这件事。

蛋哥觉得我有偏执症，他总是希望老刀也能一起去。我说："如果下次老刀还没空，就不管他了，一定要去。"蛋哥说："好好好，陪你去发神经。"

随着大街上穿短袖的人越来越多，我挑了个周末回到老家。蛋哥已经等在火车站出口处，明晃晃的太阳让他眯起了眼睛，大蒜鼻尖上都是圆滚滚的汗珠，看到我出来，他嘻嘻笑着说："你真会挑时间，这天气我对吃的提不起一点兴趣，不过大樟树下避暑纳凉，倒是个好去处。"我拍拍他的肩膀说："别废话，走了。"

上了他的车，我问他后来去过大樟树没。蛋哥摇头晃脑地说："没去过，花鲢哪里不能吃？"我说："就不能再去看看那个老板？"蛋哥笑起来，他说："老板又不是美女，美女我都看不过来，还有心思去看一个老头？"

到了大樟树，发现和前次来果然不一样，那棵巨大的古树刚换好新叶，阳光下鲜嫩的树叶泛着淡淡的光。樟树下的石板上坐着几个老人，清一色黑得发亮的皮肤，他们聊兴正浓。一个老汉说他老表的孙子最近得了国家科学家奖，而且是特等奖。他说，现在国家对科学十分重视，科学是最要紧的，没有科学，再多的钱都没用。

蛋哥冲我笑笑，他说："没事了来这里挺好，听他们吹吹牛，奇思妙想什么都有。"我的兴趣并不在这上面，扫视了一圈，竟然没看到那两张小方桌，心里不免有些失落。走近饭馆，那块写着"大樟树"三个字的木牌还在，推门进去，里面有点黑。一个声音从里屋传来："吃饭吗？"紧跟着，老板就从里面走了出来，他看到我和蛋哥，笑了笑说："是你们啊！好久没来了，我刚打算睡会午觉。"

蛋哥脸上有了些许难为情，他岔开话题问："怎么就你一个人，老板娘呢？"

老板迟疑了一下，开始刷锅，他说："哦，今年生意不太好，她去厂里上班了，我一个人也够了，管得过来。"

蛋哥坏笑着说："我知道生意不好的原因，主要你不烧鲤鱼了。"

老板停下来，看了我一眼，我感到浑身都不自在。他说："我就是这样，决定了的事不会改，爱吃吃，不爱吃拉倒，都这把年纪了，不想将就人了。"

我连忙打圆场："你的花鲢没吃过，来一份让我们尝尝。"

老板的脸色缓和了下来，他走到水池边，捞了一条花鲢上来，问："这条怎么样？"蛋哥说："太大了，吃不完。"老板说："这是最小的了，我可以两种烧法，鱼段红烧，鱼头炖豆腐汤。"蛋哥露出了为难的神色，我赶紧应承下来，又问："可不可以搬一张小桌到外面大樟树下？那里凉快，我们想去那儿吃。"

老板面露难色，他说："以前也没人提意见，今年生意不好后，有人出闲话了，说大樟树下垃圾成堆，赚钱归我一个人，环境得大家来分摊。我一气之下，就撤了那里的桌子，再也没去摆过。"

那天，我们只好又坐到了包厢里，老板亲自来开了空调，他说一会儿就冷了。过了好一阵，我们发现那机壳发黄的空调也不太管用，声音大得像风扇，吹出来的气也不冷。老板进来看了看空调说，可能氟利昂没有了。他又把厨房的排风扇拿了过来，那家伙劲太大，吹得桌上的塑料餐布狂舞不止。蛋哥笑得岔了气，他说："这不行，台风里吃饭，谁受得了！"最后只好开了窗户，老板又找来两把破旧的麦草扇，说只能这么将就一下了。

他忙得满头大汗，对我们说："以前她在，也没觉得她多重要，离开了，我相当于折了一只手，什么都得自己来。有时候想把她叫回来，可生意没以前好，叫回来又是负担，真是两难。"

我说："你还可以烧鲤鱼啊，各地风俗不同，拿别人的忌讳来限制自己，也犯不着啊。"他愣了一下，然后坚决摇摇头说："不弄了，放下的不会再要回来，我就是这么倔强。"

那天隔壁的那间包厢一直都没有人过来，蛋哥冲我眨眼睛："说明不是我一个人口味挑，别人也挑。"我说："味道不重要，我们吃的是情怀。"说实话，那天的花鲢端上来后，我也没有觉得味道很惊艳，可能是吃的人少了，花鲢不够新鲜，总感觉少了当初鲤鱼的生猛。蛋哥轻声说："这家饭馆的牌子倒了,可能坚持不了多久就会关门了。"他唉声叹气地摇着头:"多好的饭馆啊,好端端地被自己折腾死了。"我也感受到了老板的艰难,他以前只烧一个菜,现在妥协了,什么都烧,洗菜也自己来,杀鱼也自己来,一个大厨师的架子都丢光了,约等于他的辉煌时代已经过去了。

我们潦草地对付完了那顿饭,从包厢里出来,看到老板在用抹布擦一个玻璃罐,玻璃罐是用来泡药酒的,器形还挺大,里面也没酒,灌了小半罐白色小丸。我们都见过人参、鹿茸、毒蛇啥的,这种比米粒大一点的白色小丸倒没见过,就问老板,那是什么好东西?

老板笑笑说,那不算好东西。他扶着那个玻璃罐说:"听说以前的刽子手每杀一人,都喜欢在刀把上刻一条纹路,杀到一定数量就收手了。我和那些杀人如麻的刽子手也差不多,不同的是,我是杀鱼如麻。"

我猛然间记起来,当时他烧的鲤鱼好像都被剜去了一颗眼珠子。我一凛,问道:"那是鱼的眼珠吗?"老板点点头,他说:"别看一天两条,时间会让人瞠目结舌。我有一天挪出这个罐子,想把发霉的鱼眼珠晒一晒,一倒出来,那数量吓到我了,成千上万的小眼睛看着我。我想,罢了,不烧了。"

回去的路上,我们沉默了好一阵,蛋哥嘀咕道:"没想到他还记这个账。"我说:"可能换谁都纠结,不光是他,连我也感到为难,到底是吃还是不吃?"

我以为他的事情到这里就结束了,没想到过了几个月,老刀给我打电话,他说:"你猜我遇到了谁?"我一头雾水,问:"谁啊?"老刀说:"大樟树的那个厨师,烧鲤鱼的那个厨师。"

事情是这样的。那天,老刀接到了急救室的电话,说送来了一个年纪很大的老人,摔了一跤,伤得蛮重的,让他赶紧过去看一下。老刀赶到急救室，发现那个老人躺在担架床上一直在哆嗦，他看上去真的挺老的，像一片挂在树枝上的枯叶，感觉随时会飘落到地上。老刀初步检查了一下，好像他的腿骨、盆腔都伤着了。他赶紧开了单子，让家属陪着老人去做全身CT检查。

结果出来了，盆腔粉碎性骨折，腿部也有两处骨折，得动手术。没想到家属说，老人家再过一个月就满一百岁了，这样的年纪上手术台，下不下得来都是个问题。他们建议老刀给他保守治疗，减轻点痛苦就行，能熬过去是老人自己的造化，熬不过去就这么认了。

老刀说，农村里的人都很现实，他们觉得这么大年纪是该走了。老人有三个儿子，两个都走在了他前头，再说自己长命百岁，活成了妖怪，膝下的人先走了，老人自己也厌世，不想再多活了。

说归说，老刀还是担心真出事了，家属会赖上医院，就让他们签了承诺书，家属们也都爽快，干脆利落地签了字。老人在医院里住了一个多月，并发症出来了，陷入了昏迷中，只能靠呼吸机维持生命。老刀开了出院证明，让他们把老人接回家。家属不放心，希望老刀能一起送老人回家。老刀当时就急了，在医院好歹还有单位护着，去了人家家里，这事要赖他头上，就真说不清楚了。他毫不客气地拒绝了，后来家属打了个电话，不久后，老刀就接到了院长的电话，说让他陪护一程。老刀想推脱，院长说，这户人家都是通情达理的人，你放心去，不会有事的。

老刀后来才弄明白，老人的一个侄孙在当卫生局局长，既然院长要求了，他只能硬着头皮去。临时充了一个氧气袋，挂在老人鼻子上。去了之后才知道老人的家就在大樟树，救护车拉着警报开进大樟树的时候，很多人都跑出来看热闹。

到了老人的家里，老刀说，氧气袋拔了，老先生就没了，你们自己决定什么时候拔,这个氧气袋也只能维持一两个小时。后来,他们商量着挑了一个时辰,老刀拔掉氧气袋,几个女眷象征性地哭了几声,还没热闹一阵就停了。

本来履行完分内的事,老刀也该回去交差了。没想到,老人庞大的家族都很客气,对老刀千恩万谢,非得留他吃晚饭。每一个人都对他说,难得有百岁老人这样的白喜事,这饭一定要吃。面对盛情相邀,老刀也被他们的热情打动了,就答应了下来。

老刀说,他也没事干,就坐在那里看大家忙忙碌碌,不时有人过来给他递烟,还陪他坐一会儿,聊几句无关痛痒的天。最有意思的是老人的家属都觉得气氛不够悲伤,喊来了一个专业哭丧的人。那个长得像一颗皱巴巴小土豆的人,问他们需要作为什么身份哭,他说什么身份都行,一个人一个价格,儿子女儿最贵,孙子孙女次之,侄子外孙表亲啥的,价格再便宜一点,后来一盘算,发现老人的家族过于庞大,一一哭不过来,就只好作团体哭的打算。

老刀说,那场景有趣极了,老人周围围满了亲人,但他们都在看热闹。那"小土豆"披麻戴孝,跟老人的家属说,我先哭几声给你们看看。结果一开口,气势恢宏,氛围搞得很浓烈,老人的家属都很满意。有人看到"小土豆"脸上挂泪,问他:"你真哭啊?眼泪都出来了!"他边哭边回答:"没有眼泪,我是哭不出来的。"就这样,双方很愉快地达成了交易。

老刀就坐在那里,听那"小土豆"一会儿装儿子,一会儿装孙子,句句催人泪下,哭的内容五花八门,条理都很清楚,仔细推敲,也不见明显的漏洞。更绝的是,作为女儿身份哭的时候,他仿佛变了性,连声音都变得细细的,诉说衷肠的词凄楚婉约,唱得像戏文。

老刀本来想坐一会儿就走的,听哭丧入了迷,竟然一坐坐到了傍晚。

到了晚上，大樟树下摆了宴席，单是过来帮忙的人就凑了好几桌，老刀被家属安排在主桌，享受了座上宾的待遇。酒过三巡，不知道谁说了一声："应该让老庄来烧一条鲤鱼。"这个提议得到了大家的响应。有人说："老庄现在不烧鲤鱼了，不过今天是康太爷的大日子，应该可以破个例。"

有人跑去喊老庄，不久后，老刀看到大樟树的厨师被众人簇拥着过来，这次他穿得十分考究，簇新的厨师服，扎着厨师围攒，头顶上还戴着一顶崭新的厨师帽。他走进大堂，朝康太爷的遗体毕恭毕敬地拜了三拜，周围围满了会聚过来看热闹的人。

老刀说，听说大樟树的厨师要重新掌勺烧鲤鱼，大樟树的男女老少都出来了，感觉像一门失传的绝世武功重现江湖，大家都想目睹一下风采。

老庄还在做准备工作，有人就迫不及待地捧来了一条鲜活的大鲤鱼。他看了看，把鲤鱼接过来，抱在怀里还抚摸了几下。接下来发生了大家意想不到的一幕，老庄抱着鲤鱼一路小跑，在离大樟树不远的溪流里把它放生了。

众人纷纷错愕，老庄却回来了，他挽起袖子，问后厨有没有老一点的卤水豆腐。有人说，豆腐有的是，我们要看你烧鲤鱼，不是烧豆腐。老庄说："什么材料没关系，你们等着瞧吧。"

有人给老庄端来了豆腐，老庄说："太小了，得弄一板来。"马上有人给换了一板，老庄说："再弄一盆清水来，旁边放着。"大家这时候才注意到，老庄带来了一个牛皮套，解开来，里面都是精光闪闪的刀具。

老庄把端来的豆腐往跟前一放，闭上了眼睛，众人都屏住呼吸，瞪大了眼睛看着老庄，不知道他要干什么。老庄突然双眼睁得滚圆，眼眶中熠熠闪光，他的目光都集中到了眼前的这板豆腐上，只见他手握刀具开始在豆腐上停停走走，时而细腻婉约，仿佛于大山溪流深处，拨动琴弦，时而万马奔腾,如百川汇流,翻腾入海。

过了半晌,众人反应过来,他是以豆腐为原料,在雕刻鲤鱼。刀具在水盆和豆腐间来回游走,愈来愈疾,感觉刀锋处有热流倾泻而出。那板豆腐顷刻间仿佛有了生命,一条鲤鱼的形状出现在了众人面前。

老刀说,当时有种错觉,觉得这条"鲤鱼"就是从老庄心里游出来的。众人围着"鲤鱼"纷纷议论,说雕得太传神了,尤其是尾巴,仿佛还在划水。

雕刻完"鲤鱼",老庄又调了藕粉,把它淋在了"鲤鱼"身上,开了炉火,热了油锅,把那条"鲤鱼"放进了油锅,片刻后,"鲤鱼"出锅,通体金黄色,形状也更加立体。有人高喊:"好!"众人纷纷开始鼓掌。

之后,老庄改用平底锅,把"鲤鱼"放了进去,"忽"一下,火苗蹿了起来,老庄身上的血液仿佛也跟着沸腾起来,他的勺子在一排调味料中穿梭,每一下都如蜻蜓点水,拍入锅中后,不时有火焰蹿起,但也转瞬就熄灭,那些火焰仿佛出自魔术师之手,一明一灭,任由他掌控着,那条"鲤鱼"在各种变幻中滋生出神奇的香味。一阵眼花缭乱的烹饪后,"鲤鱼"终于出锅了,它摆在一口清水瓷盘中,形象呼之欲出。

但这并没有完,老庄又调了番茄咖喱酱,他仿佛化身为神奇的画师,用那把已入化境的勺子往"鲤鱼"尾巴上轻轻一泼,红黄相间的色彩恰到好处,一分不多,一分不少。众人暗暗惊叹眼前的景象。老庄又调上了黑芝麻酱,转眼间,从牛皮套中抽出一支细毫,蘸了黑芝麻酱,点了"鲤鱼"的眼睛。

至此,他袖子一甩,扔了细毫,大喊三声,颓然坐于地上。众人纷纷去扶他,却见他已伏在地上,抽动着双肩。

那条"鲤鱼"被端上了桌,被无数双虎视眈眈的眼睛盯着,但大家仔细一看,都噤了声,因为那条"鲤鱼"仿佛活了,它的眼睛炯炯有神,在瓷盘中看着大家。这会儿，叫好声也没了，嘈杂的环境安静了下来，谁也不敢先动筷子，就这么静静地对视着。

僵持了很久，人群中有人嘀咕："吃不得啊，太吓人了！"大家面面相觑，不知该如何收场。这时候，不知谁提示了一下，大家纷纷把注意力转到了墙上的康太爷，他正笑眯眯地看着大家，这一来一往，就把他和"鲤鱼"牵上了线。缓过神来之后，大家七手八脚地抬起那条"鲤鱼"摆到了康太爷的灵前。之后，人群才开始慢慢地活泛过来。

· 作者简介 ·

　　雷默，男，1979年生于浙江诸暨，现居宁波。中短篇小说发表于《收获》《人民文学》《花城》《钟山》《江南》《作家》《当代》《十月》等刊。部分作品被《小说选刊》《新华文摘》《小说月报》等转载，有作品被翻译成英语、日语、俄语。

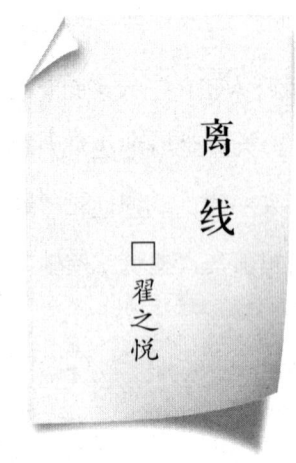

离线

□ 翟之悦

1

天佑书桌上的手机活泼地振动起来,嗡嗡一阵,停顿,然后又是一阵,接连不断。瞧这架势,他不看也知道,是前妻佩西。

不就为了钟点工小玲吗?

小玲长得好看。刚才同佩西聊微信时,天佑这么说了。他只是随口一夸,她却纠缠不清了。

有多好看,比得上我吗?看上了吧?那就上嘛。

天佑发个点头的炮炮兵回了佩西,便退出微信,连电话也摁了振动键。眼下,任凭她拨打多少遍,他都不理不睬。

明知是调侃,他却依然冒火。有啥了不得,不就给他添了件"小棉袄"嘛。

爸爸!

"小棉袄"苗苗在隔壁惊叫一声,这是暑假,她不上幼儿园。天佑慌忙跑过去。苗苗在午睡,梦魇呢。他叹口气,陪着她,想等她再睡沉。这当儿,房门笃笃轻叩两下。

大哥,都好了。是小玲。说好的,每天两三个小时,她来洗衣做饭搞卫生。

天佑穿得齐整,起身时,却还扯平衣角。至于嘛,照例验个收罢了。上下两层,天佑草草巡视一遍,回到他的套房里,含笑道,进来坐会儿吧。

不用不用,没啥事儿我就走了。小玲气还没喘匀,就撸下褐色袖套。

快来歇一歇,等一会儿,帮我个小忙。天佑一锤定音。

小玲只好进了房。天佑从冰箱里取出一盒冰淇淋,递给她时,趁机多瞄了几眼,是因为佩西的调侃?小玲二十多岁,个儿高挑,白净斯文,有一种稚嫩的美。要是扯下围裙,活脱脱就是个在校大学生。之前几个钟点工多少都有点儿粗野,可她不同,举手投足都透着教养。

然后呢,你叫她帮了什么忙?佩西在微信里追问他。这是两三个月后的对话了。那一阵子,他俩打着冷战。直到有天深夜,佩西发来微信说,太想你和女儿了。佩西又落单了。一见她的软话,天佑冷了三个月的心,似乎回暖了。

然后?孤男寡女,还能怎样?

啊,你真睡了她?佩西说。

恭喜你,猜对了!他用力敲键,没有半点迟疑。

这时候,女同事曲奇发来语音,天佑接了。她三十来岁,在一家中外合资的游戏公司做技术设计，不坐班。曲奇跟他同龄，长得漂亮但不肯安分，所以还是单身，偶尔撩他一下，却不死缠烂打。语音聊天时，他估计佩西已离线了，她那嫉妒心忍不了这个。

佩西会搭上旁线，非得等到再次落单，才会照例上线，说，太想你和女儿了。可是，这回错了。待他回到微信主页，又见佩西说话了，你是如何把那根嫩草叼到嘴的，说来听听。

沉吟片刻，他噼里啪啦整了一段，砸过去。我对小玲说，小黄鸭——哄苗苗洗澡的玩具，不见了，帮我找找？小玲说，好。她把冰淇淋放回冰箱，就里外找开了。其实小黄鸭没弄丢，被我藏在大床底下。只要她有点耐心，准能找到。如我所料，她很快找到了小黄鸭。不瞒你说，我在小黄鸭上搁了个安全套。

你居然给她下套！

嘿嘿，你管得着吗？那个套是我跟你用剩下的。几个月前，你回来那晚，咱俩几乎用掉了一打，还记得吧？小玲趴下，左脸颊贴着地板，盯着床底叫道，那不就是小黄鸭吗？她匍匐上前，一把抓过它，谁料，一个粉色的小东西滑落下来，她定睛细看，瞬间呆了。那粉色的安全套，是你喜欢的，草莓牌，包装还没拆呢。接着，隔着床板，我呢喃着，小玲，再帮我个忙，好吗？小玲寻觅时，我也没闲着。大床上，我裸着上身，躺成个"大"字，活像另一只待抓的小黄鸭……

他忽然打住，不想往下编了，不过，要是真这么个撩法，小玲会有什么反应呢？

天佑叫小玲吃冰淇淋，她没反应，直到洗净小黄鸭，才取出冰淇淋，边吃，边瞅着空阔的房间，疑惑地问，屋子那么大，怎么就你和女儿住？

是啊，缺个女主人呢。天佑接得快，然后，话锋一转，苦笑着说，这种祖传的自建房，也就买不起房的人羡慕吧。

之前，这屋里除了他父女俩，还有佩西。几年前，天佑爱上了佩西。那时，她和同事合住十来平方米的宿舍，逼仄得身都转不过来，更别提有洗漱间了。所以，一搭上天佑，她就马上搬来了。这儿虽不上档次，但毕竟宽敞，拉撒也方便。谁料婚后不久，她就怨声载道，尤其有了女儿，更是满腹牢骚。漏风的卧室，无窗的卫生间，朽烂的下水道……统统成了她吐槽的爆点。他不止一次地对佩西拍胸脯，说，老婆，苦尽甘来啊，我们再等一阵子，等这老房拆迁了，拥有的何止一套新房？

等，等，再等下去黄花菜都凉了！佩西不是个有耐心的人，没过多久，便迷上了网友——一个单身阔老头，随后，竟义无反顾地搬进了阔老头的豪宅，狠心地撇下了他和女儿，连同那段糟心的回忆。

2

你老家在西安？天佑明知故问。他早就看过小玲的身份证。

西安临潼。你肯定晓得。小玲说。

临潼？好地方！那里有华清池，是杨贵妃和唐明皇一起洗澡的地方，岂能不知晓？

临潼好地方多得是，你却只知大美女的澡堂子。说着，她的脸红了。

他扫了她一眼，一拍手大笑起来，这样的笑声有床上的气息。

爸爸！苗苗突然边喊边趿着拖鞋，摇摇晃晃跑过来，他的笑声惊醒了苗苗。他连忙收住笑，正襟危坐。苗苗推门进来，乌亮的大眼睛盯着他，又侧过脸望望小玲。他有些慌乱，是做贼心虚的样子，便连忙指着小黄鸭，打岔道，小玲，帮苗苗洗个澡吧。

浴室连着这间房，原本是阳台，整个儿被封住了，用的是钢化玻璃。躺进浴缸，日月星辰，一览无遗。浴缸是洛可可风格的，外带台阶、罗马柱，缸沿环绕着一群小天使，十来双米色的大理石眼睛，活灵活现。这是佩西新婚时弄的。她一味想把整个家都捣鼓成这豪华风格。可始终没能遂愿。巧妇难为无米之炊哪。离婚后的日子里，他们唯一一次做那事儿，就在这浴缸里。

佩西发微信来说，想你们了，还想念星空下泡澡的味道。

你想回就回呗，他顺嘴一说。

她果真坐动车来了，带给他满脸惊愕。那个有星星的夜晚，他俩在浴缸里很尽兴，还翻了不少新花样。天佑说，那么多小天使的眼睛盯着，我有点不好意思，你不尴尬？

佩西说，我喜欢这样，我更喜欢的，你懂……不像那个老家伙，几下就不行了。

他一听，突然泄了气，猛地推开了她。

她的后脑勺磕上缸沿，流血了。她怨他绝情。离婚后约定，她可每月探望女儿一次。自那夜之后，他们没再见面，除了微信。既然相见变了味，还是不见为好。

天佑盯着浴缸发呆。

用白色的沐浴液吗？小玲问。

不，蓝色的。天佑说。

有分别吗？

有啊。天佑说得头头是道。蓝色的柔和无味，纯天然植物沐浴液，无任何添加剂，适合苗苗。而白色的偏碱性，成分丰富，刚好适合我和你这样的……

天佑故意把"我和你"说得有点轻佻。见他还要说下去，小玲及时用话岔开，你真细心，我们女人也远不如你，说着，她抬头看了挂钟，剩余的时间不多了。

细什么心啊？等你当了妈，自然懂了。天佑突然觉得自己有点荒唐，什么当妈不当妈的，一会儿贵妃的澡堂子，一会儿安全套，一会儿坏笑，一会儿要她帮忙洗澡。一个离婚的大哥，在纯情妹子跟前，言行不成体统，怎么看都显得轻佻。这些年来，他形单影只，总想找人聊个天，解个闷，可聊天解闷也得找对人哪，她还有下一家等着她去收拾呢。

他终于平静下来，看到小玲替苗苗褪了衣服，把她抱下了缸。

放满缸水吗？小玲摘下花洒，急切地问。

半缸够了。说着，他把小黄鸭丢进去，说，给她玩这个。女儿洗澡，有个坏脾气，一着水，便不肯闲着，老是闹腾，闹得大人无从下手。玩了小黄鸭，或许老实点。他顿了顿，又说，女儿大了，我给她洗澡不太方便。

这句话只是他预置在心里的托词，小玲认为，苗苗才丁点大，他洗，一点问题也没有。

其实，天佑也这么认为。从前不都是他洗吗？把蓝色沐浴液摇出泡沫来，抹上，淋水，搓搓，几个来回翻弄那堆白沫，然后挺起十指在"小棉袄"身上轻轻揉动。给她洗澡像做家务，琐碎，烦冗，他心里却是温热柔顺的，他不正需要这些来填充落寞乏味的辰光吗？夜里爬起来给啼哭的女儿冲奶粉，笨拙地把屎把尿，抱着浑身滚烫的女儿去看医生，那些时候有哪个女人来搭把手呢？

才洗了一半，小玲的手机铃声就响了。她擦干手，拿起来一看，是下家主顾在催了。小玲对他羞涩一笑，说，我得走了。给苗苗洗澡本是她的分外事。

然后呢，她上套了？佩西在微信中追问，嫩草的味道错不了，是吗？

没有然后，她就走了。哦，走时她带走了吃剩的冰淇淋。天佑实话实说了，他知道，再这么胡编下去，难免刺激佩西，更有伤小玲。可即便他真的跟小玲好上了，也没错呀。还有，佩西走后的空窗期，他搭上了曲奇，尽管没动真格。不论是小玲，还是曲奇，他爱搭谁就搭谁，轮得到你佩西来说三道四吗？

"小棉袄"还在浴缸里闹腾着。她不住地扑腾着手脚，一次，两次，三次，仿佛想潜下去又想飞起来似的。被她撇在一边的小黄鸭，随波悠闲地晃荡着。

天佑曾养过一只鹦鹉，有点像小黄鸭的模样，其实是只小黄桃牡丹，他给它取名叫桃桃。

桃桃玩水也挺乐的。它掠过水面，摇头拍翅，唧叫着停在女儿头顶上，把湿羽毛蓬松起来抖一抖，又跳到缸沿上，豆粒似的眼睛注视着女儿，就如同那十来双小天使的眼睛那样。

天佑每天给桃桃换水喂食，隔几天更换垫在笼底的报纸。无师自通，它会自己蹲在笼顶或是窗台晒太阳，顺便用喙梳理羽毛。桃桃很听话。天佑坐在电脑前设计游戏时，它坐在桌边，望着电脑里光怪陆离的影像，轻舞身子，自娱自乐，从不招惹他。偶尔也会闹事，天佑责骂它，它便拍打着翅膀咻地飞走，把身子藏进窗帘里，探出小脑袋，眼睛扑闪扑闪的，像在偷看他的表情，那滑稽可笑的模样，叫他撑不住笑出声来。于是，就朝它扬扬手，它便飞过来，站在他腿上，欢叫几声，互相就算握手言和了。

事实上，整个房子俨然是个大鸟笼，桃桃随意飞来躲去，哪儿都去过了，沉闷的老房里便平添了欢声笑语。外出时，天佑多了份牵挂。他很少出门，可也难免要开个会、取个钱、赶个饭局什么的。事儿刚办完，他就心急火燎地回家，像是又多添了件"小棉袄"似的。走在回家的路上，明灭的霓虹灯闪在他脸上，几线光透进他晦暗的心。

一转眼，桃桃长大了，忽然有一天，它飞走了。

有一天，当天佑把谷粒舀入食碗，啧啧呼唤过后，桃桃没有如同往日一样过来。虽是白天，他却打开了所有的灯，啧啧啧，喊个不停。角角落落都找遍了，依然不见踪影。电脑屏幕仍然亮着，正在演示他新创的游戏——《疯狂的小鸟》。五光十色的界面像是游戏世界的任意窗，被怪兽吞掉鸟蛋的小鸟，从窗口探进头来，召唤桃桃施以援手，桃桃便一头钻出窗子。那一刻，浅蓝色窗纱在微风中舞动，若隐若现出窗外那棵桂花树茂密的树叶。天佑呆望着，像是感受到了这个过程，却无力挽回。

桃桃不见了，猝不及防。仿佛那些女人，用一缕缕虚幻的情丝缠绕他，撩拨他，征服他，让他沉迷下去，甚至万劫不复。某一刻，突然离线了，留他一个人在飘忽中寥落。

3

天佑只好网购了一个橡皮小黄鸭，哄女儿说，这是桃桃变的。女儿信了。女儿喜欢的游戏动漫里，主角变身玩具，是习以为常的。

天佑时常上线，但很少网购。这一回，他却精挑细选了一个硅胶的按摩洗头刷。据说，这刷子对增发有奇效。这是小玲告诉他的。那天，小玲

255

给苗苗洗澡时，他凑过去助力。她瞥见他稀稀拉拉的毛发时，便建议他弄把按摩洗头刷。

又一天，钟点工小玲抓紧料理停当，站书房门口问一句，大哥，要给宝宝洗澡吗？

嗯。夏日得每天洗澡。他说。于是，整个夏天，小玲给苗苗洗澡成了常态，顺便，也为天佑洗头、按摩。

苗苗坐在水里不住地扑腾着手脚，仿佛准备下潜，又像是起飞。

大哥，苗苗玩水快乐吗？小玲说，网上说，宝宝玩水快乐，是因为在妈妈的羊水里泡惯了的缘故，没了妈妈的宝宝，玩水还快乐吗？小玲问。飞溅的水花打湿了她鼓鼓的前襟。天佑一时无语。

待小玲离开后，天佑蹲在浴缸边看女儿玩水。失去了母爱，她玩水还真的快乐吗？天佑自言自语，她的小脑瓜里，到底想些什么呢？之前，桃桃爱跟女儿一起玩水。那么当时，她又在想什么呢？

渴望自由呗。游戏工程师曲奇这么说，在地面上，只能做二维运动。潜水，是唯一能与飞行媲美的三维运动。但苗苗是个孩子，显然不懂潜水，只是尽兴玩水，这算是她向往自由的本能体现吧。至于鸟嘛，也和人一样，骨子里喜欢自由，不管身处何境。

就这个问题，天佑还问过佩西。佩西给出了另外的答案，苗苗爱玩水，或许爱的是流水抚摸皮肤的感觉。每个人都有点皮肤饥渴症，通常缺啥，就对啥饥渴。囚鸟也是同样的道理，因为动物是通人性的。他觉得佩西说得不无道理。她总是"饥渴"，得了老公爱女，还要别墅香车，所以她说走就走。这辈子，只有物欲可以让她奋不顾身。

4

对决了一局，天佑摘下眼罩，看见技术总监已呷了口咖啡。

显然自己做得很好。游戏预演每周一回，预演结束后是模拟对决。假如打得不错，总监会呷口咖啡。

不出所料，总监夸他了，建模和动作都挺好的。总监又美滋滋地抿了一小口，并让咖啡在味蕾上停留片刻，带点苦涩的醇香在她口腔萦绕低回。佩西也喝咖啡，可跟总监喝的不一样。咖啡从她嘴里大口灌进去，咕噜噜流进肚里，然后再来一大口。佩西说，喝咖啡，就像喝开水那样，图个解渴，哪来这么多讲究？

总监坐下，放下咖啡杯。

这款新游戏的竞技精神是公平，只要玩家技术好，1挑N不是问题，总监说。总监一般不说话，说话不一般。

再找人跟我对决一盘，总监说，留心动作和武器，当然，还有CG。此话也不一般。简练，到位。

天佑后退，总监起立。《疯狂的小鸟》又重新开战。

总监四十出头，板寸短发，爱穿T恤、牛仔裤，右耳打一排耳钉。时光飞逝，但她还我行我素地活在少女时代里。除了游戏和电脑，他俩鲜有话题。记得跟佩西恋爱的那段时光里，佩西陪伴天佑左右。他在电脑前对战总监，佩西就站在他背后不远处，默默助威。虽说不在视线里，他却能感觉到自己的心始终在佩西身上，幸福而安心。有一次，天佑请教总监问题时，总监往身后一瞟，冷不丁问道，你老婆？

天佑犹豫一下，嗯了一声。总监笑了笑，便没了声响。记不清佩西总共去了几回，反正婚后，她没再去过。以至于，在他的记忆里，婚前去的几回也模糊起来。

有一回，显示器上冲锋陷阵的都是狗，猫一还击，转眼狗散，天佑又成了无人照管的单身狗。天佑摘了眼罩，瞥见总监向后一瞄。他以为总监又会问，你老婆呢？可总监没问。以后，总监也一直没问。总监为啥不问？他很好奇。但总监为啥要管这档事呢？

对决结束后，天佑整理设备的连接线，见总监又呷了口咖啡。

玩过《蝙蝠传奇》吗？总监问。

没玩过。天佑说。

你去研究一下它的人设，总监说，市面上买得到，内核挺有想法。

好，我这就去。天佑说。

老婆跑了？总监没头没脑地问了一句。

天佑瞪着总监。总监到底还是问了。他都离了好几年了，总监可真沉得住气。

天佑以为总监还会问什么。反正捅破了，他也不怕她多问几句。我是技术总监，不是婚恋顾问，总监说。这句真够呛的。只有技术不离不弃，总监又说。是的，这才是总监的调调。

等了良久，总监没再问话，天佑才背起电脑包走了出来。

<h1 style="text-align:center">5</h1>

一阵门铃响过后，天佑照例下楼开了门。

同款防水围裙，同款褐色袖套，可站在他面前的不是王小玲，而是个半老徐娘，胖得如啤酒桶似的。

天佑惊奇地问，怎么是你？

是公司派我来的。"啤酒桶"说，试用期不变，三个月。

天佑领她进来。

王小玲呢？天佑边问边给小玲发微信。

不晓得，公司那么多人。"啤酒桶"说，或许另谋高就了吧。

是啊，像小玲这类钟点工，整个蓁城有几千吧，或许是几万呢，天天都像流水似的来来往往，谁有闲心管这个呢？

"啤酒桶"走进客厅，天佑交代清楚后，回坐电脑前继续写代码。但不知为什么，脑子乱糟糟的，一组游戏代码编得离了谱。不辞而别，什么情况？是跳槽了，还是改行了？或许回了老家？微信也不回，难道是车祸？或是被拐了？

天佑霍地站了起来，突然觉出自己很可笑。不是吗？一个本分的钟点工而已，不过闲聊过几回。只是长得好看些，其实也谈不上好看，哪个女人年轻时没有几分姿色呢？何况，美爆了又如何，跟他有关吗？

那之后，佩西未曾来过微信，可能她又搭上了新线，顾不上他了，这也合乎情理。

一个燥热的午夜，心烦意乱的天佑一来气，删除了佩西的微信。

没过几天，佩西却主动加了天佑。天佑迟疑一下，就点了通过验证。半晌，佩西发起语音，支吾着说她来蓁城几天了。你在哪儿，我来找你，天佑说。不用了，佩西又支吾了一通，天佑才弄清，她从幼儿园带走了女儿，正要坐动车走。

不行，你不能带走她！我立马赶来。天佑又气又急。

恰逢拆迁评估。拆迁办和评估人员来了一大群。为首的说，小伙子，要带头签字啊。

我有要事！天佑说着，撒腿就跑，把他们甩在家里。

外来车辆堵住了天佑的小车。

天佑几经折腾，赶到车站时，那动车徐徐启动了。佩西还在线。

你为什么要抢走女儿？究竟为什么？天佑对着手机嘶吼，我跟你没完！

那个老家伙生不了，我得留个后啊。你可以再娶啊，笨蛋！佩西顿了顿，又说，打官司你也不会赢。

6

当天黄昏，天佑收拾好心情，又去见了一个女人。

他把相亲安排在附近的露天排档。按惯例，他比约定时间早到了片刻，点了几道菜。

不一会儿，迎面走过来一个干瘦的女人。微信图片上的她，丰腴貌美。显然修图了。

她向他点点头，坐到桌对面。介绍人说她刚离婚，但没讲原因。

看这架势，是死肚子。天佑猜测。他最忌的是女人生育有问题。但他的猜测很快就被否定了。

寒暄一番后，彼此介绍情况。天佑择其一二说了，面对一个素昧平生的女人，又有什么话题可聊呢？

接着，该是她说了。这期间，菜陆续上来了。偶尔，她动一动筷子，天佑也撺一点，放进嘴里慢慢嚼。

扯到婚史，女人叨叨开了。她说前夫怎样有钱有型，怎样送金送表，热烈追求她，她怎样不顾父母反对跟了他。

天佑听得很不自在，可她谈兴正浓。

菜上齐了，女人清了清嗓子，忽然话锋一转，历数她因为生了个女儿，老公怎样不满，她又是怎样忍辱负重。

天佑听得心烦意乱，想起身走人，可她还没说完。

绝望主妇正说到伤心处呢。她喝了口水，皱眉说她怎么发现老公劈腿生子、转移财产以及赶她出门，她带着女儿又是怎么度日如年。女人讲着讲着，捧着脸呜呜地哭起来。

天佑动了恻隐之心，耐心劝道，你快别这样，犯不着跟他那样的人计较，谁会拿他当人看。

他当真不是人！父母早这么劝导我。唉，都怪我，不听老人言，吃亏在眼前哪！女人收住泪，加重了语气说，当务之急，我得嫁个有钱有势的老公，气死那个畜生！

离开大排档时，天佑主动扫码买单。他送她上了公交车后，转身徒步回家。

离婚后，天佑见过不少女人，差不多每一次，他都是听众，被逼收下一堆情绪渣滓。每一次都是失望，每一次都没有下文。这次也不例外。

归途的路灯暗淡，蓝月光照不亮他晦暗的心。

7

天佑半躺在浴缸里，身子闲下来，记忆就浮起来。

女儿头顶一坨泡沫，像个鸟巢。小玲弯腰为她抓啊，挠啊，秀发垂下一绺子，扫在眼睛里，然而，眼睛一眨不眨地盯着鸟巢。于是，鸟巢轻轻蠕动，女儿舒服得摇头晃脑。天佑蹲下来摁头揪耳，甚至吆喝，让女儿配合。两人挤在一起，像对夫妻，合力为女儿洗澡。洗完了，女儿还赖在水里扑腾，一次，两次，三次，不知想潜下去，还是飞起来。天佑的心随之怦怦乱跳，也想潜下去，飞起来。

小玲说，大哥，没了妈妈的宝宝，玩水还快乐吗？飞溅的水花打湿了小玲鼓鼓的前襟。

一想到小玲，天佑的心就潜下去。不管是跳槽，还是回老家，她都应该跟他道个别，至少发个微信。为什么？不为什么，直觉告诉他，小玲会这么做的。后来，天佑不禁发起语音，对方一直没接。这一发，他不安的心又潜深了一层。一个女孩在蓁城，无依无靠的，一切皆有可能啊。

最后一次跟小玲相见是什么时候呢？哦。记起来了，那一回，她不是来做家政的。

那个周日的夜晚，天佑正打算洗澡，门铃响了。这个时间点，通常没人来。天佑以为是隔壁的租户。隔壁租住着一位伴读的阿姨，她的小花猫老是跑掉，来按过几次门铃。

打开院门，居然是小玲。今天你不休假？天佑很惊奇。

小玲在附近干活，顺路按了他家门铃。

进来吧。天佑客气地说。

小玲款款而进，跟他上了二楼。天佑递给她冰淇淋，她大方地接过来，吃了。然后移步浴室门口，对他说，我想给宝宝洗个澡。

当然不必了。女儿被前妻夺走了。浴室空留小黄鸭，还有那个按摩洗头刷，就是她为他洗头按摩用的。

要不，就帮大哥洗个头吧。

我还新买了防脱洗发水呢，天佑说。

天佑马上从橱里翻出那瓶洗发水，又在架上抽了条毛巾，再把那个洗头刷交给小玲。

这时，书房里传来微信铃音。是曲奇。天佑请小玲稍等，便步入书房聊视频。

视频不算短，谈着谈着，天佑便把浴室里的小玲给忘了。待他关了视频从书房出来，小玲竟然不见了。

曲奇伤心透了，她在二环的天桥上，呼了天佑。她发现新男友有了外遇，顿觉生无可恋，想要跳桥自尽，一了百了。

人命关天，他什么也顾不上了，跳上老爷车飞驰过去。

对了，上回小玲不是来做家政的，莫非她是特意来道别的吗？

8

有一次，天佑巧遇了桃桃。

他正打算去公司，站在院外锁门时，听到那桂花树上窸窣声响，下意识抬头，就看见了树杈缝隙里一只鹦鹉。那是个雾天，枝叶又密，那鹦鹉有点像桃桃。但不敢肯定。天佑抱住树干，摇晃着呼唤不迭，鹦鹉翘翘长尾巴，循声探头。他终于看清了，是桃桃，可毛色黯淡多了。他的心一阵刺痛。桃桃盯了他片刻，挪开了视线，它拍动翅膀，飞得更高，站到了树冠中间。天佑试着爬上去，一边高喊桃桃。在树的最高处，桃桃又一次站定望向他。可这次已看不清那对长着红斑的鸟眼。彼此间隔了更稠的雾气。后来，桃桃没再看他，直至在迷雾中飞远。

天佑曾跟佩西说起过桃桃，她开导他说，倦鸟知返，飞累了，桃桃会回来的。

然而，桃桃注定是回不来了。

桃桃飞走后的一天，天还热着，天佑晚饭后散步，游移的目光瞥见那桂花树下，有团奇怪的东西。靠近细看，是两只干瘪的鸟爪，几片黄羽毛，他确认是桃桃的。是猫干的好事？是的。边上那撮橘黄色的猫毛，就是罪证。显然，经过了激烈搏斗，柔弱的桃桃还是敌不过凶残的野猫。他希望是一只野猫，千万别是那些家养的宠物猫。一旦被他发现可疑的凶手，天佑真怕自己会杀了它。

天佑心如刀割。他跑回家，关上门，还不行。他只好躲进书房，打开电脑，把游戏音乐调到最大。

可是，不管用。黄羽毛在眼前飘，桃桃在挣扎。

天佑快疯了。思来想去，此刻能帮他的只有曲奇。上回曲奇约他喝茶，他又推辞了。她因此对他心生怨气。明知这微信不该发，天佑还是发了。

曲奇没多问，马上赶来。后来，她去储物室找出一副橡胶手套和一把铲子。全部操作过程，曲奇包了。天佑不忍心看，他一直呆坐在电脑旁。等他从电脑房出来时，那些羽毛和残骸都消失了。曲奇留了下来，没问天佑，她已在线叫了两份外卖。她又变成小鸟依人的样子。天佑知道，外卖送来后，她会端着饭盒坐过来，靠在他身上，温柔地要求复合。这些年来，他俩时好时坏，那一出戏，她已唱过不知多少遍了。天佑，我现在才明白，你对我最重要。我一直都相信缘分，同事那么多年就是一种缘分啊，以后，我会好好珍惜你。

这些台词，听得他耳朵起茧了。可她的语气是那么诚恳，每个字都郑重其事。所以，明知自己是备胎，可每次她靠过来，他都努力回避那些不快，尽量享受重拾旧欢的甜蜜。然而，一旦他以为这甜蜜会长久下去，幸福的小鸟便又向高枝飞去。等待他的是日复一日地重修破碎的心灵。

天佑没等曲奇的身体热起来，就已轻轻推开她，起身坐回电脑前，对着电脑屏幕，不冷不热地说，我就是请你帮个忙，埋鸟。天佑心里明镜似的，每次传出老城区拆迁的消息，曲奇便对自己热乎起来。消息过后，她掉头就跑，照例寻觅新欢。

好哇，你家老房子刚要拆迁，就对我摆谱？

电脑屏没开。漆黑中，天佑看得到曲奇的身影，像是恐怖游戏里的人。天佑对世界的感觉陡然变得糟糕，往往只在一瞬间。这真奇怪。美丽小鸟瞬间变身怪兽，自尊的受损滋生出难以言说的怨恨，反馈给天佑的是尖酸的挖苦、刻毒的唾骂。最后，曲奇从背后重重地拍了一下天佑的后脑勺。

曲奇走了，走的时候脸色很难看。她满怀期待而来，失望而归。天佑更是失望，他原来真的以为她会把"好好珍惜"再强调几遍。

9

网上说，逮住鸟后，猫会玩弄几下，再吃。所以，桃桃落入猫口时，不会马上断气。在叫天不应、叫地不灵的猫爪下，濒死的痛苦和恐怖比死更可怕。那阵子，天佑一开电脑，总看到类似的画面，怪兽曲奇蹲在桂花树上，张开血盆大口朝他喊，来啊，你有种就来！四下浓雾弥漫，桃桃在曲奇爪下不住挣扎，血珠子一滴一滴往下滴，让人几乎崩溃。

雾愈发浓了，屏幕暗下来，天佑突然觉得自己成了那团雾，虚飘飘的，也没个去处。或许可以走亲戚？但天佑听不得亲戚们连番地盘问，你方唱罢我登场，异口同声问着相同的个人问题。

这阵子，佩西和曲奇都发过微信来，可他都没回。他像在偷偷赌气，不是同她们，而是同自己。

赌什么气呢？天佑说不上来。

天佑又在电脑屏幕上看到了桃桃，它被怪兽按在爪下，苦苦挣扎。薄雾缭绕，悲悯地半掩起这惨状。和上回不一样的是，这回桃桃放弃了无济于事的挣扎，它扭过头望了望天佑，接着做出一个让他肃然起敬的举动。当桃桃奋不顾身扑向怪兽时，屏幕浓雾般暗了，天佑回过神来。

晚饭后，天佑关了电脑，出了门。他要去收快递，快递代收驿站就设在巷口。输完密码，代收箱开了，里头有些游戏赠品，还有个纸盒，纸盒轻飘飘的。

天佑辨认了地址，竟然是陕西。看来没出事，小玲只是回了老家，但小玲给他发了什么呢？

一进院门，他就迫不及待把纸盒拆了。填充的泡沫被一个个取出——一个半新不旧的硅胶洗头刷。没错，就是天佑在线买的，后来消失的那个。

盒底还有张照片，背后有几行字：大哥，我回老家山区支教了，那山区是我的祖籍地。我忘不了那儿的留守儿童凄楚又无助的眼神。我家境贫寒，为了读完大学，假期里我一直打工。

沿台阶一级级上楼，天佑飘忽的心缓缓踏实下来。

大哥，洗头刷我拿了，想留个纪念。转而一想，我不能随意拿你的东西啊。现寄还给你，请查收。

二楼到了，书房门开了。

大哥，当时，我丢了手机，掉了所有信息。过了很久，我才有机会下山买新的。你要是来陕西，给我发微信啊。

准备洗澡时，天佑听到外间微信响了。可能是佩西吧，也可能是曲奇。此刻，无论谁的微信，天佑都乐意回。

天佑再次半躺在浴缸里。不过，这一回，他不想潜下去，只想飞出去。年轻人的天是无边的，他的心已飞向了某个远处。

哦，远行时，可别忘了跟总监道别，不然，她发现他忽然离线，铁定抓狂。天佑想。

出了高铁站，或许真会给小玲发微信。为什么呢？不为什么，就想跟她叙叙旧，趁机把洗头刷送给她。

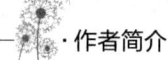
· 作者简介 ·

　　翟之悦，女，1983年生，中国作协会员，中国文艺评论家协会会员，江苏省作协签约作家，已出版中短篇小说集、长篇小说和文艺评论集12部。短篇小说见于《小说选刊》《中国作家》《钟山》《作家》《福建文学》《雨花》《时代文学》《朔方》等刊物，入选《2018中国短篇小说排行榜》《2017江苏青年评论集》《东方少年30周年精选集》等多种年度选本。

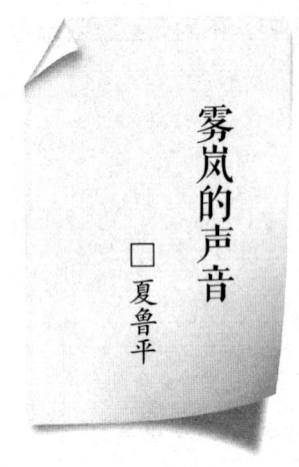

雾岚的声音

□ 夏鲁平

1

"是该解决的时候了,我们必须想点办法。"

妹妹打来电话,说明事情有多么严重。

父亲名下房产可能要流失,妹妹这样告诉我。我知道,父亲去世后,那房子一直由继母香兰居住,最近她生活可能发生变化,房产归属问题我们必须有所警觉。

我给继母香兰打去电话,先是询问她身体、饮食状况,当我转过话题,将要问起房子时,"呃!"继母香兰打了一个响嗝,停顿一下,以为她那边没事了,准备重新张口,"呃!"她又是一个响嗝。

她那时断时续不受控制而又难受的声响,最终让我放弃了问话,我只是轻描淡写地说："这周六我回去看看。"

"呃！"电话那头又来一个响嗝，继母香兰好像怕我放下电话，赶紧说，"你早该回来一趟，你爹走之前，让我把一样东西交给你。"

"什么东西？"

"野山参。"

继母香兰的话已偏离了轨道，也许她这是故意所为，也许不是。父亲热衷于上山挖参，我早有耳闻。父亲每年夏天一个人背着筐篓，奔赴山里，一走就是十天半个月。父亲是个不合群的人，他戴着一顶扣向半张脸的帽子，挥舞一米多长的梭罗棍，奔走在长白山深山老林沟沟坎坎，对那些成帮结伙采参人视而不见。据村里人说，父亲古怪的行为在山林里制造出好多奇闻逸事，比方说，有一次不知犯了什么邪，一只山鹰跟踪了我父亲，在它俯冲的一刹那，我父亲徒手将其按在地上。还有一次，他在山林里迷路，睡在了黑熊藏匿的树洞里，惹怒了夜晚回巢的黑熊，我父亲与那只黑熊展开一场森林大战。这些故事听着有点玄，除了我父亲自己讲述，没人前来证实。我父亲一生积习难改，他在村里人的讥笑中一年又一年独自一人往山里跑，不断制造出各种奇闻逸事。

父亲的做法我从未存留于心，他怎么折腾，不关我的事，我在城里娶妻生子，有了自己的家，乡村对我已经十分遥远，父亲无论做什么，对我构不成什么影响。继母香兰避重就轻提及那棵野山参，着实有些意味，她好像知道我正需要一棵野山参，便将它及时呈现。前几天我老婆大学时的同学春生病入膏肓，有一个偏方能救他的命，但那偏方需要加一味野山参。春生算是我的一个情敌，在我与老婆确定关系后，他明确表示对我老婆放手。从这一点上，我觉得春生这个人很仗义，得知他生病后，我积极参与到挽救他生命的那帮同学中。当我与继母香兰通过电话，我对我老婆说："这周六我去一趟乡下,取回父亲留下的一棵野山参。"

我老婆跟我结婚生了孩子后,患有严重的抑郁症,与外界彻底切断了联系,那时电脑刚刚普及,为缓解她的病情,方便她与外界沟通,我特意为她购置了一台电脑。哪承想,我老婆一头扎进去,再也出不来,她在电脑里找到了无尽的乐趣,找到了从前那些找不到的人,之后,她又联系到了春生(那时我老婆只是把他当作一般同学看待),再后来,他们举办了一场声势浩大的同学聚会。那次聚会,张罗最欢的春生,满面春风,自命不凡。自从网聊后,春生每天二十四小时挂在电脑上,不间断推出七言或五言绝句,深受同学们的追捧。大家怎么也没想不到,上学时不爱抛头露面不爱吱声的春生,已变成了招招摇摇的一个人,他除了张扬和网红,对同学还算彬彬有礼,也没对我老婆格外殷勤地加以勾引,他还是信守了诺言。

"春生是我同学中第一个病倒的人。"我老婆说。春生累倒在了电脑上。那一阵,我老婆已经从电脑中走出来,上网聊天已变成了有一搭没一搭的事情,她每次谈起春生,语调里都带着几分悲悯与无奈,眼里还闪出兔死狐悲的泪光,那副天生的菩萨心肠让她变得郁郁寡欢了。她说:"不能说是电脑害了春生,至少网络让春生找到自信,春生感觉自我良好。"

野山参如果能救春生一命,胜造七级浮屠。

我老婆说:"现在人人都在拼命刷微信,可春生没有一部智能手机,他现在还整天盯在电脑上,等待那些粉丝的降临,如今那些粉丝早就用手机微信刷朋友圈了,没人注意春生,春生好像在我们生活中不存在了。"

2

　　我不知有多少年没去乡下，个中原因比较复杂，主要是我父亲没有了，我与乡下连接的那根线断了。除了继母香兰，我不愿意见任何人。为避免不必要的麻烦，星期六我去4S店检查了一下车子，下午不紧不慢开始动身，按计划傍晚时分到达村头。我们那个村子以雾著称，每到夏天，那浓厚的雾岚就会弥漫在山冈、村庄，还有远处的山顶。如我所料，我开车到达村头时，大雾早已降临，雾气加速了天黑，我在雾气中分辨出近在眼前的山冈，和山冈裸露的岩石以及一小撮松树林，心踏实下来。这山冈是村子通往外界最重要的标识，翻过去，我很快就会看到父亲原有的家了。

　　我不想开车翻越山冈，山冈有个胳膊肘似的弯道，在雾气里很难看清，我不想冒险。正在想着怎么走比较合适，路旁一家院落的两扇漆黑大铁门吱嘎嘎拉开，开门人是一个弯腰驼背老汉，他的脚不灵便地拖住一块砖头，横在了铁门一角，手扶门框，招呼我进去。

　　"费用多少？"

　　"一分不收。"

　　我信任地将车徐徐开进了院子，停在一个鸡窝旁。

　　弯腰驼背老汉说："放心，我这里常年有人停车。"

　　我走出院落，走向山冈。没雾时，过了胳膊肘弯道，我可以看见村子里散落各处的房屋，还有我父亲那座房子。十多年前，父亲拆掉我出生就存在的土坯屋，用我寄去的十万块钱，盖起了一座砖瓦房。那时我父亲身体硬朗，张罗事情风风火火，他带着足够的体面，完成了他一生可谓最为重要的事情。

父亲去世我没能赶回来，现在我听了妹妹的一句话，或为了一棵野山参借着夜雾回到村子，着实有些不太磊落。置身雾岚之中，我好像忽然分不出方向，只能手扶能够触摸到的陡峭石壁，亦步亦趋。成溜的雾水从掌心滑落，冰冰凉。雾气里，植物的馨香缭绕而来，我有一种吞食这种味道的臆想。小时候，我常在这样的天气里，张大嘴巴，享受着清凉可口的味道。

十几年没踏过的山路，没什么改变，我迈着深浅不一的脚步，向前行进。

"是你吗？"前方出现了一个人，她手里手机屏幕幽光摇摇晃晃，不规则地切割着夜幕，继母香兰迎接我来了。

我不知该怎样张口。

"我估摸着你应该到了。"手机举过了头顶，她歪头探向我这边，双脚磕磕绊绊踩着支棱八翘的石土，加快了脚步，身子裹起的雾气里，有一股煮玉米的气味，这是早年我母亲身上特有的气味，如今在继母香兰身上重复出现了，不可思议。

3

继母香兰神秘的身世，成为我们村里人很多年的不解之谜。据说她年轻时远离过村子，去了一家几百里外的"三线"工厂，村里人以为她永远不会回来了，可有一天，她带着与村里人不一样的气息和傲慢，悄没声息出现在村头，从此再也没离开村子。这样一个女人，晚年闯入我们家里，与我父亲如胶似漆结合在了一起，让我们难以接受。我们把这一事件视为家里的一场灾难。那段日子，父亲已不是原来的父亲，家已不再是我们原有的家。我们兄妹几个成了那个家的客人，谁都不愿意回去。很多年以后我想，父亲跟继母香兰在一起，也算是他一个正确的选择，在他病倒在炕上的日子里，继母香兰没有像我们想象得那样绝尘而去，而是毫无嫌弃地留下来，整天给我父亲喂水喂饭，洗脸洗身子，接屎接尿。父亲所有的吃喝拉撒全都由她一人打理。我想这件事情要是放在我们姊妹身上，很难承受，我们都有自己的家和事，不可能厮守在父亲身边。我还想，自从她跟我父亲走到一起，便显示了一个见过世面女人应有的长处，他们从没因为鸡毛蒜皮小事红过脸，更没有无事生非吵吵闹闹。这一点不同于我母亲，我记忆中的家里从前所有不愉快，都来自母亲的斤斤计较。在她咽气的头两天，还用最后一丝力气，对我父亲怨气横生。

在村里，母亲脾气不好与能干是出了名的。小时候，我们兄弟姊妹们争争抢抢，哭喊抱委屈，讨公道，母亲从没时间耐心倾听过，她每天做的事就是烧猪食，喂鸡喂鸭，没完没了忙着手头上的活儿。我父亲每年春天去镇里集市抓一口小猪羔，养到年底屠杀或卖掉，都由母亲一手操办。我家成群的鸡鸭没少过三四十只，也都由母亲喂养，母亲一边喂养，一边整天不停地骂着那帮家禽们。有母鸡趴窝，孵出新的小鸡小鸭，母亲又是高兴又是骂，然后跑进菜园子，撅起屁股没时没晌侍弄菜地的白菜、菠菜、韭菜、豆角，到了做饭时间，顺手拔起一把白菜或菠菜，叭叭把泥土甩得四处飞溅，进屋烧火做饭。有一次，母亲没能及时做午饭，她先是把从园子里捡回的一筐烂菜叶子放进锅里，撒上一层玉米面，给猪炀食。她打算猪食炀好了，喂完猪再做家里的午饭。那天我父亲从外面干活回来比平时早，他看见母亲在菜园子撅着屁股忙碌，没吱声，自己掀开热气腾腾的锅盖，盛了一碗菜叶玉米糊，吃了起来，吃了一碗没吃饱，再次掀开锅盖盛第二碗，母亲大呼小叫跑出菜园子，说："你咋吃猪食？"我父亲当时傻了眼，他没想过家里的饭菜和猪食有啥区别。我父亲干呕了几声，什么都没吐出来，他操起烧火棍朝母亲抡去，母亲闪身躲开了，我父亲继续抡，母亲跑出院门，跑到街上，我父亲紧追不放，他们从前街跑到后街，又从后街跑回前街。母亲跑不动了，停下来跟我父亲扭打在一起。前来看热闹的香兰强行拦下我父亲，站在香兰背后的母亲，气得不行，她跳着脚指着我父亲鼻子骂："你个属猪的，就得吃猪食！"我父亲蔫下气来，对香兰说："男人在外面干体力活儿，身子消耗大，回家第一件事必须把饭吃到嘴里，这是我家的规矩，也是全村所有人家的规矩，她不是不知道。"

　　二十世纪八十年代，我考入财校住进省城那年，母亲病倒了，得的是什么病，至今不清楚。母亲如一盏熬油的灯，耗干了最后一滴油水，无奈撒手人寰。我父亲曾领着母亲去过一次县城医院，抓了几服贵重的中草药，回来后闷声闷气做出一个重大决定，家里所有细粮都留给母亲熬粥。我家每日三餐主食是玉米面和高粱米，有限的几斤大米全是用粗粮交换而来。玉米是有数的，换了几次，我父亲不敢动用粗粮了，再动用下去，全家就得饿肚皮。这种艰难可想而知，但我父亲还是想竭尽全力将亏欠母亲的东西补回来。

　　母亲生过八个孩子，活下来五个。除了一个孩子两岁时病死，有两个是母亲上厕所不小心便到了粪坑里。我从这样的家里逃出来，上了财校，那种心情可想而知。我曾一度发誓，只要走出来，我轻易不会回去了。财校食堂有大米，有馒头，每顿饭吃得我腮帮子溜圆，没到月底，饭票没了，我向同学借，借不到，就装病躺在床上琢磨起制造假饭票。每次造假我都胆战心惊，最后不得不及时收手。那时，最盼望的是快点毕业，快点工作，快点让自己脱胎换骨。

　　我参加工作第一天，单位给每名职工分两袋大米，一桶豆油，我脑子里第一个念头是把这些东西运回家里。可我一想到母亲死了，她到死也没吃上我的大米，泪水忍不住流下来，看得周围同事都莫名其妙。

4

"你先回去，门钥匙在鸡窝棚上，铁盆扣着，我办点事，一会儿回来。"继母香兰对我说。

原来，她来到这浓雾弥漫的山冈，并不是来接我。说过话，她顺着车辙往下走去。雾岚遮蔽的夜晚，她每迈出一步都如临深渊，让人很不放心，但转眼间，她便消失在大雾之中了。

过了胳膊肘弯道，是连接进村的路，我越过山冈，走在平缓的水泥路面上，两侧是一片玉米的波涛，无边无际隐藏在雾岚里。离家去财校读书前，我常钻进晨雾缭绕的玉米地，掰下沾有露水的玉米棒，剥掉它身上绿色裙衣，牙齿咬向浆汁丰盈的颗粒，香甜清脆的滋味至今口齿留香。早晨玉米地十分泥泞，每一次走进去，鞋底都粘满厚重的泥坨，很容易损坏鞋子，可与吃到嘴里香的甜玉米相比，我情愿坏掉鞋子。

不远处，红砖瓦房在雾岚中出现在眼前，那是父亲当年精心建筑的房子。以山冈为参照，那土坯房的原址，我不会忘记。穿越大雾疾走几步，院门隐隐约约出现了，我轻手蹑脚踏进院子里，不见任何动静。

空寂的鸡窝搭在一侧墙根，里面没有一只活物，潦草的棚顶堆放着树枝、瓦块，还有晾晒过劲儿的一串萝卜干。掀开一只倒扣的铁盆，摸出了一把门钥匙，我转身打开了房门。

室内一片漆黑，凭感觉，我手摸向门框旁边的墙壁，有电灯开关，按下去，灯光闪烁中，我心似乎也亮开了。这是一块我从没涉足的陌生领地。

父亲建房时，我没能回来看过一眼，只是用电话表达了关心，等他去世时，我也没回来，那时我正在国外进行二十天考察，我可能被骂成最不孝的儿子。

一口水缸立于墙角，上面探出一只水龙头，没有拧严，寂寞地滴着水。我在父亲建造的房屋里，见到这样的水龙头，确实感到十分好奇与新鲜，我试探着把它拧开，迅猛的水柱溅出响亮的水花，喷向缸里。赶紧将其关闭。这是新农村建设的新产物——通自来水，通下水。去财校读书之前，我家院子西侧有一口水井，每天晚上我都要摇起轱辘把，吱吱呀呀拽出一桶桶带有草棍腐叶之类的井水，两手轮换着拎起，左摇右摆跑进屋里，掀起桶底，哗啦啦地倒进水缸。

打水最难的日子是在冬天，大地封冻得一片僵硬，井沿的冰冻成了厚厚一坨，轱辘把的绳索挂满了冰溜子，井口小得只好用斧头敲打，哗哗冰块落入井水里，飞溅到我脸上、脖子里，激得我浑身打起一个又一个冷战。有时，我会掰下井绳上的冰溜子，放进嘴里，咯嘣咯嘣咀嚼，品不出任何味道，但我喜欢咀嚼时发出的冰冷脆响。

我轻轻摇起轱辘把，往井口叮叮当当放进水桶，僵硬的绳索松开了，水桶一路欢唱着奔赴下去，嘟的一声沉没井底。所有水桶底部都有个拳头大的窟窿，从里面钉有一块巴掌大的半封闭胶垫，桶落到水面一刹那，遇到压力，胶垫自动张开，汹涌的水挤进桶里，绳索往上一提，胶垫自动关闭，一桶水磕碰着井壁爬出井口。

有一年我脚踩在井沿上，突然一滑，脑袋朝向井沿栽去，我满脸罩在井口上，感觉那幽深的黑洞就要拖我进入井底，我已经闻到了水的气息，可我的两手不知怎么就抓住了冻在井沿上的一块石头，是那石头将我从死神那里拦了回来。这样的事以前我们村子里没少发生，人一旦掉入井中，很难短时间打捞上来,即便费尽周折把人拽出井口,那人早已硬成木桩,井不能再用,只好填了。

二十世纪八十年代,每家水井都进行改造,填掉所有大口井,修建压水井。这种井在地面只露出一根胳膊那么粗的铁管,一米多高,打水之时,往压水口倒上一瓢引水,按压井把,引水呼噜噜翻江倒海,水花四溅,地下水就哗哗抽出来了。

井,成了我一个隐痛。

我躲开了水缸和自来水龙头,行动诡异地向屋里走去,我不知道为何走向那里。屋门口面对着的北面,有一个隐蔽的小屋。推开屋门,一个卫生间展露在眼前。

墙壁上贴着从棚顶一直落到地面的瓷砖,在齐腰高的地方,有三块瓷砖改成了一组兰花。再往下,布满灰尘暴土的座便池盖上,压着废弃的纸盒。

掀开纸盒按下水钮,水箱里没有水。底下接水管掐断了。我早就听说,很多农民都不愿意把漂亮的卫生间当成排泄粪便的场所,即便在冬天寒冷的夜晚,他们也要身披棉袄跑到室外,哆哆嗦嗦蹲在北风号叫的雪地,咬牙切齿如厕。眼前的卫生间,成了装饰完美的储藏室,显然是按照规划改造出来的,见多识广的继母香兰同样没舍得使用。

打量着这小屋的棚顶,我猜想父亲那棵野山参,很可能藏匿在上面横杆吊挂的包裹里,那一个个包裹被一张破损的蜘蛛网连接在一起,我有一种急于见到那棵野山参的渴望,如果我现在把它拿到手,不等继母香兰回来,我会转身回去,我好像又不打算跟她说什么了。搬来一把椅子,放在下面,目测了高度,我踏上椅子,摘下包裹,放在椅子上。

揭开那些粗糙的草纸,里面呈现出一个发酵过度的豆酱块,表层已长了绿绒毛,这酱块应该在春天被投放酱缸里,到现在还没有落入缸中,可能不用了。草纸按原样重新包好,放回横杆,我又看好了另一只包裹,准备再登上椅子,外屋房门吱嘎一响,继母香兰回来了。

她手里拎着一只血淋淋的公鸡,显然是刚杀过的,鸡脑袋软塌塌悠荡着,有两滴血悠荡在地上。

我停下行动,不知怎么才能装成若无其事,转过身来说:"待一会就走,今晚我早点赶回去。"

那只死公鸡放在一只钢盆里,继母香兰掀开缸盖,舀出一瓢水,哗哗泼入大锅里说:"鸡都杀了,怎么走?你多少年没回来一趟,今晚先吃了饭,明早你啥时走我不管。"

我说:"我不想吃,我什么都吃不下去。"

她说:"你嫌弃我不是?"

我说:"绝没有那意思。"

灶坑里的火点燃了,柴草在灶膛里噼啪作响,火舌从坑口翻卷出来。继母香兰又往灶坑塞进一把干树枝,火势压下去,锅盖四周缝隙缭绕起热气,水开了。她掀开锅盖,抄起搪瓷盆,舀出半盆热水,浇在公鸡身上,腥臭的气味散发出来。她攥住两只鸡腿,反复翻转,择起鸡毛。很快,一只光溜溜的鸡身呈现出来,她开始用手指甲精细地择起遗漏的毛茬。

"往后,不要给我拿那些东西了。"

她指了指我身后的墙根。那里堆放的大米、豆油,是春节前,我托中学同学小邱给她送来的。父亲去世后,我念及她的孤单和之前照顾我父亲的情分,每到年底,便麻烦中学同学小邱来看望她,送去一些年货。我不能让她觉得我们兄妹们冷酷无情。

这也许是继母香兰非要杀一只公鸡不可的原因。公鸡从哪儿搞来的?

在哪儿杀的？我没有多想，反正她在山冈上匆忙与我分手，就是为了拎回一只杀死的公鸡。

掏出鸡内脏，整条鸡放在木板上，噼噼啪啪被剁成碎块，把大锅里剩余的热水舀出来，锅底干爽了，鸡块推进锅里，扔下大把大把葱姜和花椒大料，很快翻炒出浓厚的香味。

我不是回来大快朵颐的，我想说起正题，但在这节骨眼上，我无从开口。

5

鸡肉出锅，装满了一搪瓷盆，继母香兰像想起了什么，转身跑出门外，钻进带有雾气的黑夜，不多时，她手里攥着一把大葱回来，边走边摔打上面的泥土，摘掉外皮，撂在炕桌上。她说："你爹最爱吃生大葱，他活着时，我们栽了一大园子大葱，你爹走后，我不栽不栽，还是栽了半园子，习惯难改。"

一盏节能灯吊在头顶，继母香兰在灯下放了一张炕桌，从外屋端来一盆鸡肉，放在炕桌上。扑鼻的香气顿时打开了我的味蕾，我饿了，我到这时还没吃晚饭。

继母香兰踢掉鞋子，两腿盘坐在炕里，拿起一双崭新的筷子摆放在盆沿，暗示出我所希望的礼仪。她拿起这双公用筷子往我碗里夹着鸡肉，催促我快吃，多吃点。千万别客气。我说，不客气。她拿自己的筷子，低头吃了几口，又要拿公用筷子给我夹肉。我碗里肉块堆满了，她手里的两双筷子也在忙乱中分不清公用还是私用。我正琢磨这两双筷子时，感觉有什么人在窗外晃动，抬头看过去，雾气中的黑夜里，又什么都没有，我汗毛紧跟着唰地竖起来了。

像什么事都没发生，我吃掉碗里的全部鸡肉、一根大葱和大半碗米饭。收拾掉桌子，跟继母香兰走进西屋。不知怎么，我又不自觉地看向窗外，仍然什么都看不见，漆黑的玻璃反映着我们晃动的身影。炕梢色泽黯淡的炕柜，是我家原有的老物件，柜门铁丝烙烫的文竹仙鹤，布满了岁月的油腻。小时候，我每天晚上靠在柜子下面睡觉，悉数着木纹上的图案，感觉那里就是一个隐蔽的世界。伴着木质的气息，我常常沉入幽深的梦里。睡梦中见到的人与事，如同另一个真实存在的空间。

"这些东西，还是原来的样子。"继母香兰打开柜门，翻出发白的黄色帆布包，里面并排缝制的小口袋，插着骨针、骨铲、剪刀，一条条长短不一的红布条，系在每一个物件上。从中，我似乎看见了父亲当年挖参的影子……这时，窗外的雾岚聚集起窸窣的声音，我感觉雾一样的父亲从窗子罅隙中走来，站在我身边，他看着我们，又带着几缕雾丝窸窣消失了。继母香兰很好地保存父亲这一套家什，可谓用心良苦，我能说什么呢？我只能听她说道："那时，你爹挖参一走好几天，他好像被山里的什么东西迷住了。"

我说："我知道我父亲上山挖参接近于痴迷，他在我母亲病重期间，总想着上山挖回一棵野山参，来换回我母亲的生命。"

"你娘这一辈子也不容易，她活着时，村子里就我俩能说得来。"

继母香兰又从四敞大开的柜门里拽出一只黄书包，这是我再熟悉不过的东西，中学读书时，我每天背着这个书包，一路颠簸着跑向学校，一年又一年，后来我上了高中，还背着它，直到考上财校。书包下面两角，不知磨坏了多少次，缝了多少次，最后两块很不搭配的蓝补丁，永远定格在那里，上面密密麻麻的针线，透露着母亲怎样一种心思！

我抽出一本语文，一本数学，两本书都没有了封面，后面书页已经残缺不全。也许父亲有一阵缺少卷烟纸，用过它。有一次，我对父亲抽烟很是好奇，看着他吞云吐雾贪婪享受的模样，我悄悄张开嘴，吸进他刚吐出的一团烟雾，结果那恶臭气味呛得我泪水纵横。父亲嘿嘿坏笑着看向我，又将另一口烟雾喷在我脸上。

继母香兰说："听说你爹当年就盼望你不去念书，回家干活。他好几次想偷偷处理掉你的书包，但都没有成功。你爹说你学习成了呆子，将来会什么都干不成。有一天，他看见你的书包，拎起来就往灶坑扔。可老天不遂他心思，那天你家灶坑倒烟，一直不起火，扔进去的书包一点也没烧着。你娘用烧火棍扒拉出你这书包，劈头盖脸对你爹一顿臭骂，骂得狗血喷头！"继母香兰笑了，她又强忍住说："后来你爹给你开出上学的条件，就是每天捡一捆烧柴。你为了捡到那些烧柴，放学从不走正道，捡到烧柴背回家，摞在山墙根，积攒了满满一垛……你爹说他没想到，最终得了你的济。"

有什么东西堵塞了我的咽喉。

想不到我的书包至今还很好地保存。从这点上看，我委托同学小邱每年春节前为继母香兰送去大米、豆油，一点都不为过。

"现在，我给你找那棵野山参。"

我说："如果你需要，我不拿走了。"

"那东西，你爹特意嘱咐，一定要留给你。"

继母香兰从东屋搬来炕桌，放在炕中间，举起一把椅子立在炕桌上，说："这是你爹亲手藏下的，如果我不说，谁都找不到。"她双脚踩上炕桌，登向椅子，摇摇晃晃挺起腰板。

我说："小心！"

她的手已经伸向了棚顶。

这样的砖房,室内用报纸裱糊,看着驴唇不对马嘴,有些不伦不类。通常情况下,室内的墙壁和棚顶应该粉刷白灰,他不至于穷得连白灰都用不起。那期间,我给他打过几次电话,问他还需不需要钱,父亲说:"什么都不需要了,房子封顶了,挺好!你娘要是活着,住上这样的房子该有多好。"

我家原来的土坯房,都是用报纸裱糊墙壁和棚顶,这也许是父亲的一个习惯,那极环保的内饰材料的另一个好处是,我在那上面认识了好多字。我上小学时,晚上回家仰头躺在炕上,看棚顶墙壁上的大块文字,一个个识别,妙趣横生,为此我的识字量远远超过同龄孩子,后来考入财校也在情理之中。

继母香兰敲打棚顶的报纸,摸索着滑动手指,侧耳听起上面的虚实,很快,她找到所要寻找的地方,停下来,指甲抠向裱糊的报纸,撕开一个黑洞,伸进胳膊。我从她脸色轻微的变化中可以看出,她抓住了所要找的东西。胳膊带着一层厚厚的尘垢一点点回缩,一只铁盒出现了,那是早年装糕点用的盒子。也许年代久远,上面漆面斑驳,坑坑洼洼,就在这时,铁盒上面突然蹿出一只老鼠,惊恐地抽动着耳朵,张望几下,慌不择路,一头扎进继母香兰袖口,簌簌地奔向她的腋窝,消失了。我惊讶的是,继母香兰镇静地伸出另一只手,捂在胸口,按住了那只老鼠,从怀里掏出来,狠狠砸向地面。

铁盒递到我手里,她弯下腰从椅子上挪下一条腿,再挪下另一条腿,踩在了炕桌上,双脚落地了。

铁盒里毫无悬念储藏着一棵野山参,这是父亲认为的宝贝。山参个头有大拇指那么大小,长长的脖颈弯弯曲曲,印刻着每年生长期枝叶留下的窝痕。下面密集的根须显示出曾经有过的飘逸。

"你拿着吧,这东西有灵气,不会无缘无故出现在谁面前。"继母香兰合上铁盒,推到我跟前,一副物归原主的态度。

她又说:"天不早了,你好好休息,明天还要起早赶路。"

我趁机打了个哈欠。

她弯腰伸手捏起地上老鼠尾巴,拎着退出屋子。外屋脚步带出的声响很快消失。窗外出现了凉意,窗玻璃上渐渐蒙上一层湿漉的水雾,父亲作为雾气的一部分,又带着窸窣的声响出现在窗口,观望起他的儿子……

关掉灯,躺下,我的眼睛慢慢适应这里的黑夜,看屋内四周黑黢黢的摆设,看棚顶刚刚掏开的黑洞,忽然觉得我这次来到乡下,住在这让我怀旧的西屋,正是继母香兰有意安排。正题仍没能展开,一切都等待明天早晨。我手机不合时宜振动了,摸过闪动的亮光,见是老婆的电话,她吞吞吐吐的口气,难以掩饰心头的悲伤:"春光死了,就是我那个同学春光!"我难以置信,艰难地问道:"什么时候?"妻子说:"二十分钟之前,你明天回来,陪我送送他……"棚顶的黑洞一亮,一只胡乱飞舞的萤火虫,降临在屋子里。撂下电话,我努力对自己说:"睡吧睡吧,什么都不去想。"耳边又嗡地出现了蚊虫声,糟糕的事来了。我手悄悄摸向脑袋下面的枕巾,随时准备拽出来,对其进行抽打。明天早晨,我无论如何也要跟继母香兰谈谈,顺便把这只铁盒放回去,我已经不需要它了。蚊虫的嗡嗡再次响起,我手里的枕巾朝着黑夜中的声响胡乱抡去,一挺身坐起,正要开灯,东屋继母香兰那边出现了轻微的开门声。

6

  不知是什么作祟，我静静听起外面的动静，继母香兰好像有什么事在躲避着我。我下炕趿拉起鞋，悄悄走到地面。从门缝中看见继母香兰从东屋探出头来。屋外的门，敞开着，一个弯腰驼背老汉从漆黑的外面蹑手蹑脚挤进屋里，直奔东屋，敏捷的身子连同继母香兰一起挤了进去，门关上了，那弯腰驼背的样子，使我想起傍晚招呼我进他家院停车的那个老汉。一股清凉潮湿的气息迎了过来，我睡意全无。东屋出现了插门声。

  "我告诉过你，别来，你怎么还来？"继母香兰压低的声音充满了愤怒。

  "睡不着。"

  "你这样做，我往后怎么办？"

  "我看看你就走。"

  "还嫌折腾不够？进来就别出去，老实待这儿。"

  "我不出去。"

  "你真是瞎闹，嫌事不大是吧！"

  "他跟你说了？"

  "还用说吗？这是明摆着的事。"

  好半天没了声响，弯腰驼背老汉在沉闷中突然咳嗽起来。

  "你能不能闭住嘴，憋回去。"

  "咳嗽还能憋回去？能憋回去，我就不咳嗽了，咳咳咳咳……"

  "你就不该来！"

  又静下了，像什么声音都不曾有过。我轻轻打开门，走出西屋，踮起脚尖来到东屋门前。继母香兰响起嘤嘤的抽泣声。

透过东屋门的缝隙，我看见继母香兰背对屋门跪在地上，抽泣使她的身子不住地战抖，她极力控制，又毫无效果。那张炕桌横在她跟前，桌上立着一个相框和一只香炉，香炉里烧着三炷香，在微弱的香火中，我看见继母香兰双手合掌，默默叨咕："他终于回来了，你放心好了，我会从你身边走出去，一切都会好，只可惜……"

那弯腰驼背老汉真就老老实实坐在炕沿上，耷拉着脑袋好像睡着了，他们全然不知道我不光彩的窥视。

第二天睁开眼，天棚那个黑洞不见了，一块湿乎乎的报纸贴了上去，什么时候糊的，我一点也不知道。搓搓脸，从炕上起身，打开西屋门，继母香兰正站在门口，我们差一点撞了个满怀。

"起来了？"

"起来了！"

继母香兰手里攥着一沓纸条，递给我，惴惴地说："这是你爹当年盖房子所有的票据，花多少钱，上面记得清清楚楚。"

东屋的门四敞大开，我朝里面扫了一眼，昨晚地上摆设的炕桌、相框和香炉不见了，炕上的被褥叠得整整齐齐。屋里空无一人。

我说："我主意已定，你就住在这儿。"

继母香兰神情恍惚地看着我。

"把票据收回去，还放在你那保留。"

"可我已经想好了，我离开这里……其实，我跟你爹一直是搭伙过日子，没有登记领证。"

这个，我没有想到，父亲也从来没跟我们说过。

"你哪儿也不去，就住在这里。"我说得更加斩钉截铁。

"可我……"继母香兰眼圈一红，哽咽起来。

7

她让我吃过早饭再走，再怎么急，也不能不吃早饭。我执意离开，就像上财校读书时那样决绝。继母香兰送我走出房门，走出院门，她又转身跑回去，跑出来，手里捏着那只装有野山参的铁盒说："把这个带上。"

我接过铁盒，收下了这棵野山参，踏着晨露，奔向那个带有胳膊肘弯道的山冈。

昨晚的雾气完全散去，天空明亮，身边成片的树叶在晨风吹拂中，扑簌簌回映着太阳的光影。挤在山窝里的一家家房舍，开始升起温暖的炊烟。山还是原来的山，远处层层叠叠山脉渐次浅下去，融入远方淡淡的云朵里。我给妹妹打去告辞电话，大踏步走下山冈。

我走进那弯腰驼背老汉的院子。一群鸡鸭挓挲起翅膀，呼天喊地扑了过来，围观起我这个不速之客，进行着攻击。院子的房屋正在修缮，大概动工有些时日，院墙一角堆放着沙石和水泥，还有散落的木料就是很好的说明。窗框和房屋门框刚刚漆过，透出新鲜油漆气味，我推门走进屋里，那个弯腰驼背老汉正用一桶白色的涂料，专注地粉刷着墙壁，一个满身白灰的帮工说："我这两天打牌手真臭，一连输了好几百。"弯腰驼背老汉说："你什么时候再打牌，叫上我一声，我也想赢俩钱儿。"那帮工看看老汉，看见我走进来，放下手里的活跑到外面抽烟去了。屋里干净利索的火炕上摞着两套崭新的被褥，上面遮掩一块大塑料布，一沓红红的"喜"字覆盖在里面。我忍不住想笑，弯腰驼背老汉刚才说话那股冲劲儿，完全没有了昨晚他在继母香兰屋里的那种唯唯诺诺，他的随和与快活，我父亲无法相比。

弯腰驼背老汉放下手中的忙碌，起身，叫我在屋里坐一会儿，我说我打过招呼就走了。迈出门槛,再次躲过鸡鸭围攻,按响了车锁,车慢慢开出院子,他突然说:"等我们定下日子,告诉你一声,你不忙,那天一定过来啊!我们都老了,没有多少亲戚!"

· 作者简介 ·

　　夏鲁平,男,1963年生,中国作家协会会员、吉林省作协全委会委员、长春作协副主席。在《人民日报》《光明日报》《人民文学》《作家》《中国作家》《民族文学》《花城》等报刊发表作品百余万字。曾获"吉林文学奖"、吉林省委省政府"长白山文艺奖"、中国作家出版集团征文奖、《人民文学》征文奖等。多篇小说被转载并收入各种选本,出版小说集《风在吹》《棒槌谣》等。部分作品被翻译成韩文、阿拉伯文、哈萨克文。